教育部人文社科青年项目（编号：13YJC751054）

文学语言变革与
中国文学文体的现代转型

王佳琴 著

中国社会科学出版社

图书在版编目（CIP）数据

文学语言变革与中国文学文体的现代转型／王佳琴著.—北京：中国社会科学出版社，2018.1
ISBN 978-7-5203-1994-2

Ⅰ.①文… Ⅱ.①王… Ⅲ.①文学语言—语言演变—研究—中国—现代 Ⅳ.①I206.6

中国版本图书馆 CIP 数据核字（2018）第 015717 号

出 版 人	赵剑英
责任编辑	周晓慧
责任校对	无 介
责任印制	戴 宽

出　　版	中国社会科学出版社
社　　址	北京鼓楼西大街甲 158 号
邮　　编	100720
网　　址	http://www.csspw.cn
发 行 部	010-84083685
门 市 部	010-84029450
经　　销	新华书店及其他书店
印　　刷	北京明恒达印务有限公司
装　　订	廊坊市广阳区广增装订厂
版　　次	2018 年 1 月第 1 版
印　　次	2018 年 1 月第 1 次印刷
开　　本	710×1000　1/16
印　　张	16.25
插　　页	2
字　　数	249 千字
定　　价	69.00 元

凡购买中国社会科学出版社图书，如有质量问题请与本社营销中心联系调换
电话：010-84083683
版权所有　侵权必究

目 录

绪论 ………………………………………………………… (1)

第一章　文学语言变革与中国文学文体的现代转型总论 ……… (14)
　　第一节　文学语言变革与文体功能的现代转型 ………… (15)
　　第二节　文学语言变革与文体形态的现代转型 ………… (26)
　　第三节　文学语言变革与文体格局的现代转型 ………… (37)
　　第四节　白话的国语身份与中国文学文体的现代转型 …… (45)

第二章　文学语言变革与戏剧文体的现代转型 ………………… (58)
　　第一节　从"唱"到"说"：语言变革与戏剧表演
　　　　　　体制的转型 ……………………………………… (59)
　　第二节　从"叙述"到"代言"：语言变革与戏剧
　　　　　　话语模式的转变 ………………………………… (63)
　　第三节　从"对答"到"对话"：现代汉语人称代词与
　　　　　　话剧"对话"因素的凸显 ……………………… (68)
　　第四节　文体个案分析：文学语言变革与"诗化"
　　　　　　戏剧的变异 ……………………………………… (76)

第三章　文学语言变革与小说文体的现代转型 ………………… (87)
　　第一节　从"俗语"到"正格"：小说文体现代转型的
　　　　　　语言基础之变 …………………………………… (88)
　　第二节　从"情节"到"情状"：文学语言变革与小说
　　　　　　叙事重心的转变 ………………………………… (95)

第三节　由"外"向"内"：文学语言变革与小说叙写
　　　　　　　向度的转移 …………………………………………（102）
　　　第四节　文体个案分析：文学语言变革与书信体和
　　　　　　　日记体小说文体的现代新变 ………………………（110）

第四章　文学语言变革与诗歌文体的现代转型 …………（122）
　　　第一节　文学语言变革与"诗体的大解放" ………………（124）
　　　第二节　文学语言变革与现代集句诗的衰变 ………………（134）
　　　第三节　方言与诗歌文体的现代转型 ………………………（144）
　　　第四节　文体个案研究：文学语言变革与山水诗的
　　　　　　　现代异变 ………………………………………………（158）

第五章　文学语言变革与散文文体的现代转型 …………（172）
　　　第一节　文学语言变革与古代散文"腔调"的祛除 ………（172）
　　　第二节　语言变革与散文"个性"表达的现代转型 ………（179）
　　　第三节　文学语言变革与散文文体的顺利转型 ……………（189）
　　　第四节　文体个案分析：文学语言变革与闲话风
　　　　　　　散文的出现 …………………………………………（208）

第六章　文学语言变革与文体渗透的现代转型 …………（216）
　　　第一节　语言变革与文体互参原则和审美取向的改变 ……（217）
　　　第二节　语言变革与文体互参表现形态的型变 ……………（221）
　　　第三节　语言变革与文体互参审美内涵的转变 ……………（224）
　　　第四节　文学语言变革与诗文互参的现代转型 ……………（228）

结语 …………………………………………………………………（240）

参考文献 ……………………………………………………………（245）

后记 …………………………………………………………………（256）

绪 论

中国文学在漫长的发展过程中形成了独特的风貌，积累了具有丰厚价值的精神财富。20世纪初，伴随着整个民族对现代生活的追寻，中国文学发生了巨大的嬗变和转折，这一转折至今还深刻地影响着当下文学的走向。如何认识这一转型是文学史应当回答的问题。那么，怎样切入这一宏大的文学史问题呢？有研究者认为："文学史学科与其他人文学科如史学、哲学的区别，在于其鲜明的文学性，这是文学史学科的本质所在，也应该是文学史研究的重点。而文学形式则是文学性的重要方面。"[1] 文学形式是文学史研究回归文学性的重要路径，也是文学研究的重要向度。可以说，文学史在某种意义上说就是文体的演变史，带着这样的观念我们再来反观上述中国文学的问题。中国文学从古典向现代的转型到底发生于何时？判断转型的标准如何？转型的具体情形和表现是怎样的？这些在学术界仍是富有争议的话题。我们可以从不同的层面和角度（诸如文学观念、创作主体、内容主题、传播媒介等）勾勒和阐释，但是其中文体则是描述文学转型不可绕过的重要部分。在某种意义上甚至可以说，中国文学的现代转型就是文体的转型，是文体领域经历的一次现代化进程。但是在一段时间里我们的研究曾经被局限在政治化的思维框架中，视包括文体在内的文学形式为次要的、附属的要素，影响了文学史研究的拓展和深入。新时期以来，随着文学史观念的不断开放，文学形式逐渐受到重视且取得了不少成果。我们应该以中国文学发生发展的实际为本，借鉴古典和西方的相关理论，从文体的层面重新认识中国文学的现代转型。

---

[1] 吴承学：《中国古代文体形态研究》，北京大学出版社2013年版，第1页。

文体研究并非脱离内容、脱离社会的纯形式研究。巴赫金就认为，诗学应当从文类开始，文类比作家的风格更值得重视。他精彩地论断说，文类乃是社会历史与语言历史的交叉地。① 当代学者也认为："社会的发展与语言的发展是文体发展的两大动力，这是研究文体发展史的线索。"② 文体表现在文学的形式上，但是其形成、发展及其背后的动力则离不开社会和语言的共同作用。不同时代不同的文体往往是那个时代的人们认识世界时思维方式的艺术体现，文体的形态样式、发展变化和人类的精神生活、审美观念、风尚旨趣等息息相关。作为一种有意味的形式，文体是人类在特定历史时期感受世界的精神图式的反映，而从"精神"到"文体"最终的形式表达是需要语言作为中介的，社会历史最终也是通过文学语言这一特殊的介质作用于文体形态的，因此，文学语言是揭示从时代思潮到文学形式之间通道的重要切入口，是认识文学文体及其发展转型的重要角度。

说到文学语言与中国文学文体形态之间的关系，中西方学者已经有不少富有启发性的见解。卡西尔认为："一个伟大的艺术家在选用其媒介的时候，并不把它看成外在的、无足轻重的质料。文字、色彩、线条、空间形式和图案、音响等等对他来说都不仅是再造的技术手段，而是必要条件，是进行创造艺术过程本身的本质要素。"③ 文学语言对文学来说也属于"本质要素"。杨振声在研究中国戏剧时就从语言角度着眼，他说："一切的艺术都要借一个介体来表现她的内容的"，"介体不但是划分艺术的根据，而又是你借以赏识艺术唯一的实体，它就是艺术的胎身，胎身的美恶，不能不影响于艺术的内容及表现。纯白大理石之于希腊雕像，水彩之于宋元花卉，介体的美丑，与内容及表现的美丑，合而为一了。""讲起中国戏剧，不能不注意于中国的语言了。""中国的单音字造成中国文学的特点。"④ 这里便是从中国语言的角度认识中国戏曲和话剧的发展状况的。魏建功

---

① 转引自南帆《文学的维度》，上海三联书店1998年版，第274—275页。
② 吴承学：《中国古代文体形态研究》，北京大学出版社2013年版，第3页。
③ [德]恩斯特·卡西尔：《语言与神话》，于晓等译，三联书店1988年版，第154页。
④ 杨振声：《中国语言与中国戏剧》，《晨报副刊·剧刊》1926年7月15日第5号。

提出"中国语言里的音乐特质形成文学上形态自然的变迁"[①],也是从语言文字的角度认识中国文学发展的。郭绍虞从语言文字的角度认识中国文学的发展变迁,认为普通文学史的分期或者重"历史背景",或者"重文学的关系","而我们则重在文学的立场以说明文学本身之演变",因此"不妨以体制为分期",而"体制"难免或抽象或琐碎,于是为求具体,"不如重在构成体制之工具",这个工具便是语言文字。因此,他从语言和文字之间不同关系的演变阶段来梳理中国文学的分期和阶段。[②] 这些见解都突破了在修辞、语体等层面对文学语言的关注,将文学语言视为文体发展演变的核心因素,而对于中国文学和文体的现代转型来说这一因素的作用尤为重要。中国文学文体从古典到现代的转型是在五四文学语言变革的基础之上完成的,没有现代的文学语言,就没有各类文体现代审美规范和格局的形成,"语言"这一长期以来被看作形式层面的要素恰恰成了中国文学实现古典向现代转变的重要支点,以现代白话为书写语言的文学革命由此呈现了与以往文学变革不同的历史风貌。

文学语言的变革对文学文体的现代转型来说到底意味着什么?如果我们把文体看作作家利用文学语言进行表述活动所形成的不同类型,那么语言的变革可能在哪些层面影响到表述活动及类型呢?在进行详细的分类和具体的探究之前,笔者尝试从以下几个方面进行整体的把握。

首先,语言的变革对文学来说是一种言说方式的转变。一种新的语言将会导引新的言说,由此将呈现出新的文学世界、导致新的表达内容。现代语言学超越了语言工具说的观点,认识到语言不是静止的词汇、语法等系统,也不是任人掌控的工具,语言对我们认知、体验世界具有重要意义,语言制约着我们的观念、审美、文化。海德格尔就指出:"决定性的事情始终是在此在的分析工作的基础上先把语言

[①] 魏建功:《中国纯文学的形态与中国语言文字》,《文学》1934年第2卷第6号。
[②] 郭绍虞:《中国语言与文字之分歧在文学史上的演变现象》,《郭绍虞说文论》,上海古籍出版社2000年版,第220页。

结构的存在论生存论整体清理出来。"① 这里就是在存在论意义上理解和认识语言的。如果我们把文学语言看作一种话语表述行为而不是某个定型的文本,那么就应当意识到,对文学来说,一种变革的语言首先应从主体生存论意义上来理解其影响。具体而言,20世纪初的文学语言变革对创作主体来说,是表达的一次巨大变革。无论哪个流派、哪个作家,无论他们的创作宗旨是什么、风格怎样,当创作的时候,他们身处的是一种全新的不同于传统和前辈的"语言现实",他们必须在这个"语言现实"中完成自己,同时丰富这一"语言现实"使其成为语言发展中的一个链条。再具体地讲,所谓"身处语言现实",就是说作家必须面对、接纳而不能回避这个新的现实;所谓"丰富语言现实",就是说在这样一个语言巨变期作家参与重塑语言的可能和空间很大。在这个前提下,作家才摸索白话的表述类型,并在此基础上聚合成各种体裁形式。因此,在讨论文学语言和文体形式之间关系的时候,不应忽略主体因语言变革而导致的存在世界发生变革这一重要事实。相反,一种语言如果不能成为主体认知和表达世界的方式,那么尽管有现成的语言材料,这种表达行为最终也很难完成。因此,五四白话文学语言变革不仅是文学语言形式的革新,而且是主体言说的变革,以及由此昭示的"新大陆"。有学者将这种新的语言表述称为东方知识分子在由西方冲击而导致的巨大社会变革中"所有精神震荡的综合表达"。② 甚至那些反对新文学变革的人也不由自主地跨入了这一新的语言世界,因为"在白话文的汪洋大海中"自然不能为他们"保留一座孤岛或一块飞地"。③ 可见,语言变革意味着主体所置身世界的变革,同时也将参与构筑一个新的文学世界。

其次,文学语言的变革之于文学的影响呈现在词汇、语法等语言要素层面上。张中行谈及文言和白话的区别时用了一个比喻的说法,他说,二者在词汇和句法方面往往有各自的特点,这些互相不通用的

---

① [德]海德格尔:《存在与时间》,陈嘉映、王庆节译,三联书店1987年版,第190页。
② 郜元宝:《汉语别史——现代中国的语言体验》,山东教育出版社2010年版,第145页。
③ 同上书,第146页。

特点"好像京剧角色的穿戴,有表现主人身份的作用,主人是什么人物,常看京剧的人可以一望而知"①。因此,较之前一个层面,这一层面是更为显在的。具体而言,就是较之文言和古白话,现代白话在各语言要素方面发生了蜕变,这些变化将引发文学文体的系列反应。如词汇方面,现代白话需要对口语、方言、外来词乃至一度反对的文言进行重新调度、配置,以服从于情感表达的需要。周作人就指出:"古文不宜于说理(及其它用途)不必说了,狭义的民众的言语我觉得也决不够用,决不能适切地表现现代人的情思:我们所要的是一种国语,以白话(即口语)为基本,加入古文(词及成语,并不是成段的文章)方言及外来语,组织适宜,具有论理之精密与艺术之美。"②在语法方面,五四以后现代汉语发生了很大的变化,语言学家王力在《中国现代语法》《中国语法理论》中讨论过"欧化的句法"③以及句子结构方面的巨变,他这样描述说:"从唐代到鸦片战争以前,汉语的句子组织的严密性没有什么显著的变化。……五四以后,汉语的句子结构,在严密性这一点上起了很大的变化。基本的要求是主谓分明,脉络清楚,每一个词,每一个仂语,每一个谓语形式,每一个句子形式在句中的职务和作用,都经得起分析。这样也就要求主语尽可能不要省略,联结词(以及类似联结词的动词和副词)不要省略,等等。……现在要求在语句的结构上严格地表现语言的逻辑性。"④现代汉语语法的欧化及句子的缜密和完善对文学表达的影响是不言而喻的,语法的改变会带动思维方式和文学表达的重大变化,有学者指出:"不改变语法,光改变词汇,则黄遵宪、谭嗣同的诗文,苏曼殊的小说以及林纾、严复的翻译都还是古文,尽管显示了

---

① 张中行:《文言和白话》,中华书局2012年版,第10页。
② 周作人:《理想的国语》,《周作人文类编·夜读的境界》,湖南文艺出版社1998年版,第779页。
③ 他从以下几个方面梳理、归纳了汉语的欧化现象:(1)复音词的创造;(2)主语和系词的增加;(3)句子的延长;(4)可能式、被动式、记号的欧化;(5)联结成分的欧化;(6)新替代法和新称数法;(7)新省略法、新倒装法、新插语法及其他。
④ 王力:《汉语史稿》(中卷),中华书局1980年版,第479页。

可观的弹性,足以容纳这些新词汇,但汉语的变化毕竟不彻底。"①可见,词汇的翻新不一定能够完全改变"古文"面貌,而语法的变化则关系到文学是否能够彻底转型。以上这些语言新要素的出现,对文学的语言来说并不只是一种量的增加和替换,相反,这些要素的重新整合将会影响文学表述的体式。正如巴赫金所说:"标准语汲取民间语中各种非标准成分的任何拓宽,都不可避免地导致构建言语整体、完成这一整体、考虑听者或者伙伴因素等的一些新的体裁手段,或多或少地渗透进标准语的全部体裁(文学的、科学的、政论的、会话的等)之中,其结果使言语体裁在不同程度上得到改造和更新。"②语言要素的更新及语言的变革将会影响言语的体裁,文学的体裁不过是其中之一罢了。我们将在后面各章的分析中看到语言变革对诗歌、小说、散文、戏剧等体裁的具体影响。

最后,语言的变革对文学来说意味着原有文腔的破除,新的文学表达会聚集新的文气文风。汉语的四声音调为吟诗作文提供了音乐性的选择基础,过分注重汉语乐性的文章则会产生"文腔"。五四文学倡导者们都注意到并且严厉批评了古典文学中过分注重骈偶、对仗等导致的形式主义。一方面,古人将汉语的音乐性发挥到了极致,孕生了美轮美奂的古典文章,另一方面,过度追求音律声调导致了重形式而轻内涵的倾向。身处古典汉语传统中的创作者很难完全摆脱诱惑文人千载的那种"文腔",而这种腔调的存在会妨害意义的表达和文学的创新。五四一代作家从小接受了旧文学教育和熏染,他们对那种文字无形的影响力深有体会。周作人对古文体认甚深,曾说如果有人让他来教古文,"只须从古文中选出百来篇形式不同格调不同的作为标本,让学生去熟读即可。有如学唱歌,只须多记住几种曲谱:如国歌、进行曲之类,以后即可按谱填词。文章读得多了,等作文时即可找一篇格调相合的套上"③。这套古文教授法一定是以周作人对古文

---

① 郜元宝:《汉语别史——现代中国的语言体验》,山东教育出版社2010年版,第115页。
② [苏]巴赫金:《文本对话与人文》,白春仁等译,河北教育出版社1998年版,第147页。
③ 周作人:《中国新文学的源流》,北京十月文艺出版社2011年版,第65页。

"文腔"的了然于胸为基础的。"格调""按谱填词""套上"这些说法都能加深我们对"文腔"的理解。这种腔调的存在对以"言志"为鹄的五四作家来说无疑是一种束缚。而文学语言的变革可以破除这种文腔，形成适合于个性思想表达的自然文风。不入套才能说自己的话，说自己的话正是五四作家的追求。语言变革带来了文学表达语调的变化，只有旧的文腔消失了，才会形成新的表述类型。

通过以上三个方面的解析我们不难确认文学语言的变革对中国文学文体转型的重要意义，正如学者所说："文学形式变革或者文学内容的变革都是互相牵动的，尤其是文学语言，它既是文学形式的艺术编码又是文学内容的表意符号，更是创作主体艺术思维的贴身伴侣，因而语言的变革能牵动文学整体结构系统的变革。"[①] "文学是语言的艺术"，这一经典表述对于中国文学的现代转型来说意味着必须抓住文学语言这一关键的切口。

目前学术界关于文体转型的研究主要有两个向度：其一，描述中国文学文体转型前后的面貌，包括某历史阶段文体的种类、特点等；其二，研究中国文学某种文体即单体的古今演变，如散文文体的古今演变、小说文体的古今演变，其中小说领域的研究成果最为丰硕。目前的相关研究较好地解决了"哪些文体"及其转型前后"特点如何"的问题，但是"为何如此转型"的问题则有待深入探讨。且由于学科的划分，文体转型研究呈现出分而治之的格局，古代文学领域学者多研究古代文体的特征，现代文学领域的学者多研究现代文体的特征，至于古今跨界且从语言角度找寻文体转型线索的尚不多见。巴赫金曾说："如果语言学家远离自己的边界，他将永不能与文学家谋面。而封闭在抽象的思想性和社会学问题中的文学家，也永不能真正地与语言学家晤面。对边缘问题的恐惧，导致各学科无法容忍的自我封闭，导致学术的停滞（导致各学科之间联系的中断）。"[②] 这启发我们不妨站立在学科的"边界"，对"边缘问题"进行勘察，或许能有不

---

① 朱德发：《胡适对五四新文学运动意义的评述——为纪念文学革命百周年而作》，《山东师范大学学报》（人文社科版）2017 年第 4 期。
② ［苏］巴赫金：《文本对话与人文》，白春仁等译，河北教育出版社 1998 年版，第 284 页。

同的景观。文学语言是文体转型的重要原因和动力,是除了时代思潮、报刊传媒、域外文体影响之外更为本体的内在的影响因素。因此本书拟在前人研究的基础上,从文学语言变革的视角探究现代白话的哪些特点、功能、审美效果使得各种文体内部的"程序聚合"发生了蜕变、重组和衍化,从而实现了文体的现代转型。

下面对本书所涉及和论述的相关概念作具体的解释。"文学语言"这一概念较为简单,但因存在着不同的含义,这里需对其进行相关的说明和界定。要确定"文学语言"的含义,先要了解"文学"这一概念。据语言学家高名凯考证,"文学"在古代"是指一切用文字写出来的东西","一直到近代,'文学'的意义才用到艺术文这方面来"。①《辞源》对文学的解释是:"今世界所称'文学'有广狭二义。狭义与哲学、科学相对峙,专指散文、韵文而言,广义指哲学、伦理学、政治学等等言之,亦谓之'文的科学'。"②此外,"文"有时还指古代文献。这样一来,"文学语言"就有了广义和狭义之分,尤其是在参照苏联理论之后,在现代的语境之中,"文学语言既可指加工了的书面形式的民族共同语,又可指文艺作品的语言"③。由于现在的"文学"一般都取狭义,即文学作品,因此本书的"文学语言"排除了"书面语言"这一大的范畴,专指文学作品所使用的语言。出于研究对象和内容所限,文学语言变革指的是20世纪初白话代替文言的文学语言之变。

何为"文体"?学者认为,文体包括体裁、语体和风格三个层次,其中"体裁"是"文体"的第一层次,也是本书"文体"所指的核心层次。具体而言,"体裁就是文学的类型,进一步说是指不同文学类型的体式规范,文学类型的体式规范,一般地说是由某种类型作品的基本要素的特殊结合而构成的。这种基本要素的特殊结合,一般地说不是由个别作家人为营造的结果,而是人类长期文学实践的产物。

---

① 高名凯:《对"文学语言"概念的了解》,《"文学语言"问题讨论集》,文字改革出版社1957年版,第9页。
② 同上书,第9页。
③ 同上书,第16页。

它的成熟有一个漫长的历史进程,是逐步完成的"①。文学体裁的研究非常重要,被认为是"构成某种'文学的语法'"②。有论者即指出:"之所以说文类文体对于文学史建构尤为重要,是因为文学史从某种意义上说就是以文类的替代和变易的方式存在的。十七世纪法国学者菲·伯品纳吉埃尔甚至声称:文学史就是'文学种类的进化史'。"③本书正是从文学语言——这一影响文体转型的重要质素出发,考察中国文学文体的种种"替代""变异"和"进化",试图从一个更为切近文学本体的角度去解释文学转型的诸多现象和成因。

文学体裁的分类通常有两种:三分法和四分法。三分法指的是,将文学分为抒情类、史诗类和戏剧类,或者抒情类、叙事类和戏剧类。这三个基本类型,称谓大同小异。很多学者认为,这起源于亚里士多德的西方文艺的分类,④ 也有的认为,这种分法"诞生于人们对文学的共同思考之中"⑤。不管怎样,它已经"成为整个文学领域的主要衡量标准"⑥。五四以后采用的大多是四分法或与四分法类似的划分标准。刘半农在《我之文学改良观》中认为:"凡可视为文学上有永久存在之资格与价值者,只诗歌戏曲、小说杂文二种也。"⑦ 虽然是"二种",但基本是四分法。胡适在《建设的文学革命论》中谈到"国语的文学"时认为:"便是国语的小说,诗文,戏本。"⑧ 这里也是四分法,只不过把"诗文"合在一起。1925 年 12 月,鲁迅翻译

---

① 童庆炳:《文体与文体的创造》,云南人民出版社 1994 年版,第 103 页。
② [波兰] 米哈伊·格洛文斯基:《文学体裁》,[美] 科恩(Cohen, Ralph)主编:《文学理论的未来》,程锡麟等译,中国社会科学出版社 1993 年版,第 102 页。
③ 陶东风:《文学史与语言学》,《艺术广角》1992 年第 5 期。
④ 文学模仿现实有三种方式:"既可以像荷马那样,时而用叙述手法,时而叫人物出场(或化身为人物),也可以始终不变,用自己的口吻来叙述,还可以使摹仿者用动作来摹仿。"这里所说的"像荷马那样"的叙述,是指史诗类,即叙事类,"用自己的口吻来叙述",则是指抒情类,而"使摹仿者用动作来摹仿",则是指戏剧类。从此以后,西方文论家多采取这种三分法。参见童庆炳《文体与文体的创造》,第 111 页。
⑤ [波兰] 米哈伊·格洛文斯基:《文学体裁》,[美] 科恩(Cohen, Ralph)主编:《文学理论的未来》,程锡麟等译,中国社会科学出版社 1993 年版,第 97 页。
⑥ 同上书,第 97 页。
⑦ 刘半农:《我之文学改良观》,《新青年》1917 年第 3 卷第 3 号。
⑧ 胡适:《建设的文学革命论》,胡适编选:《中国新文学大系·建设理论集》,上海良友图书印刷公司 1935 年版,第 130 页。

了厨川白村的《出了象牙之塔》,作者在谈到"Essay"时说,Essay"和小说戏曲诗歌一起,也算是文艺作品之一体"①,这里基本是四分法。五四以后这种分类法在中国文学的创作、批评、研究中长期使用直至今日,甚至已经成为我们对文学的一种常识,但需要说明的是,四分法本身也是中国文学现代转型的一种体现。钱锺书先生曾指出:"在传统的批评上,我们没有'文学'这个综合的概括,我们所有的只是'诗'、'文'、'词'、'曲'这许多零碎的门类。"② 四分法是文学历史的产物,为什么本书依然要用四分法的框架呢?有学者认为,如果文学文体被"纳入文学交际中的话语这个范畴中来理解",那么"根据题材、布局和修辞的不同,将文学文体分为四种类型,即'叙事的小说话语'、'抒情的诗歌话语'、'对话的戏剧话语'和'自由的散文话语'",③ 四分法在研究中仍然具有其合理性。每类体裁下面又有不同的子系统,"体裁系统是由一些相对独立的子系统构成的","正是子系统层次显示了文学体裁的历史性",④ "只有把子系统作为分析对象时,才能完全尊重事物的历史性发展规律"⑤。本书所论述的文体转型包括四类文体及其各自子系统的发展状况。

文学语言和文学体裁之间如何发生关联呢?韦勒克和沃伦认为,文类"是以特殊的文学上的组织或结构类型为标准"⑥的。俄国形式主义学者托马舍夫斯基说:"体裁的本质在于,每种体裁的程序都有该体裁特有的程序聚合,这种聚合以那些可察程序或者说体裁特征为中心。"⑦ "特殊的文学上的组织或结构类型"或"特有的程序聚合"

---

① [日]厨川白村:《苦闷的象征·出了象牙之塔》,鲁迅译,人民文学出版社1988年版,第113页。
② 钱锺书:《中国新文学的源流》,《钱锺书集·人生边上的边上》,三联书店2002年版,第249页。
③ 王汶成:《文学话语类型学研究论纲》,《中国文学批评》2016年第3期。
④ [波兰]米哈伊·格洛文斯基:《文学体裁》,[美]科恩(Cohen, Ralph)主编:《文学理论的未来》,程锡麟等译,中国社会科学出版社1993年版,第107页。
⑤ 同上书,第112—113页。
⑥ [美]雷·韦勒克、奥·沃伦:《文学理论》,刘象愚、邢培明等译,三联书店1984年版,第257页。
⑦ [苏]鲍·托马舍夫斯基:《主题》,胡经之、张首映主编:《西方二十世纪文论选》,中国社会科学出版社1989年版,第113页。

就是"体裁"的本质内涵。由于各类体裁的特性和历史的原因,同一种文学语言在经过"特殊结合"或不同的"程序聚合"时,面临着不同的问题,可能是有利的也可能是不利的,由此导致各类文学体裁发展的不均衡现象。而不同的文学语言在经过相似的"程序聚合"时,因为语言的不同特性会导致体裁的发展呈现出阶段性的特征,导致同一体裁倾向或突出其中的某一种特征,从而引起此类体裁形式的嬗变。以小说为例,有论者指出:"《水浒传》、《金瓶梅》、《红楼梦》等长篇巨著在明清时产生,这固然是文学发展的结果,同时也应该是语言发展的结果。如果用文言写,那么要如此流畅无碍,舒卷从容地描绘出广阔而又细腻逼真的社会图景,刻画出各个阶层,特别是社会底层的众多人物形象,那是比较困难的。"① 由此可见,白话更有利于小说描绘社会现实、刻画各类人物形象,因此导致了小说在明清时期的发达。"文言的精简确是给想象留下了意会的余地和回味的空间,但那主要是一些比较简单的意象,如果是心理活动的描写分析和推断,就不如白话能婉转曲折详尽地给予描述。"② 白话更有利于小说中人物心理的描绘,因此白话代替文言的语言变革必然会使小说中的心理描写这一"程序聚合"得以突出,使得小说有可能出现不同于仅仅讲述故事、倚重情节的新特征。文学语言使文体要素在组合时发挥的功能不同,从而影响着文体最终的特征和形态。

本书将依循以下研究思路和方法展开,收集和整理有关中国文学文体转型丰富的文学创作和批评史料,在占有详尽史料的基础上,综合运用国内外关于文学、语言学、文体学的理论知识,通过文学语言变革前后文言与白话、现代白话与古代白话、白话语言内部多重属性的关系对照,全面探究文学语言变革与中国文学文体现代转型之间的关联方式和通道,考察现代白话的哪些特点、功能、审美效果使得各种文体内部的"程序聚合"发生了蜕变、重组和衍化,从而促使中国文学文体(戏剧、小说、诗歌、散文)实现了从古代到现代的文体转型,呈现语言变革作用于中国文学文体转型的实际情况,以达到

---

① 徐时仪:《汉语白话发展史》,北京大学出版社2007年版,第296页。
② 同上。

对文体现代转型规律更准确、深入的认识。

本书主要研究内容共有六章。第一章从总体的、共同的问题进行研究，第六章探讨文体之间渗透的转型问题，中间四章分别考察语言变革与四大文体转型之间的关联，考虑到文学语言变革颠覆了原有的文体等级秩序，顺序依次设置为戏剧、小说、诗歌和散文。除第一章总论外，每章最后一节选取一种有代表性的子文体进行个案研究，具体章节安排如下：

第一章为文学语言变革与中国文学文体的现代转型总论。本章从文学功能、文学形态和文学格局等层面探讨语言变革对文体转型的影响。同时，现代白话从其诞生之日起就不仅是专属于文学的，它同时兼具现代民族国家建构的身份，白话的国语身份对文体转型的意义不可忽视，本书将探讨与文学革命密切相关的国语运动及其观念对各类文体转型的影响，总结特定时期文体发展的经验和教训。

第二章是文学语言变革与戏剧文体的现代转型。这部分考察语言变革如何推动戏剧从"唱"到"说"表演体制的转变、从"叙述"到"代言"话语模式的转变及人称代词对话剧"对话性"的凸显，完成了戏剧的现代转型，在此基础上以"诗化"戏剧为个案解析了"诗化"的现代变异，廓清了对"诗化"问题的相关认识。

第三章是文学语言变革与小说文体的现代转型。研究文学语言变革实现了白话从"俗语"到"正格"的地位转变，这是小说文体现代转型的语言基础。特别探讨了语言变革为小说的"叙述"和"描写"所带来的根本变化，并以书信体和日记体小说为例进行文体转型的个案阐释。

第四章探讨文学语言变革与诗歌文体的现代转型。从词汇、语法、音节等方面考察语言变革如何摧毁近代以来一直难以彻底转型的古典诗体，生成了现代的自由诗体，实现了"诗体的解放"，在此基础上对现代集句诗的衰亡进行了阐释。方言作为白话的因子在语言变革之潮中潜入诗歌，构建了与古典方言诗歌不同的现代诗体。最后，本章选取古典文学中的重要类型——山水诗为个案，探析了语言变革所导致的该文体的现代转型。

第五章文学语言变革与散文文体的现代转型。散文文体的特征是比较自由，本章从话语行为的特点入手考察"无体"的散文如何在新的文学语言基础上破除古文"腔调"，完成现代意义上的"个性"表达，形成了具有现代审美特质的文体样式。从语言变革角度解释散文的顺利转型，文体个案选取了闲话风散文，进一步考察语言变革对散文转型的意义。

第六章文学语言变革与文体渗透的现代形变。文体之间的渗透是文学发展过程中的常见现象，本书在前几章的基础上，从语言变革角度探析古典文学文体渗透与现代文学文体渗透的不同状况，从互参原则和审美取向、互参表现形态及审美内涵的转变上认识文体渗透的现代转变，并以诗文互参为个案进行专节论述。

总之，本书从文学语言变革的角度研究中国文学文体的现代转型，最终旨在揭示文学语言的变革如何影响了中国文学文体的现代转型，展现时代思潮、精神结构和审美心理怎样通过语言的张力使得文体特定的"程序聚合"（托马舍夫斯基语）发生蜕变和衍化，实现了文体层面的历史变革，找寻文体转型过程中特定文体风貌形成的语言原因，探究现代文体转型的内在规律，并为回答与此相关的文学史分期、某些文体与代表作家文学史地位的评价、当下文体发展面临的困境和前景、中国文学"现代性"的多重内涵等问题提供启示。

第一章　文学语言变革与中国文学文体的现代转型总论

作为一种有意味的形式，文体是人类在特定历史时期的思维认识、审美心理和感受世界的精神图式的反映。文学史从某种意义上来说就是文体的演变史，文体研究是一个非常重要的问题。如何切入文体研究需要找到一个恰切的角度，有学者意识到："虽然文体是文学的整体审美形式或者是有意味的形式，但是文体形式的构成是否是别具一格的新形态，是否具有诗性的审美特征，是否严密完美，重在语言工具机制的卓有成效作用。"[①] 文学语言的机制和作用对文体的构成和审美特性的实现具有重要意义。研究中国文学文体从古典向现代的转变这一问题，抓住语言的变革无疑是有效的、关键的。有学者就曾指出："文学语言的变化是中国文学由古代文学向现代文学转型的最直观和最鲜明的标志。白话文取代文言文成为中国文学占主导地位的正宗文学语言不仅是一种表达工具的变化，它还蕴含着思维方式和文学观念的重大变革，并引发了除文学语言之外的其他文学形态（如文学样式与体裁、创作方法与艺术手法等）的变革。"[②] 各类文学体裁程序的聚合离散皆与文学语言有着重要关联。从文学语言变革的角度切入中国文学文体的现代转型，可以揭示出时代思潮是怎样通过文学语言来进行选择、淘汰、衍化、重组其表达方式的，可以揭示古今文体之间的差异是如何在文学语言的差异性中完成其审美选择的。下

[①] 朱德发：《胡适对五四新文学运动意义的评述——为纪念文学革命百周年而作》，《山东师范大学学报》（人文社科版）2017年第4期。

[②] 许志英：《给"当代文学"一个说法》，《中国现代文学论集》，南京大学出版社2008年版，第285页。

面本书将从文学语言变革对文体功能、文体形态和文体格局等几个方面的影响对中国文学文体的现代转型进行总体考察，以期对这一问题作出总体的、宏观的认识。

第一节 文学语言变革与文体功能的现代转型

在进入本部分论述之前，我们需要对"文体功能"这一概念进行适当的解释说明。目前在中国古代文学文体的研究中，有学者使用了这一概念并作了这样的界定："文体在特定场合、条件下要承担具体功用，我们称之为该文体的'文体功能'。"有学者指出："中国古代文体在功能上有独特性，即许多文体都萌生于古代礼仪文化制度，它们以其独特的潜质发挥着解释礼仪、装饰礼仪等特殊功能，在构建群体文化方面起着重要作用。"因为中国古典文学的"每一种文体都萌发于特定的历史土壤，活跃在特定的历史语境下，具有特殊的功能用途以满足特殊的精神需求"[①]，所以文体功能的研究成为文体研究的重要部分。这里的文体功能主要指某种文体在所属文化中所承担的某种功用。而本书所说的文体功能与此不同，主要指的是构成文体的要素、部分在文体整体形态和主导特征中所起的作用。如果说前述概念指的是文体的外部功用，那么本书主要指向文体内部要素在文体特征形成中的功能。应该说，文体功能是文体形成、变异过程中最本质、最内在的作用因素和机制，是文体形态和文体格局形成的基础，而文体功能的实现和所使用的语言密切相关。具体而言，不同的文学语言会有不同的表达效果，同样一种情境用不同的语言如现代白话、文言或古典白话表达将会带来不同的结果，使得这些表述可能会聚合、趋向并形成新的文体特征，且这种文体功能的新变会引发文类的变化和转型。尤其在中国文学语言由文言向白话的变革过程中，这种由语言变化所带来的文体功能的新变更为鲜明，更值得重视。

这里以文言、古白话和现代白话与小说中的环境描写所能实现的

---

① 郗文倩：《中国古代文体功能研究论纲》，《福建师范大学学报》（哲学社会科学版）2010年第6期。

文体功能为例进行分析。五四时期的文坛学习了西方的小说理论，认为人物、情节和环境是小说的三个必备要素，这三者的具体称谓可能因人而异，但是大体一致。瞿世英、清华小说研究社称"环境"为"安置"，郁达夫称之为"背景"，虽稍有不同，但指的都是西方小说理论中的"Setting"，即人物活动的背景、环境。① 环境又可分为自然环境和社会环境，前者主要是自然风景，后者包括特定的地域、阶级特色、社会习俗等内容。

先说自然景物的描写。鲁迅曾说："中国旧戏上，没有背景，新年卖给孩子看的花纸上，只有主要的几个人（但现在的花纸却多有背景了），我深信对于我的目的，这方法是适宜的，所以我不去描写风月，对话也决不说到一大篇。"② 中国古典小说也和戏曲表演中的"没有背景"很相似，那就是"不去描写风月"。当然不是完全不描写，而是说中国古典小说以情节为主，自然风景描写不占主要地位。有时也会描写自然风景，但往往是和情节的考虑联系在一起的，如《水浒传》第二回的描写：

> 王四一觉睡到二更方醒觉来，看见月光微微照在身上，吃了一惊，跳将起来，却见四边都是松树。

这里所写的月光并不具有景物的独立意义，而是侧重于人物的眼睛发现时间变动所引起的吃惊，王四醒悟到自己因贪杯被灌醉后耽误了送信的任务，因此是与情节紧密相关的。除此之外，白话小说在描写景物时常用"有诗为证"引出，正如学者所说："凡事件、人物的行为、心态情感及景象变化等等，均可举诗为证，深一层描绘。"③ 即使像《红楼梦》那样力图摆脱模式化的写法并在艺术性上达到很高成就的白话小说，在描写的时候也常常借用诗歌得到某种"提

---

① 参见郁达夫的《小说论》，清华小说研究社的《短篇小说作法》，瞿世英的《小说的研究》，孙俍工的《小说作法讲义》，沈雁冰的《小说研究ABC》。
② 鲁迅：《我怎么做起小说来》，《鲁迅全集·南腔北调集》，人民文学出版社2005年版，第526页。
③ 鲁德才：《古代白话小说形态发展史论》，南开大学出版社2002年版，第73页。

第一章 文学语言变革与中国文学文体的现代转型总论

升"。可以追问的是,为何在深一层描绘时古典白话小说要借用诗歌?这里面有语言的原因。文言和白话是古典汉语的两种语体,它们雅俗有别,各司其职,各自所能达到的表达效果不同。在白话小说中,如果描写需要达到一种更为细腻、更为高雅化的艺术性表达时,古代白话是很难胜任的,只能由担当古典汉语"雅"一极的文言来承担,由此形成借助诗歌进行描绘的现象。文言小说的描写情形又是怎样的呢?古代诗文中对自然风景的吟咏蔚为大观,描画松竹梅兰、山水日月的例句俯拾皆是。在这样的文学氛围熏染之下,文言描绘景物也带上了浓厚的诗意。同时,随着语言系统内部不断的累积模仿,这种语言在描写时容易变得空泛,缺乏那种纤毫毕现的效果。我们可以清末民初的一些文言小说为例进行分析。有学者认为,这个时期的某些小说和五四小说有一定的相似性,具有一定的现代性,是不是这样的呢?我们可以从语言角度做进一步观察。《玉梨魂》开篇即有写景的文字:

> 曙烟如梦,朝旭腾辉,光线直射于玻璃窗上,作胭脂色。窗外梨花一株,傍墙玉立,艳笼残月,香逐晓风,望之亭亭若缟袂仙,春睡未醒,而十八姨之催命符至矣。香雪缤纷,泪痕狼藉,玉容无主,万白狂飞,地上铺成一片雪衣。此时情景,即上群玉山头,游广寒宫里,恐亦无以过之。而窗之左假山石畔,则更有辛夷一株,轻苞初坼,红艳欲烧,晓露未干,压枝无力,芳姿袅娜,照耀于初日之下,如石家锦障,令人目眩神迷。寸剪神霞,尺裁晴绮,尚未足喻其姿媚。
>
> ——第一章《葬花》

如此写景,可谓美则美矣,但是问题也恰出在这里。文言写景只能传达出一种若隐若现的诗意,却无法准确地描绘出景致的"独特性"。五四时期有人对类似的写景法提出了批评:"我从前见有些做四六调小说的,他们的叙景法仿佛是数学里的公式,例如什么'……芳草斜阳……红楼一角……中有女郎,岑其姓,翠鸾其名,……'等话头,随时随地,反复活用。像这种叙景法,只不过当作一篇的冒头，在文学上是毫无价值的。"① 我们虽然不能简单地将徐枕亚笔下的景物描绘贬为"毫无价值"，但是用文言写景确实很难摆脱那种千篇一律的诗性色彩。正如胡适所说："因为语言文字上的障碍"，"一到了写景的地方，骈文诗词里的许多成语便自然涌上来，挤上来，摆脱也摆脱不开，赶也赶不去。"② 对现代小说来说，自然景物的描写并不是为美而美，而是为了更好地表现其中的人物。有人指出："这种自然描写不但使我们面前涌现极精细美丽的图画，更使我们确实了解其中的人物与其动作。"③ 也有人说："约而言之，小说中必要描写自然的原故，在使人与自然，篇中的人物和环境，成有机的结合，使表现法栩栩有生气；并不是多写闲话来填充篇幅咧！"④ 景物描写如果不能更好地服务于人物，那么它再美也只是"闲话"。可见，五四时期的小说理论对描写的认识是非常自觉的。那么，文言的自然景物描写能否达到这样的要求呢？文言的景物描写难道不表现其中的人物，仅仅是用来填充篇幅的吗？其实并不是这么绝对，我们可以看看下面两例"月色下"的人物，深化对文言景物描写在小说中功能的理解。

是夕，微月已生西海，水波不兴。……时夜静风严，余四顾，舍海曲残月而外，别无所睹，及去余家仅丈许，瞥见有人悄立海边孤石之旁，静观海面，余谛瞩倩影亭亭，知为静子……余在月色溟蒙之下，凝神静观其脸，横云斜月，殊胜端丽。

——苏曼殊：《断鸿零雁记》

瞥见一女郎在梨树下，缟裳练裙，亭亭玉立，不施脂粉，而丰致娟秀，态度幽闲，凌波微步，飘飘欲仙。时正月华如水，夜色澄然，腮花眼尾，了了可辨，是非真梨花之化身耶？

——徐枕亚：《玉梨魂》

---

① 六逸：《小说作法》，《文学旬刊》1921年第17号。
② 胡适：《老残游记·序》，姜义华：《胡适学术文集·中国文学史（下）》，中华书局1998年版，第1079页。
③ 瞿世英：《小说的研究》（中篇），《小说月报》1922年第8号。
④ 六逸：《小说作法》，《文学旬刊》1921年第17号。

◈ 文学语言变革与中国文学文体的现代转型

地方风土的描写也是环境描写的重要内容,晚清的白话小说中已有此类描写。吴趼人的《恨海》第四回评语道:"自出京后,一路写赶车落店,至此再极力一描摹,竟是一篇北方风土记。"① 其实,一路写来的无非一些点到为止的"土炕""牲口""烙饼"等,此处的所谓"极力一描摹",也是由棣华眼中"只见"引出,和传统白话小说中所"见"略同。风土的描写在这里是故事进展真实性的需要,如小说中北方店主说的"吃甚么饭?""小姐胃口不好,加上点忌讳罢!"就有叙述者评语道:"北人无论米食麦食,均谓之饭。南人则饭、面别之甚严。""北人讳言'醋'字,呼'醋'为忌讳,亦可笑之俗也。"② 可见,这是从人物语言的真实性来理解风土描写的。而在五四时期的小说中,风俗描写在很大程度上颠覆了旧有的功能。Bliss Perry 在他的《小说的研究》中说,"若是风气——地与时——背景——摩画得甚有艺术,则人物和动作也许成为不足重要"③,而风俗背景要"摩画得甚有艺术",与小说语言有着重要关系。

白话较之文言更能描摹当代生活中的风土习俗,事无巨细的描绘不愁找不到地道的称谓,需要辨析的是旧白话和现代白话之间的差异。旧白话秉持的是说书人的立场,风土景物由人物眼中"只见"一笔带出,简要概括,并且即刻汇入故事的情节链条之中,而对于其中引发和包蕴的情感、态度、人物心理、审美情调这些"看不见"的东西则不得不回避。《恨海》中棣华是为了给受惊的母亲烧水才顺便"见"出了农家院落里的物什,风土本身并没有给人物带来情绪上的振荡。五四时期的风土描写则与此不同,白话成为作家自我表达的合法媒介,古代文学中只有文言诗文才有资格传达的审美情感在现代白话中得以雍容的显露,人物的心理、作家的情绪、感受,时不时与风土缠绕在一起,具有强烈的抒情性。如《社戏》:

> 那声音大概是横笛,宛转,悠扬,使我的心也沉静,然而又

---

① 《恨海》第四回评语,吴组缃等主编:《中国近代文学大系·小说集》(6),上海书店1991年版,第271页。
② 同上书,第275页。
③ Bliss Perry:《小说的研究》,汤澄波译,商务印书馆1925年版,第252页。

容,却处处体现着特定阶级的生活,如对人物的住所及陈设的描画,有的则主要是社会风俗画面的直接呈现。现代白话关于住所、陈设的描写与前述自然风景的描写一样,可以更好地透视人物。如五四时期王思玷的小说《偏枯》开篇即是此类描写:

> 屋子里的右边,土炕上,躺着刘四,二子睡在他的脚下,右边一口小锅,一个鏊子,墙上贴着灶神码子,还有杂乱的一些破盆,破罐子,破锄头,破镰刀,新陈几年的斗笠,蓑衣;愈多愈显着不值钱。
>
> 屋外是用秫秸夹的篱笆院落,右边支一盘小磨,看样是用人推的,檐下,——无棂的窗洞前,——支一个石台,台下砌就一个鸡窠,台上一个半截罐子,满盛着黄土,像以前曾栽过草花,现在又破下一块来,一任那雨水冲击着黄土,从石台上流到石台下了。

这段描写除了交代贫穷农家的居住环境,其描写本身也具有很大的审美效能。文言的诗意描绘不可能做到如此具体入微。"愈多愈显着不值钱"几个字就对前面的罗列赋予了审美性,旧白话的交代性描述肯定会省略此句,也就不会产生这种效果了。"半截罐子,……一任那……"一句写出了农家命运的被动和无奈,为整个小说奠定了恰适的背景氛围。正如郁达夫所说:"背景的效用,是在使小说的根本观念,能够表现得真切,是在使主题增加力量,是在使书中的各人物,各就适当的地位。"① 现代白话的描写改变了传统小说中住所描写的功能,使其真正转向对事件中人物处境的观照,在这样的开头之后,小说不可能倚重离奇的情节,而是如茅盾对这篇小说的评价,描写的是"贫农夫妇在卖儿卖女那一瞬间的悲痛的心理"②。那种对心理同时也是人的生存状态的关注完全摆脱了古典小说的趣味。

---

① 郁达夫:《小说论》,严家炎编:《二十世纪中国小说理论资料》(第2卷),北京大学出版社1997年版,第446页。
② 茅盾:《〈中国新文学大系·小说一集〉导言》,茅盾编选:《中国新文学大系·小说一集》,上海良友图书印刷公司1935年版,第16页。

诗兴，说，"无思无虑，这真是田家乐呵！"

——鲁迅：《风波》

这里描写的是辛亥革命后江南某水乡的独特风景，也许用文言表达的话会变成叙事人所嘲讽的那种"诗兴"大发的"田家乐"，但是现代白话做到了写景的独特性。正是在这样具体可感的乡村风景中，才走出那些活脱脱的精神上愚昧落后的乡民。如果将这里的风景置换成陶渊明式的乡村风物，那么与作家想要揭示的革命后的农村必定相去甚远。用白话写景可以祛除积淀在文言中的诗意内涵，较为确切地描画具体时空中的独特景物，从而更好地表现人物。再如许杰《赌徒吉顺》中的一段：

> 第二天的傍晚，夕阳已经收敛了余辉，黑暗如轻纱般的渐渐笼罩着大地的时候，吉顺从忘忧轩乘间逃了出来，走出西门，便沿着溪流走去，穿过那细沙铺成的锦地，走入将近残败柳林当中。他的心神已如柳林中栖宿着的飞鸟一样，在一瞬间以前，被他惊逐得飞翔天外了；他现在的身躯正如萧萧的残柳。

以上段落中的"傍晚""夕阳""黑暗""柳林"都是吉顺赌博失意后的真实环境，而对这些景物描写的"即物性"很好地衬托出吉顺当时的心境。只有独特的景物，才有独特的人物。因此，对现代小说来说，写景即是写人。同时更重要的是，由语言变革所导致的描写效果之不同会改变景物描写在小说叙事中的功能。那种"芳草斜阳"似的景物描写只能大致交代人物的活动背景，是"冒头"，在"某地某生"之后更重要的是故事的发展，而现代小说中的景物描写使得对故事情节的倚重转向"人"的书写和刻画成为可能。一篇小说的精彩与否不再取决于情节是否离奇，而是侧重事件中人物的感受和心理，这对现代小说打破旧小说故事化、情节化的文体特点具有重要意义。

除了自然风景，小说中环境描写的另外一个重要内容是社会环境。社会环境的描写比较庞杂，其中有的描写看似没有什么社会内

第一章 文学语言变革与中国文学文体的现代转型总论

这两处的人物均为女性,她们与夜晚的月色浑然一体,景物描写为人物烘托出绵绵的诗意,可见文言的描写仍然起到了服务人物的作用。但是,同时正好暴露了这种描写的无力。具体而言,二者均为夜晚的月色,前者的情形是"夜静风严""微月""残月""月色溟蒙",其人物"倩影亭亭""殊胜端丽";后者为"夜色澄然""月华如水",人物则"亭亭玉立""丰致娟秀,态度幽闲,凌波微步,飘飘欲仙"。不难看出,在两个不同作家的笔下,在不同的故事中,两个不同的人物(前者为静子,后者是梨娘)在文言景物的衬托中几乎呈现了同样的诗意,这样的描写区别度很小,而其中的人物也必然丧失个性。而一旦丧失个性,那么描写就很难真正地服务于人物塑造。由此可见,现代小说所要求的景物描写对人物的表现功能,必须建立在景物自身的独特性上。现代优秀的小说家对景物描写的体悟与此正合符节,老舍先生说:"美不美是次要的问题,最要紧的是在写出一个'景'来。我们一提到'景'这个字,仿佛就联想到'美景良辰'。其实写家的本事不完全在能把普通的地点美化了,而在乎他把任何地点都能整理得成一个独立的景。"[①] 现代白话小说写景时,在具体性、独立性上具有明显的优势。以鲁迅的小说《风波》为例,小说开始就描写了鲁镇傍晚的乡村景象:

> 临河的土场上,太阳渐渐的收了他通黄的光线了。场边靠河的乌桕树叶,干巴巴的才喘过气来,几个花脚蚊子在下面哼着飞舞。面河的农家的烟突里,逐渐减少了炊烟,女人孩子们都在自己门口的土场上泼些水,放下小桌子和矮凳;人知道,这已经是晚饭的时候了。
>
> 老人男人坐在矮凳上,摇着大芭蕉扇闲谈,孩子飞也似的跑,或者蹲在乌桕树下赌玩石子。女人端出乌黑的蒸干菜和松花黄的米饭,热蓬蓬冒烟。河里驶过文人的酒船,文豪见了,大发

[①] 老舍:《景物的描写》,《老舍全集》(第16卷),人民文学出版社1999年版,第237页。

第一章 文学语言变革与中国文学文体的现代转型总论

自失起来,觉得要和他弥散在含着豆麦蕴藻之香的夜气里。

……

在停船的匆忙中,看见台上有一个黑的长胡子的背上插着四张旗,捏着长枪,和一群赤膊的人正打仗。双喜说,那就是有名的铁头老生,能连翻八十四个筋斗,他日里亲自数过的。

第一段中,戏台传来的歌声与当时的感受已经水乳交融无法分离;第二段的"双喜"一句看似客观,"他日里亲自数过的"却浸染了浓厚的童年诗趣。这样的风土描写一改旧白话的急促,拉长了读者的感觉过程,小说中的风土成为一幅幅精致的艺术画面,正是在这种细嚼慢咽的品味中重新确立了风土的地位和功能,真正使"人物和动作成为不足重要"。风土在五四作家笔下成为真正的关注对象和书写内容,如果抽掉这些被点化的"饶有诗趣"[①]的环境描写,小说也就不存在了。司替芬生所说的小说三种做法,其中之一是,"先有了一定的氛围气,然后再去找出可以表现或实现这氛围气的行为和人物来","我先感着一种苏格兰西海岸的一小岛的情趣,在胸中缭绕。然后渐渐作出了那篇小说来表现这一种情味"[②]。现代白话改变了风土描写在小说中的功能,风土不再是黏着在故事情节上的"真实"环境,而成了作为表现对象的"情趣""情味",这无疑助成了现代情调小说审美特征的形成。

现代白话的描写除了服务于人物和情调外,有些还可以达到某种"诗性"的境界。需要说明的是,这里的诗性和前述文言小说中的"诗意"不同。文言小说中的"诗意"往往是一种熟透的、模糊的、同质化的色彩,而这里所说现代小说中的"诗性"是富有现代意义的、超越日常生活的那种审美追求,体现出鲜明的生命意识和主观情愫。关于现代小说中景物描写与小说诗性之间的关系,已有学者作出了富有启示的探讨:"自然景物在古小说中往往缺少主体审美意识的

---

① 成仿吾:《〈呐喊〉的评论》,《创造季刊》1924年第2卷第2期。
② 郁达夫:《小说论》,严家炎编:《二十世纪中国小说理论资料》(第2卷),北京大学出版社1997年版,第442页。

自觉,因此,小说中的自然景物描写除担当叙事中的情节功能外,并无太多叙事者本身的生命感悟,因而也无更深入的诗性追索余地。'五四'以后,小说自然景物开始增加了主观抒情性质,小说诗性特征增强。小说中自然景物描写由叙事向抒情的转化反映了小说的文体变化。现代小说并没有抛弃古典小说中自然景物叙写的情节功能,现代化以后的小说仍然需要场景的设置。但是,只有现代小说的自然景物叙写主体才贯注了充盈的生命意识。生命意识是一种理性糅合了生命现象之后的感性显现,是一种个体感悟,它拒绝有违生命本能的范式。因而,生命意识的获得和个性解放是无法分开的,在具有个性色彩的现代小说家那里,能够追寻到更多的生命意识,它们都闪烁着现代诗性的光辉。"① 这段引用比较长,我们可以稍加概括,即现代小说中的景物描写较之古典小说中的景物描写而言,具有使小说诗化的功能,而这是小说文体发生现代变化的重要表征。现代小说景物描写除了情节功能和场景设置以外,还体现了更高的诗性意味。通过小说文体发生的古今变化可以理解这一现象:"母体的世俗性决定了白话小说的'表演性',这种叙事以情节为轴心,其叙事中的事件讲述结构成为文体发展的'生长层',消磨了诗性呈现冲动。直到现代小说解脱出了一个抒情主体、叙事功能更加完备以后,小说的诗性才得以增强。"② 古代小说以情节为核心,诗性展示的空间很少,而现代小说叙事功能发生了很大变化,叙事中抒情主体的出现方才使诗性成为可能。这是从小说叙事角度进行的解释和描述,其实小说诗性的生成和使用的语言也有重要关系。古白话是一种世俗性语言,即使在《儒林外史》《老残游记》等小说中,局部的景物描写也达到了较高的艺术水准,但其功能依然与小说的讽刺、批判主题相关,很难达到更高层次的诗性呈现。而文言景物描写则如前面所说,经过长期的发展已经成为一种远离现实的虚幻诗意。无论是古白话还是文言,其相应的景物描写都无法给原有小说提供更深层的诗性思考。在某些现代小说

---

① 傅元峰:《自然景物叙写与中国现代小说诗性现代化》,《南京师范大学学报》(社会科学版)2005年第2期。

② 同上。

里，我们看到自然景物描写甚至不是仅仅通过象征、对照、衬托等手段为人物或者某种社会性主题服务，它的表达效能包括前者，但又远远超过了前者。在鲁迅的小说中这种诗性的自然景物描写很多，如小说《在酒楼上》中的这段文字：

> 这园大概是不属于酒家的，我先前也曾眺望过许多回，有时也在雪天里。但现在从惯于北方的眼睛看来，却很值得惊异了：几株老梅竟斗雪开着满树的繁花，仿佛毫不以深冬为意；倒塌的亭子边还有一株山茶树，从晴绿的密叶里显出十几朵红花来，赫赫的在雪中明得如火，愤怒而且傲慢，如蔑视游人的甘心于远行。我这时又忽地想到这里积雪的滋润，著物不去，晶莹有光，不比朔雪的粉一般干，大风一吹，便飞得满空如烟雾。……

这段写景文字从情节角度来看并非必要，也不仅是为人物塑造和主题服务，更是一种诗性的升腾和抵达，它有古典诗意的雍容，又有丰沛的现代内涵；它属于那个时代的知识分子"我"和吕纬甫，又是超越时间经久回响、令人动容的；它符合故事的场景设置，又成为一种精神性的领地，与全文对辛亥革命后知识分子的精神审视高度契合。只有一个深刻的启蒙者、思想者，同时又是一个优秀的文学家如鲁迅者，才能用现代白话写出这样卓越的文字。与古白话和文言的景物描写相比，其背后透出的反抗绝望的力量具有了生命哲学的高度，由此，现代白话顺理成章地成为现代人的精神栖居所，这样的表达效果使得小说文体不再仅仅黏着在情节之线上去"抓住"读者，小说也可以追寻诗性，这对突破传统小说叙事惯性具有重要意义。

从以上小说文体重要的要素"描写"入手，可以看到不同文学语言生成的描写具有很大差异，直接联系着描写在文体中所能实现的功能，进而影响到文体面貌。现代白话在写人绘物方面更加形象、逼真，使"描写"的功能得以最大限度的发挥，满足了现代小说日常叙写的语言要求。同时，不同于文言的模糊诗意和旧白话的粗括枯瘦，现代白话生成了包括自然风景、住所、风土在内的环境描写的新的审美属性，改变了其在古典小说中只能充当外在环境的角色功能，可以更好地服务于人物和情调；现代白话扬弃了古白话的通俗面相和文言的单调含混，表达了诗性，这些由语言带来的话语功能的改变必将使小说文体发生巨大的重组，导致传统向现代的转变。除小说之外，戏剧、诗歌、散文莫不如此。文学语言的变革使各类文体原有要素的文体功能发生变异，并导致各要素之间根据表达需要重新聚合，确立新的规则，形成新的文体样态，从而引发文体的转型。

第二节 文学语言变革与文体形态的现代转型

如果说"功能"侧重内部的过程机制，那么"形态"则侧重外部的状貌。文学语言的变革不仅影响着文体功能的实现，而且是文体最终表现形态生成的重要因素。总体而言，现代白话在代替文言成为文学语言之后，文学文体的形态呈现了更为自然化、自由化的特征。汉语的特质使得古典文学的音乐性非常突出，经过文人的加工，形成了一系列形式感突出的文体形态并稳固化，诗、词、曲等文体的外在形态非常明显，字数、句数、格律等形式要素形成稳定的样态，连格式并不是很严整的散文也非常注重句调之上口；现代白话的运用则极大地降低了文学的音乐性，那种规律性的形式要素在表达中被消解，原来突出的形式感为自然化的形式所替代。本书将在后文细致勾连文学语言之变对各类文体形态转变的影响以及文体交融互渗时表现形态转变的作用，这里仅从与各类文体均有关涉的一个共性角度——现代标点符号及书写形式进行探察。标点符号和书写形式是与现代白话书写共生的语言表达工具，是现代白话文学表意的重要组成部分，也是文学语言变革的必然要求。研究标点符号和书写形式可以从一个重要的方面认识现代语言变革对文体形态转型的意义。

一 新式标点符号、书写形式与诗歌文体形态的现代转型

中国古代已有简单的句读。《学记》中有"离经辨志"的方法，汉朝许慎《说文解字》对"、""√"的作用有所说明。到了宋朝，一些书籍刻本中开始使用句读号。宋人岳珂在《九经三传沿革例》中说："监蜀诸本皆无句读，惟建本始仿馆阁校书式从旁加圈点，开

卷了然，于学者为便，然亦但句读经文而已。"《增韵》云："今秘省校书式，凡句绝则点于字之旁，读分则微点于字之中间。"这些都说明了宋代使用句读的情形。但总体而言，古代的标点符号是非常简单、粗疏的。对此，胡适具有非常明确的意识："中国旧有的标点符号只有一个句号，一个读号，远不如西洋的完备。"①

晚清时期，民主主义思潮兴发，出于启蒙的需求，白话文得到大力倡导。在近代中国的汉字改革运动中，清末的切音字运动时期（1891—1910）便出现了一些汉字改革的先驱，他们积极倡导并实践新式标点符号，其中包括王炳耀、朱文熊、卢赣章、刘孟扬等人。鲁迅和周作人在晚清合译的《域外小说集》里也大量使用了新式标点符号。

五四时期，在文学革命的倡导过程中，标点符号仍然是热议的话题之一。1917年的《新青年》围绕标点符号发生了激烈的争论，刘半农、钱玄同、陈望道等都是五四时期新式标点的倡导者。《新青年》从第4卷第1期起，逐渐采用新式标点符号。1919年11月，由胡适起草修正并与马裕藻、周作人、朱希祖、刘复、钱玄同等人共同提议的《请颁行新式标点符号议案》，提请国语统一筹备会决议通过。1920年2月，北洋政府教育部发布第53号训令《教育部通令采用新式标点符号文》，批准这一《议案》"转发所属学校俾备采用此令"。虽然教育部的训令以没有标点符号的公文通令采用新式标点符号显得有些悖谬，但是，这种以政府部门发文颁行新令的方式无疑会促进新式标点的使用和推行。

横行书写形式的讨论在五四时期也颇为热烈。留美学生1915年创办的《科学》杂志一开始就采用横行书写，"以便插写算术及物理化学程序，非故好新奇，读者谅之"②。刚开始提倡横行是出于科学公式和西洋文字的考虑，后来主张非科学的文学文字"也是用横式比用直式来得便利"③。虽然由于种种原因（同人意见之不同及印刷方

---

① 胡适等：《请颁行新式标点符号议案（修正案）》，欧阳哲生编：《胡适文集》，北京大学出版社2013年版，第87页。
② 《〈科学〉发刊例言》，1915年第1卷第1期。
③ 钱玄同：《致信陈独秀》，《新青年》1917年第3卷第6号。

面的原因），横行书写在《新青年》上的实行晚于新式标点符号的采用，但二者都是白话书写的重要部分，当时就有人指出：西文的一些标点符号"倘不将文字改为横行，亦未能借用"①。"新圈点法和横行法须相联取用，不可去此用彼。"②既然采用新式标点，横行也是迟早的事。

五四时期也提出了分段书写的意见，刘半农这样提议："中国旧书，往往全卷不分段落。致阅看之时，则眉目不清。阅看之后，欲检查某事，亦茫无头绪。今宜力矫其弊，无论长篇短章，一一于必要之处划分段落。"③

新式标点符号和横行、分段书写形式都是密切配合白话文运动的，是白话语言变革的有机组成部分。为什么中国古代标点符号非常简单，而随着白话文的推行，尤其是五四文学革命的发展，新式标点符号和书写形式成为白话文学的书写要求？这和文学语言有关，有学者指出："中国传统的句读符号与传统的文言文存在着某种同构关系，文言文句式简短，虚词发达，结构形式变化不大，简单的句读符号基本上可以满足阅读文言的需要。但也正因为此，造成了中国句读符号之简陋。"④相反，白话的书写是为了精确表意，改变中国人模糊的思想，而标点符号及书写形式正是不可或缺的辅助。语言学家陈望道就说："中文旧式标点颇显太少。不足以尽明文句之关系。其形亦嫌太拙。当此斯文日就繁密之时。更复无足应用无碍也。则革新标点。其事又重且要于革新文字者矣。"⑤因此，可以说标点符号和书写形式革新正是语言变革的一个部分，甚至有学者将其看作新文学之所以能够突破古典文学并由此造成中国文学大转型的关键因素。前代学者郭绍虞在这方面提出了不少富有启示的看法，他认为，古典文学中，"明代文人如袁中郎等辈也很想独创一格，何以不会成功？旧文艺中

---

① 刘半农：《我之文学改良观》，《新青年》1917 年第 3 卷第 3 号。
② 张东民：《华文横行的商榷》，《新青年》1921 年第 9 卷第 4 号。
③ 刘半农：《我之文学改良观》，《新青年》1917 年第 3 卷第 3 号。
④ 刘进才：《现代文学的"创格"之举——新式标点符号的修辞功能探寻》，《中国文学研究》2007 年第 3 期。
⑤ 陈参一（陈望道）：《标点之革新》，《学艺》1918 年第 1 卷第 3 号。

第一章　文学语言变革与中国文学文体的现代转型总论

如白话小说应当变化自如了,何以亦束缚于章回体之下而不能自拔?乃至何以白话的语录体会变成骈俪的语录体?何以戏剧中白话的说白,会变成骈俪的说白?"而新文艺则成功地实现了文学的变革,其中重要的原因之一就是"写文的方式即标点符号,利用了分段写法"①。近年来,有学者注意到了标点符号和书写形式的修辞功能及给五四白话带来的变化,如语气上的言文一致、意义上的深入开拓和结构上的丰满繁复等,认识到其对现代文学的重要意义。② 本书拟在前人基础上,进一步探究作为白话文表达的组成部分——新式标点及其书写形式对中国文学文体形态的转型到底产生了怎样的影响?试图从一个较为重要的方面认识中国文学文体转型过程中的机理。

新式标点符号及书写形式能够导致文体形态的新变,这方面变化最显著的要算诗歌。古典诗歌有固定的体式,字数、声调、平仄都有所依,不管是五言、七言,还是绝句、律诗,情感的律动已被凝定在诗句的组织中,起承转合自有定律,文句形态倾向均质化,写的人和欣赏的人都会遵守约定俗成的规则,没有标点也不会影响断句和文意。而用现代白话写诗,没有固定的体制依循,篇无定句,句无定字,在这种情况下,必然要求标点符号和书写形式参与情感的形成和外化。否则,读者无法在散文化的诗句中把捉作家的情感律动和节奏变化,也就无法索解诗歌的内涵。有的诗歌可能没有标点符号,如穆木天的《泪滴》(1924 年):

　　我听见你的真珠的泪滴
　　滴滴在你的蔷薇色的颊上
　　在萧萧的白杨的银色荫里
　　周围罩着薄薄的朦胧的月光

---

① 郭绍虞:《新文艺运动应走的新途径》,《语文通论》,开明书店 1947 年版,第 93 页。
② 参见刘进才《现代文学的"创格"之举——新式标点符号的修辞功能探寻》,《中国文学研究》2007 年第 3 期;张向东《"五四"文学革命中的"书写形式"革命》,《兰州学刊》2010 年第 3 期;文贵良《新式标点符号与"五四"白话》,《华中师范大学学报》(人文社会科学版)2015 年第 3 期。

>我听见你的水晶的泪滴
>滴滴在你的鹅白的绢上
>滤在徐徐的吹过的夜风
>对着射出湖面的光芒

这种情况下分行（包括分节）排列就起到断句的作用，帮助读者清晰地理解诗歌。更多的时候是标点符号和分行排列同时存在。可以说，没有标点符号和分行书写的现代诗歌是无法想象的。逗号、句号、省略号、感叹号、破折号、问号、分号、冒号等在五四以后的新诗中都成为不可缺少的组成部分，例证俯拾皆是，此不赘言。同时，分行也给新诗带来一种新的形态。因为白话写诗会带来诗歌的散文化，怎样才能使诗歌既是散文化的形态，又不至于和一般散文混同，从而彰显出诗歌之所以为诗歌的形态特征？当然，诗意的凝练、意象的打磨等都可以减少过分的直白和明了，强化使诗成为诗的那些文体属性，但书写形式的变化同样重要。作为文学语言最为精粹的文体，诗歌应该具有其他文体所没有的属性，而分行排列可以赋予其一种外在形态，从而提示接受者这种文体的特殊性、精粹性，并用读"诗"的运思方式去"读"诗。我们可以冰心的一首诗为例，说明分行书写形式的重要性。

1921年，冰心曾把散文《可爱的》寄到《晨报》副刊，而登出的时候，编者却按照分行的诗的形式进行排列，录之如下：

>除了宇宙，最可爱的只有孩子。
>和他说话不必思索，
>态度不必矜持。
>抬起头来说笑，
>低下头去弄水。
>任你深思也好，
>微讴也好；
>驴背上，

> 山门下,
> 偶一回头望时,
> 总是活泼泼地,
> 笑嘻嘻地。

以上文句中有介词、副词、连词的串联,表达的意思很清晰,是一段明白的散文文字。但是如果分行排列,其中有些对偶性的语句会更为突出,而诗句间也会留下一些停顿和空白,形成一定的诗意空间,文末句式成分并不完整的"活泼泼地""笑嘻嘻地"也会留下一种言虽尽而意无穷的回味感。可见,诗歌的排列形式会激活被散文形式消除的诗意,使一篇散文"变体"成诗歌。分行还可以形成更多的造型,比如凹凸形、阶梯形等,通过排列给诗歌更明显的形式感,抒发某种特殊的情感。直到现在,诗歌的横向分行书写形式依然是辨识诗歌体式的重要标识。

分行本身就有断句的功能,分行之时可以是停顿之际(有时有标点符号,有时没有标点符号),但对于一些分行和标点符号并不同步的诗句,更显出分行书写对节奏和诗体建构的作用。如闻一多的《奇迹》中有这样的诗句:

> 我便等着,不管等到多少轮回以后——
> 既然当初许下心愿,也不知道是在多少
> 轮回以前——我等,我不抱怨,只静候着
> 一个奇迹的来临。总不能没有那一天
> 让雷来劈我,火山来烧,全地狱翻起来
> 扑我,……害怕吗?你放心,反正罡风
> 吹不熄灵魂的灯,愿这蜕壳化成灰烬,
> 不碍事,因为那,那便是我的一刹那
> 一刹那的永恒——一阵异香,最神秘的
> 肃静,(日,月,一切星球的旋动早被
> 喝住,时间也止步了)最浑圆的和平……
> 我听见阊阖的户枢礚然一响,

传来一片衣裙的窸窣——那便是奇迹——
　　半启的金扉中，一个戴着圆光的你！

　　上引诗句中，有多句在分行时和标点符号的停顿并不一致，或者说一句话被分割在了两行之中，这样的诗句切割必须有分行形式和标点符号的配合使用，缺少任何一项都不能实现。这样的断句可以帮助诗人适当调整节奏和诗情，同时也构筑了具有"建筑美"的较为匀齐的诗体。

　　分行和横行书写还有区别，横行书写在五四时期由于意见不一、印刷等问题而遇到较多的阻力。即使分行书写也会遇到一些问题，如新诗中若有外文，那么排版的时候就会出现中外文横竖错位的现象，对于阅读者来说自是不便。即如《文学周报》1928年第4卷上发表的李金发的《吁我把她杀了》，诗歌开头引用了四行外文诗歌，且中文诗句中还夹杂了外文词汇，这样就会带来阅读方向不能统一的问题。另外，标点符号的使用在分行但不横行的情况下也会有所不便。所以1921年有人在《新青年》上讨论横行书写的优势时，其中一条便和诗歌有关，作者认为，这种书写方式"可添白话诗的美观，并且增他的自由活泼精神""现在新式的自由诗词，是渐渐的盛行了。但是倘若吾们能将那些诗词，横写起来，那么更觉得美观，而且诗中的精神，也愈活泼易见了"。[1] 如果能够横行书写，那么确实可以解决前述问题而使诗歌更为"美观"，并体现出新诗长短不一、活泼自由的特点。直到现在，诗歌的横向分行书写已经成为我们鉴别诗歌和其他文体时最为显在的外部标识，成为诗歌体式的重要元素，这与标点和书写形式的更新有很大的关系。

　　胡适曾把"高深的理想，复杂的感情"[2]作为白话新诗的追求，而这种高深的理想和复杂的情感的达成必有赖于标点符号和排列形式。由上可见，白话语言变革使得诗歌在表意时，没有古诗固定字句

---

[1] 张东民：《华文横行的商榷》，《新青年》1921年第9卷第4号。
[2] 胡适：《谈新诗》，欧阳哲生编：《胡适文集》，北京大学出版社2013年版，第122页。

第一章 文学语言变革与中国文学文体的现代转型

的便利,而必须借助于新式标点和新的书写形式,新诗通过分行书写获取了诗化的文体形态,在某些情况下还参与了特殊诗体的建构。

二 新式标点符号、书写形式与小说及其他文体形态的现代转型

新式标点符号和书写形式有助于一些文体突破旧的形态,形成新的文体特征并导致文体的转型。即如在新式文体中引号、省略号、感叹号等标点可以最大限度地保存人物说话的语调和神气,钱玄同就认为:"文字里的符号是最不可少的,在小说和戏剧里,符号之用尤大;有些地方,用了符号,很能传神;改为文字,便索然寡味:像本篇中'什么东西?'如改为'汝试观之此为何物耶';'迪克'如改为'汝殆迪克乎'……如其这样做法,岂非全失说话的神气吗?"① 人物语言在标点符号的帮助下可以获得更传神的表现。而传达语言特殊的神情,使每一个人物都有自己独特的声口,这对小说和话剧来说具有重要的意义。不仅如此,更重要的是可能会对文学的变革起到意想不到的作用。

以书写形式为例,提行分段书写形式可以增加文字的逻辑性,使得文字的内在关系更为清晰,也可以容纳更多复杂的内容,增加文本的张力,而不会影响读者的理解。这就可以给叙述者更多的自由,从而创生出新的文体形态。郭绍虞曾敏锐地意识到:"旧文艺正因为不分行写,所以不能不注意段落,注意照应,注意顺序,但是一注意这些问题以后,自然成为:'某生,某处人,生有异禀,下笔千言……一日于某地遇一女郎……好事多磨……遂为情死'等刻板文章。由小说言不成其为小说,由传记言也不成其为传记,写得不生动,写得不经济,但在旧文艺中却最多这一类的文章。"② "不生动"就是叙述方式缺乏变换,"不经济"说明叙述过程中对该舍弃的内容有所保留,而该重点描摹的内容却着墨不够。这里郭绍虞将分行书写和小说的叙述特点结合起来思考,没有分行书写只能将小说写成那种叙述单一化、保留完整性的传记类文体。而新文艺则不然:

---

① 钱玄同:《刘半农译〈天明〉的附志》,《新青年》1918 年第 4 卷第 2 号。
② 郭绍虞:《新文艺运动应走的新途径》,《语文通论》,开明书店 1947 年版,第 95 页。

有时一字可成一句，可以占一行。如：

"夜。"

只此一字，便令人想到下述故事的背景，是在夜间，便令人想到夜幕开展的各种景象，便令人感到夜神降临时的各种心理，便令人从这种景象这种心理中体会到与下述故事的调和。这即是新文艺的创格之一。这种情形，在旧文艺中是绝对看不到的。[①]

新文艺的书写形式灵活多变，使得叙述过程可以打破时间的完整性和正常的逻辑次序，引发文体产生新的风格或法式，实现文体的新变。

无独有偶，作为一个作家兼学者，冯文炳也注意到了鲁迅小说的书写形式和叙述特征之间的关联，他说《狂人日记》和《孔乙己》"采取了外国的提行分段和加标点符号两件事。提行分段和加标点符号这两件事，就足以使中国现代的文章和原来中国的文章大大地改变了面貌，增加了无数的方便。就写小说说，在中国旧小说里，从甲地写到乙地，免不了要插一句'一路无话'；从今天写到明天，要插一句'当夜无话'。在新小说里便没有这些不自由的地方，因为可以提行分段，不需要的东西把它放在空白里去了"[②]。这里冯文炳也将书写形式和旧小说叙事的空间和时间满格状态联系起来。现代小说对这种叙事"不自由"的突破正和新的标点与书写形式有关，他以《孔乙己》为例进行了细致阐述，认为这篇小说的最后一段只有一句话："我到现在终于没有见——大约孔乙己的确死了。""这是鲁迅给中国新文学创造的好句子，其所以好，是标点符号的作用。这又是鲁迅给中国新文学创造的新格式，其所以新，是提行分段的作用。因为提行分段的缘故，这一段可以独立成章，而小说到此也就完了，因为故事分明完了。在鲁迅以前，中国确实没有这样的文章的。"[③] 书写形式使得现代小说突破了叙述人按照时间顺序讲述故事的叙述模式，为叙

---

① 郭绍虞：《新文艺运动应走的新途径》，《语文通论》，开明书店1947年版，第97页。
② 冯文炳：《〈孔乙己〉讲析》，《吉林大学社会科学学报》1982年第6期。
③ 同上。

第一章 文学语言变革与中国文学文体的现代转型总论

述变革提供了多重可能性。提行分段使得旧小说叙述中对时间和空间的完整交代不再必要,从而可以追求更为"经济"的叙述,设计一些特别的段落以增加小说的丰富意蕴。

新式标点符号可以改变小说中人物语言的引述方式。在古典白话小说中,人物的语言一般由叙述人的提示语引出,如某某道。由于没有新式标点符号——引号的标示,这种"引述语+人物语言"的方式非常必要,可以引导读者清晰地了解情节内容。但是在新文学中,在引号和提行分段的配合下,引语方式可以灵活多样,因为既然引号已经清楚地标示出人物语言,那么引述语就可以出现在人物语言之前,也可以出现在人物语言之后,还可以插入人物语言的片段之间,甚至在不造成读者理解混乱的情况下可以取消。鲁迅的《药》中有一段对话包括了这几种引语方式:

> 华大妈跟着他走,轻轻的问道,"小栓,你好些么?——你仍旧只是饿?……"
>
> "包好,包好!"康大叔瞥了小栓一眼,仍然回过脸,对众人说,"夏三爷真是乖角儿,要是他不先告官,连他满门抄斩。现在怎样?银子!——这小东西也真不成东西!关在劳里,还要劝劳头造反。"
>
> "阿呀,那还了得。"坐在后排的一个二十多岁的人,很现出气愤模样。
>
> "你要晓得红眼睛阿义是去盘盘底细的,他却和他攀谈了。他说:这大清的天下是我们大家的。你想:这是人话么?红眼睛原知道他家里只有一个老娘,可是没有料到他竟会这么穷,榨不出一点油水,已经气破肚皮了。他还要老虎头上搔痒,便给他两个嘴巴!"

这里的引述语位置就非常灵活,这种情况下人物自身的语言就会凸显出来,超过古典小说中叙述人全知全能主导叙述的语调,人物不再是叙述人手中的木偶,而是带有各种特征的个体,使小说呈现出复杂的意义。此时小说可能突破结构上的情节链条式,而呈现场景化的形态。最突出的如鲁迅的小说《离婚》开头：

"阿阿，木叔！新年恭喜，发财发财！"
"你好，八三！恭喜恭喜！……"
"唉唉，恭喜！爱姑也在这里……"
"阿阿，木公公！……"

这篇小说的开腔已经完全脱去了叙述人的"讲述"语调，在引号和提行分段书写的配合下，呈现出众人喧哗的场面感。叙述人的权力让位给人物，让他们做尽情的表演，小说可以不追求故事的完整性，而是在片段性的描绘中引导读者体会背后的深意，小说也实现了从情节到场面的转变。

其实，除了诗歌和小说以外，新式标点符号和书写形式也参与了话剧和散文文体形态的建构。概言之，话剧主要由人物对话组成，新式标点符号有利于呈现人物语言的真实和神采，有利于戏剧由叙述体向代言体的转变。散文亦是如此，郭绍虞说："盖昔人作文先要注意到断句。骈文无论矣，即在散文也是如此。一般古文家所研练揣摩者，大都不外句法的问题。句调可以成诵者，古文即能够成功。否则句读且不易确定，叫人如何懂得。"① 古人重视散文句调与断句有很大关系，而现代散文有了标点符号的帮助，不必专注于句调的研磨，只需符合自然语调即可，这对于重视自由言说、要求充分展现个性的现代散文来说不可或缺。再加上分段书写的排列，现代散文表意逻辑更为清晰，形成具有现代特征的文体形态。即如鲁迅《论雷峰塔的倒掉》中分段书写所体现的论证思路、标点符号所传达的曲深文意以及结尾处两字单独成段（"活该。"）都是现代散文特有而古典散文所无的特征。

综上，五四白话文学语言变革和新式标点符号及书写形式是同构的，现代白话的表意要求更完善的标点符号和书写形式，而后者亦成为文学文体建构的重要因素。如果将文学看作一种话语活动，那么标

---

① 郭绍虞：《中国语词之弹性作用》，《语文通论》，开明书店1947年版，第38页。

第一章　文学语言变革与中国文学文体的现代转型总论

点符号和书写形式在话语活动中起着或延宕、或省略、或转折、或停顿……的作用。因此，它们不是话语的点缀，而是话语的有机组成部分。为实现某种语义功能，表达者需要借助标点符号和书写形式调整言说的姿态和方式，这也就意味着它们的有无会影响话语活动的整体情况。因此，标点符号和书写形式不仅在接近语言、增强语言表达效果的修辞层面上成为现代文学的重要部分，在书写外观上形成现代文学新的特征、风貌，而且作为话语表述的重要因素影响了文体的更新和转型。从这一角度我们可以更全面地认识中国文学文体在现代转型过程中的机理。

第三节　文学语言变革与文体格局的现代转型

白话文学语言变革影响着文体要素在某种言语体裁中的功能，关系着某种文类形态特征的呈现，同时也会引起文体格局的变化和振荡。具体而言，五四语言变革使得原有文体的雅俗格局发生变化，使得各类文体的发展状况出现新的变动，从而使文体整体的布局、态势及相互关系有所调整。

首先，古典文学中原有的雅俗格局发生了变化。雅俗问题是古典文学中重要范畴，同时又不仅仅是文学艺术的现象。有学者认为："雅俗问题与社会历史发展相联系，可以是艺术的判断，可以是文化的判断，也可以是政治的判断。"[①] 雅俗问题与中国的社会政治、文化艺术均有复杂的关联。限于本书的范围，下面不拟对其做全面的论析，而取与文学领域相关的雅俗问题进行分析。

在文学领域中，"雅俗"可以指文学作品的内容、风格和语言之雅俗，也可以指与作品相关的作家性情之雅俗，本书要讨论的是文学文体之雅俗。在一个讲求等级的文化格局中，文学的某些文体被认为是雅的，而另一些文体则被看作俗的。李渔在《闲情偶寄》中曾说："诗文之词采贵典雅而贱粗俗，宜蕴藉而忌分明，词曲则不然，话则

[①] 王齐洲：《雅俗观念的演进与文学形态的发展》，《中国社会科学》2005年第3期。

本之街谈巷议,事则取其直说明言。"① 诗文和词曲风格不同,同时文体也有雅俗之别。现代学者也指出:"所谓雅,指流行于士大夫之间、以'温柔敦厚'为创作规范、以诗歌散文为主要体式的文学作品;所谓俗,指流行于民间的,以说唱、说书、戏曲、小说、民歌等为常见体式的文学作品。"② 虽然文体的雅俗并非铁板一块,在文体的演变过程中也有雅俗的转化和互动,但是整体上文学的雅俗观念一直存在,并作为一种标准影响对作家作品的品评。在古典文学的文体格局中,雅俗有其相应的位置。正如学者所说:"过去,雅文学一直是主流社会的文学,俗文学则如一股生生不息的潜流在下层社会中从未间断。在旧有的观念中,雅文学能起教化作用,故备受推崇;而俗文学往往以人性之好恶为依归,则多受正统士大夫的歧视,甚至以'淫词滥曲'之类的恶名斥之。"③ 雅俗形成的历史过程是非常复杂的,与意识形态的教化、文学发展的规律及受众等均有关系,而语言是重要因素之一。文言作品常被视为雅,而白话作品常被看作俗,语言的雅俗是文体雅俗的重要属性,语言的雅俗和文体的雅俗往往是同一的。因此,诗歌、散文是高雅文体,占据着被主流文化认可、推崇的文体格局之上层,而小说、戏曲、说唱等则难登高雅之堂,作为主流文化的附属位于格局之下层。这种文体格局的背后自然有相应的政治、文化秩序的支撑,"那种视上层社会所推许的文学为雅文学,视流传于下层民间的大众文学为俗文学,或者视书面语(文言)作品为雅,视口头语(白话)作品为俗,更是有着明显的宗法色彩和等级意识"④。在这样的等级结构中,即便有的文体由于自身的活力而跃跃欲试,但最终仍然无法僭越文类的等级。以小说为例,晚清以后,随着启蒙运动的高涨、国语运动的开展以及域外小说风潮的熏染,白话小说逐渐受到重视并走到历史的前台。但白话小说所使用的

---

① (清)李渔:《闲情偶寄》,江巨荣、卢寿荣校注,上海古籍出版社2000年版,第34页。
② 董上德:《论古代雅、俗文学的互补与交融》,《中山大学学报》(社会科学版)1997年第2期。
③ 同上。
④ 王齐洲:《雅俗观念的演进与文学形态的发展》,《中国社会科学》2005年第3期。

第一章 文学语言变革与中国文学文体的现代转型总论

语言注定了其文体命运的限度。在语言"雅—俗"对峙的情形下，文人感到"吾侪执笔为文，非深之难，而浅之难；非雅之难，而俗之难"①。即便文人能用白话为文，然"同一白话，出于西文，自不觉其俚；译为华文，则未免太俗。此无他，文、言向未合并之故耳"②。可见，言文分离导致的"雅俗"之别，使得采用白话表达时不能如其所愿。这不是某个人表达能力的问题，而是一种语言能够到达哪里的问题。有人说："思想恒觉其简单，意义亦嫌于浅薄。吾人所怀高等之感想，往往有能以文言达之，而不能以俗语达之者。"③ 文言、白话各司其职，形成语言的雅俗两极，"高等之感想"自然无法由"浅薄的俗语"完成表意。由此可见，虽然小说在时代的风潮中由于文体的优势而备受关注，但依然无法撼动根深蒂固的文体的雅俗格局。

要打破这种格局，还须由语言的变革促动来完成。只有打破语言"雅—俗"的语体对立，方可打破由语言表达所形成的文章类别之格局，这种新的语言就是五四倡导的现代白话。有学者已经意识到："五四运动使白话取代了文言的地位，从而从根本上推翻了传统的文类等级。各种文言文类实际上成为非现存文类，文言成为非现用语（非现代文化语言），从而为白话小说摆脱亚文化地位消除了根本性的社会语言学障碍。胡适的《文学改良刍议》，倡导以白话代文言，看起来缺乏激情和彻底性，却首次击中了传统文类等级这个文化结构的要害。"④ 这里清楚地指出了语言变革与文类格局变动之关系，现代白话成为正宗书面语言，打破原有的"雅俗"区隔，由此也颠覆了建立在"雅俗"语言之上的文体结构。尤其是诗歌，作为文学宝座上最亮的一颗明珠，白话诗歌的成立对传统文类等级的破坏更为明显。正如学者所说的："中国古代文学领域雅文学、俗文学的分野相对清晰，有各自的读者，很大程度上对抗性不是很明显。但随着五四文学革命的到来、

---

① 宇澄：《〈小说海〉发刊词》，陈平原、夏晓虹编：《二十世纪中国小说理论资料》（第1卷），北京大学出版社1997年版，第509—510页。
② 采庵：《〈解颐语〉叙言》，《月月小说》1907年第7号。
③ 成之：《小说丛话》，陈平原、夏晓虹编：《二十世纪中国小说理论资料》（第1卷），北京大学出版社1997年版，第477页。
④ 赵毅衡：《苦恼的叙述者》，四川文艺出版社2013年版，第179页。

现代知识分子的崛起，首先打破了古代文学的雅俗格局，比如'现代白话诗歌合法性的确立，也是中国古代文学语言雅俗格局最终崩溃的标志性事件。'"①诗歌尚且要用白话，其他的文类自然不在话下，白话文学语言变革对古典文学"雅俗"格局的消解是根本性的。

同时，新的"雅俗"格局逐渐形成，新的"雅俗"观念和审美原则也逐渐确立。白话代替文言并非意味着"俗"对"雅"的代替和"雅"的消失，因为"雅"和"俗"是相对而生的，"俗"不可能单极存在，因此，在新的语言表达中会形成新的雅俗对立，从而满足表达的需要。现代白话可以吸收文言的因子，但文言作为一种整体的书面语言已成为历史。现代白话成为正宗的书写语言，用白话书写的现代文学产生了新的"雅俗"标准，古典文学的"雅俗"格局发生变动，原有的"雅俗"标准也不再适用，有学者即指出："文人文学是雅文学，民间文学是通俗文学，以这样的标准来划分中国古代文学似乎并没有什么问题，但以此来辨析20世纪中国文学，却有很多文学现象无法说清。民国初年徐枕亚用骈文体写了小说《玉梨魂》，用词典雅艰奥，是一部典型的文人作品，但被认为是通俗文学；40年代赵树理用说书体创作了许多小说，用词浅白，老少皆宜，却被认为是雅文学。……用中国古代文学的雅俗文学的标准来划分20世纪中国文学作品显然是行不通的。"②关于现代文学的雅俗标准，在不同学者那里有不同的表述。有人认为是文化标准："中国古代雅俗文学以作者身份为区分标准，中国现代雅俗文学则应以文化标准加以辨别。从文化人性的角度看，20世纪的雅文学表现更多的是社会人性，俗文学更多的则是自然人性。因此，雅俗之别在于人性，即人在文学中的地位如何。"③有人认为是思想意蕴："白话作为国语被确定下来，新文学和现代消遣小说都用白话进行创作，白话不再是区分雅与俗的标准之一，而内容和创作形式的不同尤其是思想意蕴的不同成为区分它们的标准。新文学重视启蒙和反封建，重视文学的认识功能和

---

① 邓伟：《分裂与建构：清末民初文学语言新变研究（1898—1917）》，中国社会科学出版社2009年版，第338页。
② 汤哲声：《20世纪中国文学的雅俗之辨与雅俗合流》，《学术月刊》2006年第3期。
③ 同上。

第一章 文学语言变革与中国文学文体的现代转型总论

教育作用,同时受西方文学影响,运用了现代艺术手法;现代消遣小说虽然包含对现实的认识和思考,形式上也有所改进,但注重的仍然是消遣和娱乐,继承的依然是传统艺术手法。"① 不管新文学的雅俗标准如何界定,可以肯定的是文学语言的变革颠覆了旧有的文体"雅俗"格局,同时形成了新的"雅俗"格局。有学者以小说文体为例,认为:"五四时期小说的雅俗之分,不同于传统中国文化结构中的雅俗之分。属于雅的五四小说并不在文类等级之中,相反,由于处于反文化地位,破坏了这个文类金字塔,因此,这种雅俗之分,实际上是变革与传统之分。"② 传统共时性的"雅—俗"之分被文学历时性的"变革—传统"区分所取代,其间文学语言的原因值得重视。

其次,文学语言的变革给不同的文体带来了不同的发展"机遇",形成了文体发展不同的状况,导致了文体格局的调整。古典文学以诗文为正宗,小说戏曲则地位卑下,但在五四文学语言发生变革之后,现代白话为各类文体所提供的可能性出现了变化。早在20世纪40年代,周作人在谈到新文学时就认为:"散文作品、小说与随笔都还相当的发达,比起诗歌戏曲来,在量与质上似均较优。这里边当然有好些原因,但是语言问题恐怕是其中重要的一个。"从语言的角度理解文类的发展,作为新文学亲历者的周作人眼光可谓独到。他接着说:"小说与随笔之发达较快,并不在于内容上有传统可守,不,在这上边其实倒很有些变更了,它们的便宜乃是由于从前的文字语言可以应用,不像诗歌戏曲之须要更多的改造。"③ 这里周作人指出,在一定时期内,新文学不同文体的发展状况与能否借助"从前的文字语言"有关,这一观点颇有启发性。对此,当代学者作了更为精细、更富学理性的分析,认为:"五四文学语言变革在某种程度上或许可以说是玉成了以陈述为主要语言特征的小说(增加了叙事的清晰度)、以说理为其语言特征的杂文(增加了说理的逻辑性)、以对话为其语言特

---

① 司新丽:《论中国古代小说到现代小说之不同雅俗格局》,《东岳论丛》2013年第10期。
② 赵毅衡:《苦恼的叙述者》,四川文艺出版社2013年版,第232—233页。
③ 周作人:《〈骆驼祥子〉日译本序》,钟叔河编:《知堂序跋》,岳麓书社1987年版,第454页。

征的话剧（增加了对话的口语化和动作性）和以口语化为主要特征的儿童文学（增加了语言的浅易化、生动性）等。但新诗的'诗美'建设却遇到极大困难，新诗被认为是'交倒楣运'。"① 现代白话对各类文体而言，面临的书写难度并不相同。白话写诗当时成为新文学革命重要的攻坚战，白话作诗成为对文言和古典文学革命的关键阵地，最终，白话把旗帜插到了诗歌这一旧文学最核心最精华的位置上，取得了文学革命的胜利。但是，此后新诗的发展之路最为崎岖，其探索过程充满着争议甚至非议，各种流派、各种主张、各种实验并没有减少诗界和评论界对其发展前途的忧虑和经典性的质疑，这和古典诗歌的文化形象迥然不同。因此有学者说："在现代文学的各种文体中，到今天只有诗歌前面还带着一个'新'字，这说明它有一种自我确认的紧张感。"② 的确如此，新诗的这种紧张感恐怕还要持续一段较长的时间。小说则不同，自新文学革命一百年来，文体的创新、社会的影响一路声势不减，成为最显赫的存在。从原来那种边缘性压抑性的亚文化地位，到后来活跃的主动的显著地位，其间经历了很大的反转。戏剧的情形是，新的白话语言一方面顺应了话剧的语言要求，另一方面对中国作家来说，话剧是一种全新的外来文体，它与传统戏曲之间并没有太多可以借鉴的东西，所以依然需要经历一个摸索的过程。可以肯定的是，古典戏剧那种和小说一样低下的文体地位在白话语言世界中得以改变。

　　散文在文学语言变革之后发展如何呢？其中杂文是一种注重逻辑性的文体，白话文学语言的清晰性和严密性有助于这种文体的表达，白话的未完成性（需要在文学书写的过程中加以丰富）有利于杂文文体嬉笑怒骂，自由发挥，③ 白话的自然、晓畅有利于呈现杂文作家

---

① 朱晓进、李玮：《语言变革对中国现代文学形式发展的深度影响》，《中国社会科学》2015 年第 1 期。
② 洪子诚等：《世纪视野中的百年新诗》，《读书》2016 年第 3 期。
③ 钱玄同就认为："古语跟今语，官话跟土话，圣贤垂训跟泼妇骂街，典谟训诰跟淫词艳曲，中国字跟外国字，汉字跟注音字母（或罗马字母），袭旧的跟杜撰的，欧化的跟民众化的……信手拈来，信笔写去。……爱说什么就说什么，想着什么就说什么。"疑古玄同：《废话——废话的废话》，《语丝》1925 年第 40 期。

第一章 文学语言变革与中国文学文体的现代转型总论

的个性风格，由此孕生了杂文这一现代文体。小品散文在文学革命以后的成绩则受到广泛认可，胡适、朱自清、鲁迅、林语堂等人做过肯定性的论述。这种成功当然可以从很多角度去解释，其中文学语言则是重要视角。散文小品的成功，并非和小说一样可以利用"从前的文字语言"，即对旧白话小说语言的采用和借鉴，相反，古代的文言之文正是文学革命的对象，白话作文基本上也是从零开始的。散文和其他文体相比，文体的限制和束缚较少，朱自清就指出："抒情的散文和纯文学的诗、小说、戏剧相比，便可见出这种分别。我们可以说，前者是自由些，后者是谨严些；诗的字句、音节，小说的描写、结构，戏剧的剪裁与对话，都有种种规律，必须精心结撰，方能有成。散文就不同了，选材与表现，比较可随便些，所谓'闲话'，在一种意义里，便是它的很好的诠释。"① 创始期的白话需要文学的滋养，而散文文体更为自由，经由小品散文的书写提升白话文学语言也更为便利。作家如何将各种语言因子熔于一炉，写出好的散文作品？对于五四一代作家来说，他们有深厚的古典文学素养，又通过留学和教育获得开放的视野，可以担当"杂糅调和"语言的重任。因此，并非现代白话直接促成了散文小品的成功，而是散文独特的文体特性使作家在白话初创期自由驱遣，提升了语言品质，化出了散文的一片天地，从而打破了"美文不能用白话"的守旧观念。白话文学语言的变革对诗歌、小说、戏剧、散文各种文体而言，提供的书写空间和难度有所不同，从而影响到文体格局的变动。

此外，文学语言变革使得某些文体内部亚类型的发展出现了一些变化，引起了文体格局的调整。以小说为例，中国古典小说有文言小说和白话小说两类。文言小说的成就可以《聊斋志异》《阅微草堂笔记》等为代表，白话小说到明清时期出现了长篇小说的高峰，形成了以章回体为主要形式的长篇文体，出现了一批大容量反映社会历史内容的经典作品，代表了白话小说的主要成就。但到五四以后新文学发展的第一个十年期间，小说的主要类型以短篇小说为主。五四时期长篇小说有张资平的《冲积期化石》、王统照的《一叶》、张闻天的

---

① 朱自清：《论现代中国的小品散文》，《文学周报》第345期。

《旅途》等，数量不多且不够成熟。直到三四十年代才出现了较为成熟的现代意义上的长篇小说。可以认为，文学革命之后，小说由以长篇为主演变到以短篇为主的格局。或者说，原本比较成熟的白话长篇小说在文学革命后的第一个十年难以继续，这值得思考。从文学语言方面看，白话代替文言应该对小说发展有利，周作人就曾经从语言的角度分析五四以后小说的发展之所以较好，其中有一个重要的原因是"从前的文字语言可以应用"，具体而言就是"中国用白话写小说已有四五百年的历史，由言文一致渐进而为纯净的语体""现代的小说意思尽管翻新，用语有可凭借，仍向着这一路进行"。① 顺应了语言变革，现代小说对旧白话小说的语言可以采用和借鉴，但为何五四以后长篇创作实际上比较乏力？对仅有的为数不多的长篇小说创作，当时就有人指出了一些缺陷和问题，朱自清认为："《冲积期化石》结构散漫，叙次亦无深强的印象，似不足称佳作。"② 同为创造社的成仿吾也认为："这篇小说 Composition 上大有毛病，首尾的顾应，因为中间的补叙太长，力量不足。……作者的议论也过多，内容也散漫得很。"③ "散漫"正是因为结构没有安排好，现代白话长篇小说所面临的很大难题之一在于摸索一种相应的结构。而古代章回体小说的文体形式无法被直接承续，这与现代白话和古代白话有很大区别有关。从章回体的回目命名看，要求字数整齐，讲求对仗，这些正是现代白话文学要革除的对象；从章回体的形式特点看，往往在故事高潮或转折时设计"扣子"，形成悬念，注重通过故事情节吸引读者，形成"欲知后事如何，且听下回分解"的套路表达，这与旧白话在"说—听"关系中构建的话语特征及其表达功能有关。针对小说的发展状况，胡适曾说："今日中国的文学，最不讲'经济'。那些古文家和那'《聊斋》滥调'的小说家，只会记'某时到，某地遇，某人作某事'的死帐，毫不懂状物写情是全靠琐屑节目的。那些长篇小说家又只会做

---

① 周作人：《〈骆驼祥子〉日译本序》，钟叔河编：《知堂序跋》，岳麓书社1987年版，第454页。

② 朱自清：《致俞平伯》，朱乔森编：《朱自清全集》（第11卷），江苏人民出版社1997年版，第120页。

③ 《致郭沫若》，《创造季刊》1922年第1卷第3期。

那无穷无极的《九尾龟》一类的小说，连体裁布局都不知道，更不用说文学的经济了。"① 文学的"经济"有赖于语言表达功能的实现，现代白话可以更深入细致地"状物写情"，可以实现情节动作以外的表达功能，可以描绘人的内心世界，表达更深刻、更丰富的内容，那么在小说结构上自然不满足于故事连缀。不同的语言会形成巴赫金所说的"不同题材、布局和修辞的表述类型"②，章回体的表述类型已经不能满足现代白话的表达需求。现代长篇小说在白话语言变革初期弃用章回体形式，但尚未找寻到适合的形式，于是难免"散漫"。有研究者说："中国白话小说彻底割断与'说话'体的联系，完全脱掉章回体的外衣，真正向现代形态小说转化……即从清末民初到五四时期，在中西文化交汇的背景下才逐步完成的。"③ 本书需要指出的是，这一转化和完成与现代白话语言不无关系。

由以上几个方面可以看出，现代白话文学语言变革改变了文体的地位，使雅俗内涵发生变化；或给各类文体带来不同的"机遇"，改变了原有文体状况；或在某种文体内部造成亚类型发展情况的调整，不管哪种情况，都使文体格局由古典文学时期的状态发生了变动和转型。

第四节 白话的国语身份与中国文学文体的现代转型

前面三节我们从文学语言变革角度对中国文学文体转型所作的讨论，是一种基于文学内部视角的考察。但对于现代语言变革来说，还有一个重要的特征尚未提及，即现代白话从其诞生之日起就不仅是专属于文学的，它还同时兼具着现代民族国家建构的身份，现代白话不仅是文学的，而且是国族的、社会的。中国近代以降的国语运动和现

---

① 胡适：《论短篇小说》，严家炎编：《二十世纪中国小说理论资料》（第2卷），北京大学出版社1997年版，第45页。
② ［苏］巴赫金：《文本·对话与人文》，白春仁等译，河北教育出版社1998年版，第145页。
③ 李庆信：《章回体的衰变与困扰——〈红楼梦〉叙事体制上的变革与折衷》，《社会科学研究》1992年第4期。

代文学的携手共进由于现代性的追求、知识分子的启蒙诉求以及文学和语言的天然扭结成为特定历史语境中的重要风景线。可以说，中国现代文学发生、发展的背景之一就是国语的形成和发展过程。白话成为文学的正式用语，同时承担着现代国族成员交际和社会启蒙的重要任务，也就是白话除了文学用语之外，还有着文学以外的"身份"，这些身份和文学身份之间并非互不相关、各自为政的，相反，这些身份也会影响文学文体的形态。有学者作出这样的论断："白话文学运动与国语运动双向互动关系所产生的巨大张力，推动了中国文学从形式到内容向现代转型。"[1] 因此从语言变革角度考察中国文学文体的现代转型还要认识到语言的其他身份对文学文体的影响。这一点和古代文言与白话分属不同阶层、不同功能的情况有很大不同，是古代文学发展过程中没有的现象，这一情形使中国文学文体在现代转型过程中出现了一些新的特征。目前，学术界对五四文学革命和国语运动史的梳理着力较深，为进一步研究积累了扎实的史料基础。但是，国语身份在何种意义上、通过怎样的方式影响了文学的现代转型？国语身份对不同文体的现代生成过程的作用有何不同？这些研究到目前为止尚不充分。下文将从国语身份进行分析，探讨与文学革命密切相关的国语运动及其观念对文体转型的影响，总结特定时期文体发展的经验和教训。

一 "国语的文学，文学的国语"：历史境遇中的相生相成

"国语"是民族国家在形成和发展过程中用以交流并维系统一的民族共同语。中国古代在不同时期，已经出现了"雅言""通语""官话"等指称共同语的称谓，而"'国语'作为通用语的名称可溯至北魏"[2]。新近出版的《100年汉语新词新语大辞典》这样定义该词："'国语'顾名思义就是全国统一使用的共同语。最早提出'国语'这一名称的是京师大学堂总教习桐城派古文学家吴汝纶。1909

---

[1] 朱德发：《胡适对五四新文学运动意义的评述——为纪念文学革命百周年而作》，《山东师范大学学报》（人文社科版）2017年第4期。

[2] 徐时仪：《汉语白话史》，北京大学出版社2015年版，第296页。

年,清政府资政院开会提出将官话正名为'国语'。1919年五四运动爆发,促使北洋政府教育部训令各学校改国文科为'国语'科。此时所说的'国语'相当于今天所说的普通话。"①

由此可见,"国语"概念中国古已有之,但是,只有到了近代这一概念才显示出更为现实性的内涵。本书使用的"国语"指的就是近代以来中国的民族共同语。对于近代中国来说,国语的倡导首先是出于救亡图存的现实召唤。正是出于救亡的需要,开启民智才显得如此迫切,而开启民智无疑要求切近民众的、"容易而普及"的语言。国语不仅要通俗易懂,而且要有一定的标准,即国语的"统一性"。直隶大学堂几位学生曾上书总督袁世凯曰:"统一语言以结团体也。"②但晚清国语运动中存在的"上下等"之分显然与国语的统一性要求存在矛盾。劳乃宣就认为:"简字之于汉文,但能并行不悖,断不能稍有所妨。"③国语运动固守着传统的"雅俗"语言观,而国语的统一性要求必然要打破这一既有格局,这样才能建构真正的国语。

五四文学革命的先驱们清醒地认识到文学革命对于解决国语运动这一困境的重要意义。胡适说:"白话文学不成为文学正宗,故白话不曾成为标准国语。"④"国语有了文学的价值,自然受文人学士的欣赏使用,然后可以用来做教育的工具,然后可以用来做统一全国语言的工具。"⑤ 以"白话"为正宗,国语运动和文学革命找到了契合点。黎锦熙说:"那时'国语统一'和'文学革命'两大潮流,在主张上,即由'言文一致'的'白话文学'做了一个有力的媒介。"⑥胡

---

① 宋子然主编:《100年汉语新词新语大辞典》,上海辞书出版社2015年版,第164页。
② 《清末文字改革文集》,文字改革出版社1958年版,第36页。
③ 劳乃宣:《进呈〈简字谱录〉摺》,《清末文字改革文集》,文字改革出版社1958年版,第81页。
④ 胡适:《建设的文学革命论》,胡适编选:《中国新文学大系·建设理论集》,上海良友图书印刷公司1935年版,第133页。
⑤ 胡适:《〈中国新文学大系·建设理论集〉导言》,胡适编选:《中国新文学大系·建设理论集》,上海良友图书印刷公司1935年版,第22页。
⑥ 黎锦熙:《国语运动史纲》(卷二),商务印书馆1934年版,第71页。

适也曾自豪地总结道:"我们当时抬出'国语的文学,文学的国语'的作战口号,做到了两件事:一是把当日那半死不活的国语运动救活了;一是把'白话文学'正名为'国语文学',减少了一般人对于'俗语'、'俚语'的厌恶轻视的成见。"①

国语运动和"文学革命"成了两个虽然不同但却相互关联的运动。中国现代文学的发生肇始于文学语言的变革,更为重要的是,语言并非独属于文学,贝特森说:"语言的变化是社会和文化的各种倾向产生的压力造成的。"② 正是在这个意义上,以语言作为考察文学的一个视角,具有丰富的文化意义。经由语言丰富的触角,可以抵达文学历史的丰富性。作为各类文学体裁所使用的语言既然不仅仅是文学的,而是身兼多任,那么,当时历史语境中语言肩负的其他"身份"特征有没有影响文学的发展形态就成为一个值得考察的问题。近代以来最显在的与文学紧密缠绕在一起的就是"国语"。胡适、周作人、钱玄同、刘半农等人既是众所周知的新文学家,也是国语运动积极的参与者。1918年,胡适在《建设的文学革命论》中更是明确地提出"国语的文学,文学的国语",清醒地意识到国语和文学的互动关系,并作为一种观念加以倡导和宣扬,影响深远。

由于二者之间缠绕、互动、不可分割的关系,在讨论文学问题时,国语运动成了绕不开的话题。新文学阵营中也有很多人意识到了二者之间的关联性。沈雁冰很早就说:"我们现在的新文学运动也带着一个国语文学运动的性质;……中国的国语运动此时为发始试验的时候,实在极需要文学来帮忙,我相信新文学运动最终的目的虽不在此,却是最初的成功一定是文学的国语。"③ 创造社的成仿吾也有类似的观点:"我们的新文学运动,自从爆发以来,即是一个国语的运

---

① 胡适:《〈中国新文学大系·建设理论集〉导言》,胡适编选:《中国新文学大系·建设理论集》,上海良友图书印刷公司1935年版,第24页。
② 转引自[美]雷·韦勒克、奥·沃伦:《文学理论》,三联书店1984年版,第186页。
③ 沈雁冰:《新文学研究者的责任与努力》,郑振铎编选:《中国新文学大系·文学论争集》,上海良友图书印刷公司1935年版,第146页。

第一章 文学语言变革与中国文学文体的现代转型总论

动。"① "我们要把我们的言语创造些新的丰富的表现！我们不可忘记了新文学的使命之一部分即存在这里！"② 直到20世纪40年代仍然有人指出："我们要去创造新文学，使新的文学顺利地发达，普及，必须先去推行国语运动；同时，推行这种国语的文学，也一定可以得着推行国语的效果。所以，我们可以说，新文学运动和国语运动是一致的，合作的，彼此相成的。"③ 正如研究者所指出的："国语运动和新文学运动的合流是二者互胜双赢的壮举，国语运动借合流以扩大其声势，新文学运动则借合流奠定其合法性。"④ 国语与文学确乎紧密关联，二者在近现代知识分子救亡图存、启蒙大众的历史境遇中可谓相生相成。

以上是从"运动"——事件展开的历史过程进行观察的，此外，从学术史角度我们也可以发现二者的关联。新文学发生后，学术界需要对文学的发生、发展过程进行叙述，也就是书写文学史。文学史的书写不可能完全客观、中立地呈现文学的历史，文学史的写作必然携带着书写者的立场和观念。五四时期有两部对新文学的叙述是以"国语"命名的，一部是1921年胡适编著的《国语文学史》讲义，另一部是1923年商务印书馆出版的凌独见的《新著国语文学史》。这两部文学史从国语角度编写，把国族概念融入文学史的构建中，我们可以清楚地看到国语对文学史构建的影响，有学者这样评价说："纵观民国时期文学史著目录，凌独见的《新著国语文学史》和胡适的《国语文学史》是仅存的两部被冠以国语二字公开发行的文学史著。这两部文学史以国语为标准审视，从文学史著的角度践行国语的文学观念，堪称首创。这一实践不仅引领国语运动走出历史困境，也为新文学创作标示出国语范本与发展逻辑。""国语的介入，引领文学史著参与到现代民族身份认同和民族意识建构中，有着深刻的历史意义。"尤其是胡适的文学史讲义首次将国语引入文学史叙述，具有开创性意

---

① 成仿吾：《新文学之使命》，郑振铎编选：《中国新文学大系·文学论争集》，上海良友图书印刷公司1935年版，第177页。
② 同上书，第179页。
③ 彭惠今：《新文学运动与国语运动》，《国语周刊》（南郑版）1942年第21期。
④ 刘进才：《国语运动与现代民族国家的想象》，《人文杂志》2010年第4期。

义，其中"新的述史观念、模式成为中国文学转型的重要体现"①。文学史作为对文学历史的重述，对国语的重视及国语价值维度的引入，既是国语和文学紧密关系的一种反映，又对文学创作和研究的开展产生着重要的影响。

二 "国语的文学"：从语言到文学

既然白话一开始就肩负着国语和文学的双重使命，那么对白话属性的理解是否会影响对文学的认识和理解？胡适是这样理解"文言"和"白话"语言的，他说："今日所需，乃是一种可读，可听，可歌，可讲，可记的言语。要读书不须口译，演说不须笔译；要施诸讲坛舞台而皆可，诵之村妪妇孺皆可懂。不如此者，非活的言语也，决不能成为吾国之国语也，决不能产生第一流的文学也。"② 这里"白话""活语""国语"基本上是同指，只不过侧重不同而已，并且紧接着文言和白话之辨后的，就是"第一流的文学"，将语言和文学直接联系起来。胡适表达了对文学的认识："吾以为文学在今日不当为少数文人之私产，而当以能普及最大多数之国人为一大能事。"③ 由此可见，在胡适眼中，白话的"妇孺皆可懂"与文学的"能普及"有着重要关联。

关于白话，胡适还有过更为具体的阐释。1917年，他曾说："（一）白话的'白'，是戏台上'说白'的白，是俗语'土白'的白。故白话即是俗语。（二）白话的'白'，是'清白'的白，是'明白'的白。白话但须要'明白如话'，不妨夹几个文言的字眼。（三）白话的'白'，是'黑白'的白。白话便是干干净净没有堆砌涂饰的话，也不妨夹入几个明白易晓的文言字眼。"④ 第一点主要是

---

① 方长安、邹非非：《1920年代国语文学史的发生与退场》，《武汉大学学报》（人文科学版）2017年第3期。
② 胡适：《逼上梁山》，胡适编选：《中国新文学大系·建设理论集》，上海良友图书印刷公司1935年版，第13—14页。
③ 同上书，第14页。
④ 胡适：《答钱玄同书》，姜义华主编：《胡适学术文集·新文学运动》，中华书局1993年版，第353—354页。

第一章 文学语言变革与中国文学文体的现代转型总论

提高俗语、口头语的地位;第二点突出的是明白性,即白话的表达效力;第三点"没有堆砌涂饰"可能针对的是文言的用典和骈俪等形式化的,可以理解为"言之有物"。这里对白话的释义可有多种解读,但是最为凸显的还是白话语言的"明白性",即直接地、自然地表达出所指对象。对语言的理解关系到对文学的认识。1920年胡适在写给钱玄同的信中表达了自己的文学观:"语言文字都是人类达意表情的工具;达意达的好,表情表的妙,便是文学。"① 这里胡适又一次紧紧地把"语言文字"和"文学"联系在一起,通过"语言文字"的释义来回答"文学"的释义。"语言文字"是达意表情,"文学"也是达意表情,只是"文学""达意达的好,表情表的妙"。而怎样就是好,怎样就是妙,仅凭此处所言着实无法进行"过度"阐释。但是,可以看出胡适对语言文字的理解直接影响了他对文学的理解。这里又需要辨析的是,将"语言文字"与"文学"联系在一起在胡适那里到底意味着什么。1922年胡适在《五十年来中国之文学》中引用章太炎《文学总略》中对"文学"的看法来证明自己的文学观念,但胡适认同的是章氏"实行不分文辞与学说"的主张,他们又终究不同。章氏强调"文字本以代言"的背后是"修辞立诚",胡适则重在"应用",在后文中就指出了章氏"复始"的工夫"增加了古气古色,同时便减少了应用的程度"②。胡适看重的是文学和一般语言文字的相通之处。基于这样的认识基础,胡适的文学观就不可能回避语言的基因。在《什么是文学》中胡适指出文学的"三个要件":"第一要明白清楚,第二要有力能动人,第三要美。"③ 这里仍然将"明白清楚"作为文学的首要条件,后两个要件也和前述的"妙"和"好"一样较为含糊,只有"明白清楚"是最"明白清楚"的,即注重语言文字的表达效果,只有在此基础上才有所谓"有力能

---

① 胡适:《什么是文学——答钱玄同》,姜义华主编:《胡适学术文集·新文学运动》,中华书局1993年版,第87页。
② 胡适:《五十年来中国之文学》,《胡适文集》(第4卷),人民文学出版社1998年版,第363页。
③ 胡适:《什么是文学——答钱玄同》,姜义华主编:《胡适学术文集·新文学运动》,中华书局1993年版,第87页。

动人"和"美"。五四时期诗歌的理论倡导及其创作即可体现这一文学观。

　　胡适明确地将诗歌作为文学革命的首难之役，因此这种文学观自然也潜入了诗歌的理论之中。对语言文字"应用性"的强调，在文学观方面对表意"明白清楚"的首要要求，带来了早期诗歌创作的写实化倾向。我们知道，文言写诗已有几千年的传统和积淀，旧诗的语言及意象形成了较为稳定的、普遍的内涵，长此以往文言作诗逐渐失去了描述当下生活的能力，下焉者则通篇堆砌滥调套语。因此，文言写诗用来表现一些共通的诗意和情感尚且可以，而一旦用于描述现代事物和经验时就显得捉襟见肘。五四文学语言变革之后，针对诗文中的陈词滥调，胡适提出："惟在人人以其耳目所亲见、亲闻、所亲身阅历之事物，一一自己铸词以形容描写之。但求其不失真，但求能达其状物写意之目的，即是工夫。"① "自己铸词""其不失真"强调的正是白话语言的"明白清楚"，用这样的语言文字"状物写意"，则自然带来初期白话诗"以描写实生活为主题"和"写景诗特别发达"的现象。②

　　诗歌当然不仅仅是"描写实生活"的，但即便强调其表达意旨的"深远"，语言文字的应用性也会影响其创作的手法。胡适曾说，诗要"言近而旨远"，即"从文字表面上看来，写的是一件人人可懂的平常实事；若要再进一步，却还可寻出一个寄托的深意"。③ 而所谓的"实事"和"深意"又可以理解为"具体"和"抽象"。胡适接着说，写诗的人应当"学那用具体的字的手段"，以达到"引起具体的影像的目的"，④ 这一诗学观在稍后的《谈新诗》中进行了完整的表述："诗须要用具体的做法，不可用抽象的说法。凡是好诗，都是具体的；越偏向具体的，越有诗意诗味。凡是好诗，都能使我们脑子

---

① 胡适：《文学改良刍议》，《新青年》第 2 卷第 5 号。
② 朱自清：《〈中国新文学大系·诗集〉导言》，朱自清编选：《中国新文学大系·诗集》，上海良友图书印刷公司 1935 年版，第 2—3 页。
③ 胡适：《读沈尹默的旧诗词》，《胡适学术文集·新文学运动》，中华书局 1993 年版，第 367 页。
④ 同上书，第 369 页。

第一章 文学语言变革与中国文学文体的现代转型总论

里发生一种——或许多种——明显逼人的影像。这便是诗的具体性。"① 其实诗歌的"具体性"特征与前述对语言文字"明白清楚"的理解是一致的,"具体"是为了让人更容易明白。在这种诗歌理论下,早期新诗创作中出现了大量的白描手法。但遗憾的是,虽然用了"具体的写法",却并不能从根本上回避说理的嫌疑。胡适曾举他的《老鸦》作为"抽象的题目用具体的写法"的例子,诗中老鸦的啼叫够"具体化"了,但是以此来寄托"个性主义"的深意还是免不了说理的痕迹。导致这一现象的原因如胡适所说"大概由于我受'写实主义'的影响太深了"②,而这种写实主义正与语言变革有着重要关系,是语言的"应用性"在文学中的体现。胡适说:"能用新的具体字,自然不要用那陈陈相因的套语了。"③ 相对于套语的"具体字"当然是指写实,是有什么话说什么话,是语言文字的应用性。但是强调文学与一般语言文字的同一性,从一般语言文字的表达功能和效果的层面上认识文学,"只见"文学语言的"明白清楚",则会导致对文学独特性的"不见"。早在 20 世纪 90 年代,有学者就注意到了初期新诗的诗性匮乏和"国语"追求之间的关系:"胡适的尝试白话诗其实是他白话文学革命的一个方面内容,而他的白话文学革命又其实是他以白话为基础来建立'国语'这一追求的副产品。他的着眼点既然是在白话——国语上,那末他提倡白话写新诗这一诗体大解放核心方案的实施也只能到白话代文言写诗为止,他一再思考着的、与人论争着的新诗中的白话,也就只能停留在首度规范上。胡适保守的追求也影响了其他人,以致使得新诗在草创期间的白话患上了诗性匮乏症。"④

不仅诗歌如此,章士钊也描述了时人对白话的追随情形:"如饮狂泉,举国若一"。有研究者指出,"这种无可抗拒的威势"在一定

---

① 胡适:《谈新诗》,胡适编选:《中国新文学大系·建设理论集》,上海良友图书印刷公司 1935 年版,第 308 页。
② 胡适:《读沈尹默的旧诗词》,《胡适学术文集·新文学运动》,中华书局 1993 年版,第 368 页。
③ 同上书,第 369 页。
④ 骆寒超:《论"五四"时期的诗体大解放》,《文学评论》1993 年第 5 期。

程度上正是由于白话语言"内含的现代民族国家在审美与实用上的双重现代性诉求"所导致的。[1] 这在本质上也是身兼二任的白话在其时的历史语境中，一种身份（国语的）之于另一种身份（文学的）影响的结果。

三 国语·方言·方言文学

国语和文学在特定的历史语境中是难分难解的，有时顺应一致，有时也会扞格牴牾，在关涉方言和方言文学时便出现这种现象。国语建设需要方言，20世纪20年代有人就指出："我以为此时我们应注意的问题，是'要把数千年所遗传变衍的各地方底方言，下一个总算帐——这个总算帐是为由内部改革和扩充我们所使用的国语起见的'。"[2] 方言对于国语有重要的价值，而方言文学则是方言重要的体现方式。正是在这个意义上，很多人鼓励作家进行方言文学创作。钱玄同就认为："我们认为方言是国语的基础，文学是国语的血液，所以极看重方言的文学。民间固有的方言文学固然极可珍宝，而文人用方言做的文学也同样有价值。"[3] 胡适也呼吁创作更多的方言文学，他说："方言的文学越多，国语文学越有取材的资料，越有浓富的内容和活泼的生命。……国语的文学造成之后，有了标准，不但不怕方言的文学与他争长，并且还要倚靠各地方言供给他的新材料，新血脉。"[4] 从国语建设需要的角度来发扬方言文学，为方言文学的生存提供了合理的依据，但是"五四"时期由于语言变革的总体倾向，从国语的角度来看待文学对方言的利用，这无疑是偏颇的，这一点在诗歌中的"方音"问题上就体现出来。

1926年，钱玄同曾就徐志摩诗歌中方音韵问题发表了自己的看法，他说："好像记得去年的晨报副刊中，志摩说过几句自惭的话，

---

[1] 郜元宝：《汉语别史——现代中国的语言体验》，山东教育出版社2010年版，第43—44页。
[2] 容肇祖：《征集方言的我见》，《歌谣》周刊1923年第35期。
[3] 钱玄同：《方言文学》，《国语周刊》1925年8月16日。
[4] 胡适：《答黄觉僧君〈折衷的文学革命新论〉》，《胡适学术文集·新文学运动》，中华书局1993年版，第71页。

第一章 文学语言变革与中国文学文体的现代转型总论

大意是说他对于音韵是完全不懂的,所以他的诗中用韵,谬误不合之处甚多;他还说,适之曾经纠正过他。我以为志摩的自惭与适之的纠正,真叫做'莫须有'。不但莫须有,而且不该有。……这个押韵法,是最合理的,因为是根据活音的。……他用他的方音押韵,实在比用国音要自然,所以我说他这押韵法是最合理的。"这里肯定了诗歌对"方音押韵"的采用。又说:"国语的文学是活的文学,国语是活的语言,所以现在应该用天然的活语活音作为国语国音,而且还应该定用一种活语活音作国语国音的基本,而再旁搜博采许许多多别种活语活音以辅助之增益之,使国语国音丰富到不可限量。"① 国语文学应当采取"活语活音",为的是在以北京普通话为主体的基础上进一步"丰富""国语国音"。从这里可以看出,钱玄同对徐志摩诗歌中方音韵的支持主要出于国语建设的需要,并没有具体探讨方言方音在进入文学时的问题。与他不同的是,同为新月派的朱湘出于诗人的直觉似乎发现了问题:"徐君艺术上的第一个缺点要算土音入韵。""这种土音的韵叫人家看来很不畅快;尤其是在抒情诗里面,音韵为造成印象的一个很大的要素,现在忽然间插进一个土音到里面去,这真像吸凉粉正吸得滑溜有趣,忽然间一个嗝逆,把趣味嗝去了九霄云外的样子。推原其故,这便是因为徐君作土白诗作得太滑溜,不知不觉的也就拿土音来押韵了。"② 抒情诗的语言就是诗人的语言,而方音对某种共同情感的抒发来说则显得较为"嗝逆"。关于土白做诗,新月派的闻一多认为:"我并不反对用土白作诗,我并且相信土白是我们新诗的领域里,一块非常肥沃的土壤,理由等将来再仔细的讨论。我们现在要注意的只是土白可'做'诗;这'做'字便说明了土白须要一番锻炼选择的工作然后才能成诗。"③ 方言、土白怎样做诗,这才是"文学"的问题。五四时期只是笼统地从国语的角度为方言文学张目,这就限制了对方言与诗歌关系的探讨。

---

① 钱玄同:《给黎劭西的信》,《语丝》1926 年第 102 期。
② 朱湘:《评徐君志摩的诗》,《朱湘散文经典》,印刷工业出版社 2001 年版,第 136 页。
③ 闻一多:《诗的格律》,杨匡汉、刘福春编:《中国现代诗论》,花城出版社 1985 年版,第 122 页。

从国语的视野出发提倡方言文学，还存在另外一个问题，即这样一个出发点有时会得出相反的结论。如钱玄同所说，方言文学的发达会给国语以丰富的语料，从一个长期性的语言规律来看确实如此，但是在一个特定的时段内，国语和方言同时也意味着分歧。1917年2月18日，国语研究会在北京成立，其《征求会员书》这样说道："同人等以为国民学校之教科书，必改用白话文体，此断断乎无可疑者。惟既以白话为文，则不可不有一定之标准。而今日各地所行白话之书籍报章，类皆各杂其他之方言，既非尽人皆知，且戾于统一之义。是宜详加讨论，择一最易明了、而又于文义不相背谬者定为准则，庶可冀有推行之望。"① 方言的庞杂和地方性特点与国语的统一性目标存在龃龉。

从国语视野倡导方言文学就不可能回避这种抵触，20世纪20年代在民众文学的讨论中，俞平伯的发言就透露了这种内在的矛盾性。他说："方言可以在实际上改为国语，却不能在文学上译为国语。因为经了一番转译，也并不能推行国语，只不过摧残文学底个性罢了，不过把文学上的活人变为死人罢了。""我以所以'自相矛盾'，正因为我们把国语底统一看得太重大了，不惜减少文学底诚实，去迁就这个。其实这完全是两件事，从国语一方面讲，或者文学可以帮助他底统一，但从文学一面讲，处处据守着国语，是有损无益的事。我们就文学言文学，实在毫无理由，去严格排斥方言。"② 国语需要方言文学为其提供"新材料，新血脉"，国语又需要文学"据守着国语"从而"帮助他底统一"，这正是从国语提倡方言文学时遇到的矛盾。

由上可见，近代以来国语运动和白话文运动从平行到合流，作为文学革命重要的历史背景之一，国语运动是考察和审视文学现代转型时不可或缺的视角。国语运动的统一性要求确保了白话正宗地位的确立，为文学革命的语言变革提供了强大的后盾；同时，国语的一般性要求也影响了初期的文学观念，因过多强调民族共同语要求的明白实

---

① 《征求会员书》，高平叔：《蔡元培年谱长编》（中），人民教育出版社1996年版，第14页。

② 俞平伯：《民众文学的讨论》，《文学旬刊》1922年第26号。

用而使得文学审美性在一定程度上被遮蔽,出于国语视角对方言文学的提倡也会导致不同的结论。从国语视角可以更好地认识文学文体转型过程中的一些现象。

第二章　文学语言变革与戏剧
　　　　文体的现代转型

　　戏曲和话剧是中国戏剧的两个重要门类，前者是古典形态，后者是现代形态。中国古典戏曲是民族文化的一个重要组成部分，最早可以追溯至秦汉时代，经过长期发展，到了宋元之际得以成形。在其漫长的发展过程中，曾先后出现了宋元南戏、元代杂剧、明清传奇、清代地方戏及近现代戏曲等几种基本形式。在五四新文化运动中，传统戏曲生存的合法性受到了巨大的质疑。出于文化变革的需要，新文化人积极提倡新的戏剧种类——话剧，在几代人的努力下，这种舶来品艺术最终在中国站稳了脚跟，成为艺术门类中的重要一员。

　　我们该如何理解中国戏剧由古典向现代的转型呢？话剧的出现并非意味着戏曲的消失，或者说二者并非取而代之的关系，戏曲依然在20世纪得到传承和发展。但是，对于当时初步接触话剧的中国作家来说，戏曲的存在构成了他们认知话剧的前文本，话剧是如何在前文本基础上生根、发芽的？这需要解释和研究。研究需要合适的角度，我们找到了语言这一切口，并认为，对于戏剧文体来说，如果绕过白话这一语言要素，那么从古典到现代的转型恐怕就很难解释清楚。已有学者注意到："以语言的变革等为先导的晚清戏曲改良把中国戏剧推向了世界戏剧的'二十世纪大舞台'，从此开始了中国戏剧迈向现代化的艰难曲折的历程。"[①] 对于彻底完成语言变革的五四文学来说，新的语言又是如何影响戏剧的现代化转型的呢？目前也有一些成果从

[①] 孙宜学：《语言变革：晚清戏曲改良运动的先导》，《同济大学学报》（社会科学版）2005年第5期。

第二章　文学语言变革与戏剧文体的现代转型

语言角度关注戏剧形态的衍化问题，①但或者由于论述角度的差异，或者语焉不详，言犹未尽，对因语言变革而引起的戏剧文体转型的探察还有一些未打通的关节，为进一步的研究留下了空间。这其中的重点在于搞清楚语言和戏剧这种特殊的文体构成之间到底具有怎样的内在关联？语言的哪些特质拆解、改变了原有的"体裁程序"，并使其要素发生重组、异变，最终引起文体主导特征的变化，从而出现了文体转型的现象？有学者直接说："话剧的主要存在方式就是'对话'，没有白话文，就没有现代话剧。"②下文尝试从戏剧表演体制、话语方式和对话性因素三个方面，立足语言，解释戏剧文体的现代演变。其中，表演体制主要侧重舞台上的表演形式，话语模式关注戏剧语言对谁说、怎么说的话语方式，最后从人称代词这样一个语言系统的局部着手，探讨其如何为"对话"提供深层动力的问题。

第一节　从"唱"到"说"：语言变革与戏剧表演体制的转型

从外在表演体制上讲，传统戏曲和西方舶来的话剧，二者最显在的区别是前者为"唱"，后者为"说"。除了极少数只"说"（这种"说"和话剧里的"说"仍有很大的不同）不"唱"的剧目外，大部分戏曲要靠"唱"来演绎故事、征服观众，所以也被称为"唱戏"。正所谓"夫旧剧之精神在演唱"③。五四时期，无论是支持还是反对旧戏的人都认识到了这一点。主张者张厚载说："中国旧戏向来是跟音乐有连带密切的关系。无论昆曲高腔皮簧梆子，全不能没有乐器的组织。因此唱功也是中国旧戏里最重要的一个部分。……要废掉唱

---

① 参见陈留生《语言变革与中国现代戏剧的初期形态》，《江苏社会科学》2009年第4期；王景丹《话剧语言及其在白话文运动中的意义和价值》，《长春大学学报》2001年第6期；余礼凤《语言变革影响下的现代文学俗化转型》，《兰州大学学报》（社会科学版）2010年第6期。

② 董健：《现代启蒙精神与中国百年话剧》，《南大戏剧论丛》（叁），中华书局2007年版，第80页。

③ 冯叔鸾：《戏剧改良论》，王锺陵编：《二十世纪中国文学史文论精华》（戏剧卷），河北教育出版社2000年版，第19页。

工,那就是对中国旧戏根本的破坏。"① 反对者如新文化人傅斯年也认为:"唱功一层,旧戏的'护法使者',最要拿来自豪",废唱"比较别种情形为难办"。② 可以深究的是,"唱"为什么会成为戏曲主要的表演形式? 或者说戏曲中的何种因素支持了"唱"的存在? 众所周知,"唱"这一表演体制包括唱词和音乐两部分,且二者之间讲究配合:"以声之清、浊,定字为阴、阳,如高声从阳,低声从阴,使用字者随声高下,措字为词,各有攸当,则清浊得宜,而无凌犯之患矣。"③"声"指音乐曲调,"字"就是唱词,一定的曲调要求文词相应的平仄,方可"得宜"。曲调、填词都有相应的工具书可供参考,李渔说:"自《中原音韵》一出,则阴阳平仄画有塍区,如舟行水中,车推岸上,稍知率由者,虽欲故犯而不能矣。《啸余》、《九宫》二谱一出,则葫芦有样,粉本昭然。前人呼制曲为填词,填者,布也,犹棋枰之中画有定格,见一格,布一子,止有黑白之分,从无出入之弊,彼用韵而我叶之,彼不用韵而我纵横流荡之。"④ 又说:"他种文字,随人长短,听我张弛,总无限定之资格……填词一道,则句之长短,字之多寡,声之平、上、去入,韵之清、浊、阴、阳,皆有一定不移之格。长者短一线不能,少者增一字不得,又复忽长忽短,时少时多、令人把握不定。"⑤ 严格地按照曲牌的音律节拍选用字词,进行创作,故被称为"填词",可以看出乐与词二者之间的关系。而古典汉语恰恰是一种富有声调的语言,可以满足乐曲的这一要求,洛曾指出:"中国古典诗歌之所以总是与乐结合在一起,不肯分离,是因为汉语是一种使用声调的语言。"⑥ 这里谈的是诗歌,其实同样适用于戏曲。因为在古代文学中,词乃诗余,曲乃词余,诗词曲本来就

---

① 张厚载:《我的中国旧戏观》,《新青年》1918年第5卷第4号《戏剧改良专号》。
② 傅斯年:《戏剧改良各面观》,《新青年》1918年第5卷第4号《戏剧改良专号》。
③ 虞集:《中原音韵序》,中国戏曲研究院编:《中国古典戏曲论著集成》(一),中国戏剧出版社1959年版,第173页。
④ (清)李渔:《闲情偶寄》,江巨荣、卢寿荣校注,上海古籍出版社2000年版,第17页。
⑤ 同上书,第41页。
⑥ 转引自吕效平《文学本质的戏与表演本质的戏;情节艺术的戏与语言艺术的戏》,董健、荣广润主编:《中国戏剧:从传统到现代》,中华书局2006年版,第24页。

第二章 文学语言变革与戏剧文体的现代转型

有很大的关联。有学者即指出："从篇有定句，句有定字，并讲究平仄声律方面说，词与曲实际都属于格律诗的范畴。"① 由此可以认为，古典汉语的特点使得戏曲中的唱词总是与"乐"结合在一起，一旦结合就"不肯分离"，如何使二者结合得更好也成为古典戏曲最大的关切点之一，正所谓："怎样把演员的演唱与诗歌语言的声调完美地结合起来，是中国古典戏剧家征服剧场时的最大焦虑。"这一焦虑被研究者称为"戏剧的音律焦虑"②。

当然，古典戏曲中除了"唱"之外，还有说白，与"唱"相比，说白处于次要地位，因此也被称为"宾白"。古典戏曲中甚至有极少数剧目只有"说"而没有"唱"，但即便如此，其人物说白也有所讲求。正如清代戏曲理论家李渔所说："世人但以'音韵'二字，用之曲中，不知宾白之文，更宜调声协律。但知四六一句，平间仄，仄间平非可混施叠用，不知散体之文，亦复如是。"③ 可见，宾白散体也要注意调谐声律，其时这也不难理解，因为说白虽然并非戏曲的主要形态，但既然戏曲以"乐"为本体④，那么除了唱之外的说白也应与整体的音乐性相协调，说白之"说"是相对于"唱"的，并不等于日常之"说"，应该把说白看作不同于"唱"的另一种音乐性体现。不妨这样认识戏曲语言的特征："戏曲语言的音乐化性格，决定了语言（唱词、道白）恪守词式音律的程式规范。……要守音韵、别阴阳、合平仄四声。曲牌体的高腔、昆曲、梆子等剧种，每一段唱词的长短、字数、平仄、韵脚（杂剧、南戏的宫调）都有一定的格律，即使板腔体的剧种，如京剧、梆子等，虽然其上下句的格律较曲牌体填词自由，但也非常讲究字数、音节、平仄、韵辙、板式等等。如果不顾戏曲语言的这种格律程式，随意写出，其唱词就难以谱曲，无法

---

① 褚斌杰：《中国古代文体概论》，北京大学出版社1990年版，第12页。
② 吕效平：《文学本质的戏与表演本质的戏；情节艺术的戏与语言艺术的戏》，董健、荣广润主编：《中国戏剧：从传统到现代》，中华书局2006年版，第24页。
③ （清）李渔：《闲情偶寄》，中国戏曲研究院编：《中国古典戏曲论著集成》（七），中国戏剧出版社1959年版，第52页。
④ 施旭升：《三论中国戏曲的乐本体》，董健、荣广润主编：《中国戏剧：从传统到现代》，中华书局2006年版，第7—16页。

演唱，就连道白也全失去戏曲之味。"① 戏曲表演中的"唱"和戏曲唱词使用的语言有很大关系，在此意义上，如果说西方的戏剧是一种讲究情节内容的艺术，那么中国古代戏曲就是一种语言的艺术。顺着这样的思路我们可以继续推断，当传统戏曲赖以存在的语言基础发生变化时，就极有可能影响到"唱"这一表演体制的存在。

发生在20世纪初的五四文学语言变革倡导白话代替文言，"有什么话说什么话，话该怎么说就怎么说"，这一语言变革对于戏剧文体的影响可谓不小。胡适就意识到白话对戏剧文体的影响，他说："今后之戏剧或将全废唱本而归于说白，亦未可知。此亦由文言趋于白话之一例也。"② 将现代白话作为文学语言，强调的是其口语化、自然性，不再刻意讲求平仄韵律、声调起伏的现代白话很难再与乐曲配合，五四时期傅斯年倡导戏剧改良就提出这一问题："我们说话，不是定要七字十字，唱曲何必定要七字十字。"③ 现代白话在很大程度上改变了与乐配合的古典汉语的韵律特征，因此原先以"唱"为主的戏曲表演体制最终将因失去语言凭借而趋于瓦解。正如研究者所说："中国话剧正是因为从语言上割断了戏剧与诗歌、音乐的依附，才诞生了这种新型的剧种。"④ 从语言——现代白话的角度认识话剧文体的确立可谓见地独特。这也可以从初期话剧中掺杂着"演说"寻出一些蛛丝马迹。"演说"乃是晚清以后出于启蒙民众而兴起的一种言语活动。演说者在公共场合通过口头方式发表较为完整、鲜明的观点以传播思想、说服听众。晚清时期，萧山湘灵子纪念秋瑾的《轩亭冤》就将"演说"掺入了戏剧：

［前腔］杨妃罗袜，潘妃锦带，难免天然淘汰。姱容修态，莲钩三寸堪哀。漏风将废，新理渐开，我待要洗涤千年害。坦平履道男儿概，立定脚跟欧美派。身儿畅，足儿快。

---

① 蓝凡：《论戏曲语言的程式性》，《当代戏剧》1986年第1期。
② 胡适：《历史的文学观念论》，胡适编选：《中国新文学大系·建设理论集》，上海良友图书印刷公司1935年版，第57页。
③ 傅斯年：《戏剧改良各面观》，《新青年》1918年第5卷第4号《戏剧改良专号》。
④ 王景丹：《话剧语体与话剧对戏曲的偏离》，《社会科学辑刊》2008年第4期。

第二章　文学语言变革与戏剧文体的现代转型

　　同胞呵！女子放足，只不过开通女界的起点呢，倷还要把男女平权的道理说与你们听听。

　　男尊女卑，男贵女贱，这不是中国大不平的事么？推原其故，总由女子懦弱无能，做着一点事就要依赖他人，自己没有一毫独立的性质。

这里的人物唱词皆符合音律要求，讲究字数、平仄和押韵，而插入的人物"演说"则以白话说之。"演说"并非话剧正宗的话语方式，但从中可以看出白话"演说"已经跳出戏曲"唱"的表演模式，如果完全使用现代白话作为戏剧语言，那么"唱"的表演形式将因失去语言基础而解体。

由上可见，现代白话是从传统戏曲之"唱"到现代话剧之"说"转型的重要因素。

第二节　从"叙述"到"代言"：语言变革与戏剧话语模式的转变

如前所述，"唱"与"说"是戏曲和话剧在表演形式上的显在区别，但并不能因此简单地将"唱"与"说"作为判断戏曲和话剧的唯一标准。早期话剧先驱者徐半梅就说："即使旧剧中不用歌唱，也不能就把它当做话剧。"[①] 当代学者也指出："长期以来，人们有一种误解，以为从传统戏曲到现代话剧的转变，关键就是'唱'的取消，或者说是以'话'取代了'唱'。这是非常表面化、简单化的观察所致。传统戏曲里本来就有只'说'不'唱'的剧目（如昆曲《鲛绡记·写状》等），但其说白与表演均被纳入了脸谱化体系所要求的程式之中，与现代话剧毫不相干。反过来说，现代话剧也有带唱的成功之作（如田汉的《回春之曲》、《关汉卿》等），但它的'唱'是被纳入非脸谱化的即散文化、生活化、写实化的现代戏剧体系之中，与

[①] 徐半梅：《话剧创始期回忆录》，中国戏剧出版社1957年版，第3页。

传统戏曲的'唱'也完全不是一回事了。"① 除了"唱"和"说"表演体制的不同外，戏曲和话剧在话语模式上还有本质的区别。

下面是昆曲《鲛绡记·写状》人物出场念白：

> 公门虽好是非多，稳步何如车下坡？我假意念弥陀，那识我修行门路？心为黄金黑，腮因白酒红。休论旧日事，柳絮已随风。自家贾主文的便是。笔砚是我的买卖，律法是我的营生。相交的是六房书吏，使用的是笞杖徒流。外郎叫我阿叔，农民称我公公。有钱与我的，真正强盗改做掏摸，无钱与我的，厮骂斗口，便要取供；只为生血落口，也顾不得覆嗣绝宗。怕的是当头霹雳，又愁官府搜穷。因此潜踪避迹，只得假意装聋。早上爬起来念几句阿弥陀佛，好似毒蛇叹气；晚间与人刀笔，浑如鸡见蜈蚣。在下这刀笔临安城内算为第一，只因名重，官府又狠，只得潜隐在家，修行念佛，不过是掩人耳目。若有主儿来寻，我只推修行，反要多诈他些，方与他动手。

上引剧本中，虽然人物语言是"说"出来的，但并非话剧之"说"。可以发现，这是古典戏曲中常见的人物上场诗，只不过比一般的上场诗长一些，更详细地向观众交代了人物的身份、性格，即使不看下面的剧情，观众也能基本了解人物，这种自我表达是叙述性的"外交流"话语。关于"叙述""代言"下面再作进一步的阐释。

一般而言，戏剧情境中的话剧交流模式主要有两种："1. 台上虚构时空内剧中人物之间对话构成的内交流系统；2. 台上台下、演员与观众之间、虚构时空与现实时空之间的外交流系统。内交流系统的话语遵循代言原则，对话在自足自主的戏剧幻觉中进行。外交流系统的话语遵循的则是叙述原则，或在剧情之中的人物，或超出剧情之外的演员，直接向观众进行史诗性陈述。……西方代言性的戏剧模式，建立在封闭自足的内交流系统中，中国戏曲充分叙述化的戏剧模式，

---

① 董健：《20世纪中国戏剧：脸谱的消解与重构》，《戏剧艺术》1999年第6期。

则以史诗性的外交流系统为主。"① 以此话语交流模式为依据的话,中国古典戏曲同时有"叙述"和"代言",但主要是外交流的"叙述"模式,而话剧主要借鉴西方戏剧内交流的"代言"模式。在古典戏曲中,因为"叙述"遵循的并非人物之间直接交流的话语原则,所以古典戏曲的语言尤其是唱词部分往往保留了抒情化、诗化的语言特点,不论人物身份是才子佳人还是村夫野妇,都可以张嘴便是优美的词句,这在一定程度上是剧作者文人语言的呈现,听众也不会用"真实"与否去衡量。之所以会有如此情形,正如研究者所说是因为:"戏曲作家原本接受的是诗文创作的教育和熏陶,他们早已习惯于用创作诗文的思维方式创作戏曲,所以当他们为人物形象选择曲词时,考虑的并不是如何把握人物形象的地位、身份、性格等特征,而是如何用典雅的语言表现自身的才华。"② 而"代言"模式则不同,"代言"是假定台上人物是在一种自足的交流系统中存在而没有观众的,因此人物的话语一般而言要符合人物的身份和性格特点,具有真实性。

古典戏曲中既有唱词,也有宾白,二者话语模式也有不同。唱词是一种叙述体,而宾白有时是叙述,有时是代言。明代孟称舜说:"盖曲体似诗似词,而白则可与小说演义同观。"③ 清代鹿溪居士在《载花舲》传奇第六出《贡异》的眉批中说:"宾白绝肖小说口吻,所以为佳。"④ 与唱词相比,宾白具有"小说口吻",而古代小说演义既有全知叙事者的叙述性话语,也有模仿人物的代言性话语。宾白也是如此,宾白的形式主要有对白、独白、旁白(也叫"背云")、带白等。独白中的定场白即是一种人物向观众自我介绍的外交流叙述体,而对白则往往是人物之间内交流的话语,除了特殊的舞台腔调外,自是一种代言体。在古典戏曲中,总体上是"叙述"多于"代

---

① 周宁:《叙述与代言:中西戏剧模式比较》,《外国文学研究》1991年第2期。
② 郭英德:《独白与对话——论明清传奇戏曲的抒情方式》,《北京师范大学学报》(人文社会科学版)2000年第5期。
③ (明)孟称舜:《新镌古今名剧合选》,明崇祯间刻本。
④ (清)徐沁:《载花舲》第六出《贡异》鹿溪居士眉批,《曲波园传奇二种》,清康熙间刻本。

言",而现代话剧则主要是"代言"。

这样一来,白话代替文言的语言变革对戏曲由"叙述"向话剧"代言"模式的转变具有重要意义。学者曾注意到:"曲主要贵自然晓畅,在用词造语上完全不避俚俗,以口气逼真,能庄能谐、清新活泼的风格取胜。正是因为这样,中国金、元以后发展起来的戏曲,就可以方便地以'曲'为'代言',来表演故事和模拟口吻,塑造人物了。"① 当时用词造语的俗化使"曲"有了"模拟口吻"的"代言"可能,而五四以后随着白话成为文学语言,更有可能通过代言表演故事、塑造人物了。生活化、写实化、口语化的白话为"代言"提供了可能,同时"代言"也要求一种生活化、写实化、口语化的白话。五四时期话剧的倡导者就说:"凡做戏文,总要本色,说出来的话,不能变成了做戏人的话,也不能成唱戏人的话,须要恰是戏中人的话。"② 戏剧语言不能是剧作者的话,也不能是演员的话,而要是人物自己的话,这便是"代言"。既是"代言",便要"本色",是人物"说出来的话",当然也可以反过来说,"本色"的话才能完成"代言"。对于表现现代生活的戏剧而言,现代白话才是"本色"的。

我们不妨从五四时期话剧的翻译语言中进一步思考这一问题。众所周知,胡适正式倡导白话文学始于1917年《新青年》的《文学改良刍议》,而在此之前《青年杂志》已经开始了对外国戏剧的热情译介,这一时期的翻译语言很多依然还是文言,薛琪瑛则在胡适倡导白话文之前便使用白话语言翻译了英国著名作家王尔德的戏剧《意中人》,这一现象值得关注。这部译作连载于《青年杂志》第1卷的第2、3、4、6号及第2卷的第2号上,试录部分如下:

马(马孟德夫人):你今晚赴哈脱洛克夜会吗?
裴(裴锡顿伯爵夫人):我想去的。你呢?
马:要去的。你看这些会不是怪麻烦吗?
裴:实在是麻烦!究竟不知道我为什么要到那里去。我无论

---

① 褚斌杰:《中国古代文体概论》,北京大学出版社1990年版,第12—13页。
② 傅斯年:《戏剧改良各面观》,《新青年》1918年第5卷第4号《戏剧改良专号》。

第二章　文学语言变革与戏剧文体的现代转型

到何处都是那样。

马：我到这里来受教训。

裴：呀，我最讨厌受人家的教训！

马：我也是这样。这件事几乎教人和生意买卖人一般。岂不是吗？那亲爱的纪尔泰夫人册屈路特时常告诉我，人生当有高尚的志向。所以我来此地看看有什么高尚的人。

裴（用千里镜四面一望介）：我今晚还没有看见一个人，可叫做有高尚主义的。领我进餐室用饭的那个人，对我讲的无非是他妻子的事。

马：这人何等鄙俗！

裴：真是鄙俗不堪！你的丈夫常讲的是什么呢？

马：大概是我的事。

裴（做困倦状）：你可喜欢呢？

马：（摇头介）：一点也不喜欢。

裴：亲爱的马葛来脱，我们是何等道学！

马：（起身介）：这种称呼，我们最合适。

以上译文由两部分组成，作为舞台提示的"状"和"介"都是戏曲的旧术语，即做某种动作的意思，给人留下较为陈旧的印象，而人物对话则完全用白话翻译，由此，戏曲的舞台提示"混搭"了代言式的白话台词，给人一种新旧过渡时代特有的斑斓杂陈之感。译者指出剧作的主旨是："曲中之意，乃指陈吾人对于他人德行的缺点，谓吾人须存仁爱宽恕之心，不可只知憎恶他人之过；尤当因人过失的生怜爱心，谋扶掖之。夫妇之间，亦应尔也。特译之以饷吾青年男女同胞。"[①] 可见作为译者自己的语言仍是文言的。而人物语言则非常例外地选用白话，可以进一步思考的是，什么原因导致了译者弃用文人熟悉的文言而用白话翻译人物台词？或者说白话和人物语言之间是否有更好的契合度、匹配度？译者说："此剧描写英人政治上之生活

---

① 薛琪瑛：《意中人》，《青年杂志》1915年第1卷第2号。

与特性，风行欧陆。每幕均为二人对谈，表情极真切可味。"① "对谈"就是一种内交流的"代言"话语模式，这使得剧作者（这里是译者）在剧中很难插入自己。"真切可味"的感受以及想把这种感受传递给读者的意图使译者在白话尚不普及甚至还未明确提倡的时候，就不自觉地选用了白话。因此有研究者推测："大概与戏剧的对白有关，薛琪瑛译王尔德的《意中人》用的倒是白话。"② 在文言的语言环境中使用白话翻译人物对话方可达到"真切"的效果，进一步说明了白话和代言体的话剧之间的密切关联，可以推断，语言变革必将顺应话剧的文体要求，促进戏剧话语模式从"叙述"到"代言"的转变。

第三节　从"对答"到"对话"：现代汉语人称代词与话剧"对话"因素的凸显

如前所述，话剧和戏曲的区别在表演体制上是"说"和"唱"的不同，但"说"的未必就是话剧，话剧的"说"必须是在人物之间进行的内交流话语模式的"说"。然而仅仅满足人物之间的内交流或代言之"说"的条件，未必就是好的话剧。欧阳予倩就曾说，"普通的对话，或是谈论一桩事情，或是表示一种寄托，或是叙述一件故事，都是很自由的"，而戏剧的对话"要能前后照应，整个的将剧中人的外部生活，内部生活烘托出来。所以不宜过强，不宜过弱，不宜滥，不宜拘，不宜直率，不宜枝蔓，要恰如其分，乃为得体"。③ 李健吾说："对话受到性格与结构的双重制约，具有社会生活的样式，不等于就是日常生活中的对话。"④ 看来戏剧的"对话"和普通的对话之间有很大的区别。仅仅满足"代言"的"说"未必就是好的"对话"。什么样的对话可以算是好的对话？老舍先生根据自己的写

---

① 薛琪瑛：《意中人》，《青年杂志》1915年第1卷第2号。
② 赵稀方：《〈新青年〉的文学翻译》，《中国翻译》2013年第1期。
③ 欧阳予倩：《戏剧改革之理论与实际》，《戏剧》1929年第1卷第1期。
④ 李健吾：《戏剧的特征》，《李健吾戏剧评论选》，中国戏剧出版社1982年版，第320页。

第二章　文学语言变革与戏剧文体的现代转型

作经验曾这样总结道："在写话剧对话的时候，我总期望能够实现'话到人到'。这就是说，我要求自己始终把眼睛盯在人物的性格与生活上，以期开口就响，闻其声知其人，三言五语就勾出一个人物形象的轮廓来。……这样，对话本身似乎也有了性格，既可避免'一道汤'的毛病，也不至于有事无人。"[①] 如果不懂真正的话剧"对话"，很有可能写成"有事无人""一道汤"式的"对答"。可见，话剧对话应该让观众了解人物的个性是什么？在一种特定的语境中人物为什么要这样说？他是怎么说的？他的说话可能会引起什么后果？怎么推进情节的进展？也就是通常我们所说的，话剧的"对话"要具有个性化、动作性等特征，即通过对话展现人物性格，推动情节发展。可以说，"对话"就是话剧文体"特有的程序聚合"[②]。在古典戏曲中，人物性格和戏剧矛盾可以由演员唱给观众听，即便有对白，也可能是一种问答式或说话式，并非互相作用的双方。如学者所说："在对话性话语结构中，两种或两种以上视界内价值与意志的冲突，是对话发展的原动力。没有意见的不合，也就没有对话的合作。戏剧对话的语言交换中体现着价值与意志的交换，对话者之间有共同的关心，相异或相对的立场。"[③] 因此，真正话剧的对话，离不开两个相对的主体，表现在语言层面上常常离不开人称。

英国的威廉·阿契尔在《剧作法》中对于舞台提示提出了一条常识性规则："不管写得长也好，短也好，它们必须永远是无人称的。"译者在注释中进一步解释为"不能作第一人称（作者本人）的口气来写"，否则，"他就等于硬让自己插身在观众和艺术作品之间，这就必然破坏了幻觉"，因此，即便是重要的人物出场，对其进行外形等舞台提示描写时"也应当保持无人称语气"。[④] 剧作家不能突出自

[①] 老舍：《对话浅论》，《老舍全集》（第16卷），人民文学出版社1999年版，第342页。
[②] ［苏］鲍·托马舍夫斯基：《主题》，胡经之、张首映：《西方二十世纪文论选》，中国社会科学出版社1989年版，第113页。
[③] 周宁：《叙述与对话：中西戏剧话语模式比较》，《中国社会科学》1992年第5期。
[④] ［英］威廉·阿契尔：《剧作法》，吴钧燮、聂文杞译，中国戏剧出版社2004年版，第64页。

身，以免破坏话剧中故事和人物的幻真性，相反，人物之间的对话则要遵守内交流的原则，只有突出人称，才能产生冲突。如研究者所说："在戏剧性对话中，剧中人物之间保持着'我'与'你'的直接交流关系，观众只是旁听者，演员与观众构成'我'与'他'的间接交流关系。在代言性叙述中，演员与观众构成话语中'我'与'你'的关系，演员向观众直接表白，相反剧中人物之间，却呈现出'我'与'他'的关系。"① 而"我"和"你"对话关系的成立，必须有两个平等的个体，且二者的意志、行动存在对立和分歧。

就第一人称代词"我"来说，古代汉语中还有"吾"，二者的区别是"主语跟领格吾多我少；宾语基本上用我"，后来，"吾"则主要用于书面语中。② 五四时期，我们仍然会发现存在"我"和"吾"混用的情况，这是文言向现代白话过渡时期的历史遗迹：

> 式青："我假定从前顺了爹妈的话，中途软化，不能奋斗到底——那吾现在也恐怕不能在世界上立足了，所以我奉劝现在的青年们，遇到这种不得已的家庭压迫，只得先脱离家庭，奋斗到底啊！"③

五四文学语言变革倡导白话，反对文言，在现代汉语里，"吾"已经完全被"我"代替，无论在书面语还是口语中。现代人称代词"我"，不仅可以做主语，是执行句子的行为或动作的主体，是一个句子所要表达、叙述的主体，而且其背后蕴含的主体的文化意义也在新文化运动的洗礼下逐渐确立。在鲁迅小说中，反对包办婚姻的子君喊出了"我是我自己的，他们谁也没有干涉我的权利！"郭沫若诗歌中"我便是我呀！我的我要爆了"也响彻寰宇。一个有自我意志的主体，一个强有力的"我"诞生了。有了鲜明的主体意识，"我"才可能和别人构成强有力的"对话"，在"对话"中凸显鲜明的性格特

---

① 周宁：《叙述与对话：中西戏剧话语模式比较》，《中国社会科学》1992年第5期。
② 吕叔湘：《近代汉语指代词》，学林出版社1985年版，第2页。
③ 钱剑秋：《软化吗？》，《新妇女》杂志1920年第3卷第4号。

第二章 文学语言变革与戏剧文体的现代转型

征，完成冲突性的动作。

话剧"对话"还须对话双方处于一种互相作用的话语关系中，"我"和"你"必须互相影响对方。吕叔湘说，"我"在周秦之际已经扩展到吾的领域，① 在北齐书、周书、隋书里已经有"你"的写法，② 但是对话中人称代词的用法大有讲究。"你和我都犯忌讳"，二者又有区别，"称你比较严重，称我比较可以马虎些"，"你"带有"直接的指斥"的意思。③ 因为"中国封建社会里头，长幼尊卑之间，说话最要有分寸。一般的三身代词，尊长可以用之于卑幼，卑幼不能施之于尊长。乃至地位相等的人，假若不是十分亲近，也还是要避免"。④ 这里的"三身代词"包括我、你、他。王力也认为："最恭敬的会话里不用人称代词""当咱们说话的时候，若要对于对话人特别表示敬意，就不自称为'我'，也不称对话人为'你'或'你们'。……凡该用人称代词的地方，最好是用一种身份的名称来替代。自称为'我'还可以，若当面称尊长为'你'，就被人认为没有礼貌了。"⑤ 虽然有人称代词，但是出于长幼尊卑的伦理秩序，不能直接使用这些代词，出现了一种间接的"身份名词"。"一般的三身代词既不适用于礼貌的场所，于是就有特定的尊称和谦称。这些尊称和谦称往往因时代而异，古代所用的君、子、公、卿和臣、仆、妾等等，近代口语里早已不用。"⑥"身份名词包括人伦和职位两类，可以说是家族社会和阶级社会在语言上的反映。"⑦

由此可见，由于所属文化的不同，古代汉语中的人称代词"我"和"你"与现代汉语中的"我"和"你"有很大不同，在一种更重视长幼尊卑秩序的文化中，很少使用"我"和"你"，对白中的身份名词必然会提醒双方的不对等关系，从而在戏剧对白中无法真正展开

---

① 吕叔湘：《近代汉语指代词》，学林出版社 1985 年版，第 2 页。
② 同上书，第 3 页。
③ 同上书，第 35 页。
④ 同上书，第 34 页。
⑤ 王力：《中国现代语法》，商务印书馆 2011 年版，第 201 页。
⑥ 吕叔湘：《近代汉语指代词》，学林出版社 1985 年版，第 38—39 页。
⑦ 同上书，第 39 页。

"对话"性的话语关系。如学者所论《西厢记》"拷红"中,老夫人和红娘本处于激烈的矛盾冲突中,但由于主宾之间"老夫人只问不答,红娘只答不问",这种"对话"形式上的冲突因很快结束而无法展开①:

[红见夫人科]
[夫人云]小贱人,为甚么不跪下!你知罪么?
[红跪云]红娘不知罪。
[夫人云]你故自口强哩。若实说呵,饶你;若不实说呵,我直打死你这个贱人!

这段对话中的人称代词恰是夫人称红娘"小贱人""你",红娘自称"红娘"而不是"我",主奴之间关系一目了然,这种不对等关系使得"对话只好半途而废"。

只有平等的"我"和"你"才能形成对话关系。五四初期的话剧虽然学会了"不唱而说",学会了不叙述而代言,但"对话"性仍不够鲜明。以胡适的《终身大事》为例,这部作品被称为第一篇现代意义上的话剧。此剧讲述了田亚梅和陈先生自由恋爱在受到父母反对后离家出走私奔的故事。她的母亲十分迷信,先去问菩萨,再去找算命先生,结果都是认为两人不合,婚姻不到头。田小姐知道父亲反对迷信,本指望父亲做主,但结果却是父亲虽然确实反对母亲的迷信思想,但却有很深的家族观念,以田、陈本是一家不可婚配为由,不同意二人结婚。剧中的主要戏剧冲突应该是具有现代思想的田亚梅和封建守旧家长之间的矛盾,但在整部剧中这个矛盾并没有通过"对话"而显现出来,田亚梅面对父亲罗列的冗长理由,只有一句"对话":"爸爸,你一生要打破迷信的风俗,到底还打不破迷信的祠规,这是我做梦也想不到的。"整部戏剧中人物之间的称谓是"爸爸""孩儿""好孩子",这正是前文所述的"身份名词",这样的称谓强调的是人物之间的家庭伦理关系,因此现代和传统的矛盾无法得到具

---

① 周宁:《叙述与对话:中西戏剧话语模式比较》,《中国社会科学》1992年第5期。

第二章 文学语言变革与戏剧文体的现代转型

体的延展和呈现。戏剧只是通过人物对白向观众交代故事内容，注重的是故事的离合，而不是人物本身，我们看不到人物的性格特征，这也是李健吾批评的那种"对象是绮丽的人生的色相，不是推动色相的潜伏的心理的反映"①。直到剧末田小姐收到陈先生的纸条"此事只关系我们两人与别人无关，你该自己决断"，此时才出现"我们""自己"这样有现代精神的代词，而田亚梅最后留给父母的字条"这是孩儿的终身大事，孩儿该自己决断，孩儿现在坐了陈先生的汽车去了，暂时告辞了"，在陈先生的启发之下，田亚梅终于由家庭关系中的"孩儿"变成一个独立的"自己"了，终于找到了对抗封建传统的"利器"，可惜此时戏剧已经结束。此剧在五四时期上演后风靡一时，并非由于戏剧本身的艺术高超，而是剧本宣扬的新思想受到观众的追捧。德国戏剧理论家彼得·斯丛狄说："对白作为戏剧中的人际交谈大权独揽，它反映了如下事实：戏剧只是由对人际互动关系的再现构成，它只关心在这个氛围里闪现的东西。"由此可见，戏剧的"对话"本质上显示的是人与人之间的关系，他们的相互矛盾构成了戏剧发展的动力。② 没有互相作用的对话不是真正意义上的话剧对话。而《终身大事》剧中的对话从严格意义上来说，并没有真正构成"对话"，人物也因此成为一个影子。这样的话剧语言不能起到塑造人物、凸显个性、推动情节发展以及深化主题的功能。

随着中国作家对舶来品话剧的不断摸索，他们逐渐认识到话剧的"对话"不容易写，欧阳予倩曾说："对话就是我们自己日用寻常的言语，一句一字最容易听得明白。"之后在括号中补充道："（当然戏剧的对话，是经过特别的锤炼，而在我们听的时候，却没有丝毫的隔阂）。"③ 对话不仅要是日用寻常言语，而且要"经过特别的锤炼"，用现在通行的术语说就是对话要有动作性、个性化。现代人称代词"我"和"你"挣脱长幼尊卑文化秩序，形成对峙关系，推动戏剧冲突，发出影响对方的心理和行为的动作性语言，同时形成极具个性化

---

① 刘西渭：《吝啬鬼》，《李健吾戏剧评论选》，中国戏剧出版社1982年版，第11页。
② ［德］彼得·斯丛狄：《现代戏剧理论》，王建译，北京大学出版社2006年版，第8页。
③ 欧阳予倩：《戏剧改革之理论与实际》，《戏剧》1929年第1卷第1期。

的言语。在成熟的现代戏剧中,最好的"对话"正发生在鲜明的"你"来"我"往之时,试举例如下:

  繁 萍,我盼望你还是从前那样诚恳的人。顶好不要学着现在一般青年人玩世不恭的态度。你知道我没有你在我面前,这样,我已经很苦了。
  萍 所以我就要走了。不要叫我们见着,互相提醒我们最后悔的事情。
  繁 我不后悔,我向来做事没有后悔过。
  萍 (不得已地)我想,我很明白地对你表示过。这些日子我没有见你,我想你很明白。
  繁 很明白。
  萍 那么,我是个最糊涂,最不明白的人。我后悔,我认为我生平做错一件大事。我对不起自己,对不起弟弟,更对不起父亲。
  繁 (低沉地)但是最对不起的人有一个,你反而轻轻地忘了。
  萍 我最对不起的人,自然也有,但是我不必同你说。
  繁 (冷笑)那不是她!你最对不起的是我,是你曾经引诱的后母!
  萍 (有些怕她)你疯了。
  繁 你欠了我一笔债,你对我负着责任;你不能看见了新的世界,就一个人跑。
  萍 我认为你用的这些字眼,简直可怕。这种字句不是在父亲这样——这样体面的家庭里说的。

  上面所引的人物语言超越了早期话剧有"对话形式"而少"对话精髓"的阶段,此时台词里面的人称代词——这一看似无足轻重,实则至关重要的语言形式已必不可少。对话双方互相影响、作用于对方,繁漪不满周萍的始乱终弃并要求将其一起带到"新的世界",周萍则退缩拒绝;人物的性格也丰满立体,繁漪的不顾一切、歇斯底里，周萍则软弱逃避——这才是真正的"对话"。《雷雨》被认为是中国话剧成熟的标志性作品，"成熟"除了表现在曹禺可以熟练地使用话剧这一外来形式以表达本土题材和中国人的生活情感外，还表现在他笔下的人物对白成了真正的"对话"上。而"对话"的完成离不开现代人称代词，曹禺一定是熟谙了"我"和"你"与话剧"对话"性之间的内在机制，才能写出如此精彩的对话。

当然，话剧需要的现代白话不只是现代的人称代词，现代的名词、动词、语气词等都玉成了写实化、口语化的话剧语言，满足了话剧表现现代生活和人生的需求。本节仅仅选取了最能凸显话剧文体特征的"对话"，从人称代词的角度进行阐释而已。需进一步说明的是，并非只要有"我"和"你"这样的人称代词就一定会带来真正的对话，不能把握对话本质的"我"和"你"只能是流于形式的对答体；同理，只要掌握了对话应有的动作性、个性化等特征，对话有时也会在上下文许可的语境中省略人称代词"我"和"你"。

谈及20世纪初在民族现代化历程中戏曲和话剧的激烈交锋，有学者指出："在20世纪前20年，对西方话剧的引进是当时的写实主义思潮在戏剧领域的表现。从表面看，对西方话剧的引进是与对中国古典戏曲的指摘、诟病乃至全盘否定同时进行的，但是，实质上，中国古典戏曲是因其表演体制的非写实而遭到嫌弃的。"[①] 且不论写实主义思潮是否能完全代表中国戏剧的现代性诉求，专就写实主义而言，不管是戏曲的"非写实"还是话剧的"写实"，都和文学语言的历史性变革有重要关系。甚至可以说，戏曲的"非写实"和话剧的"写实"在一定程度上就是由语言的"非写实"和"写实"造就的。现代白话是中国传统戏曲向现代话剧转型的重要影响因素。有人说："现代白话既是话剧最外表的特征，也是话剧最深层的基础。"[②] 如此说来，语言确实是理解中国戏剧现代变异的重要视角。

[①] 陈维昭：《中国戏曲演剧形态与20世纪中西方戏剧转型》，《学术研究》2002年第8期。

[②] 王景丹：《话剧语言及其在白话文运动中的意义和价值》，《长春大学学报》2001年第6期。

第四节　文体个案分析：文学语言变革与"诗化"戏剧的变异

中国古典戏曲与诗歌之间的关系可谓紧密，无论从起源、文体理论，还是从文本形态、创作主体等方面都有明显的交融和互渗。如果按照一般的文体渗透原则，即高位文体可以向低位文体渗透，它们之间的情形应该是："曲欲其俗，诗欲其雅，词则介乎二者之间；诗语可以入词，词语可以入曲，而词语不可入诗，曲语不可入词。"① 作为高位文体的诗可以向低位的戏曲渗透。如学者所言："中国古典戏剧从它的母体——诗歌中汲取了丰富的营养，因此，无论是从中国古典戏剧的外部形态考察，还是从它的内在精神细究，或者从它的表演形式探讨，诗歌都无处不在。"② 因此，古典戏曲在某种意义上是诗化的，有人甚至称为"剧诗"。中国现代话剧源自对西方话剧的模仿和学习，主要是散文化的戏剧形态。但我们也常常发现有些作家的剧作具有"诗化"的品格，如田汉、郭沫若、曹禺等人的一些话剧，我们也会对他们的作品用"诗化"进行评鉴。对于这种"诗化"风格的来源，自然会将其与古代戏曲文化进行勾连："中国现代话剧的艺术模式虽来自西方现代话剧，但由于文化传统的关系，中国现代话剧的诗品性却常常潜藏在戏剧艺术家的意识深层，这是中国现代话剧的特有品格，也是中国现代话剧艺术融通东西方文化卓有成效的见证。"③ 民族的文化总是以或显或隐的方式影响着后续的文化创造。作为一个诗歌的国度，诗的因素在现代仍然执着地留存着。我们的问题是，经过白话代替文言的语言变革之后，对戏剧的"诗化"现象需要予以更细致的认识。"研究者大都已认同诗性是话剧艺术追求民族性的重要表现，却忽略了对诗性精神的现代意义等的考察、辨

---

① 参见周本淳《诗词蒙语》引，上海文艺出版社2001年版，第32页。
② 齐静：《中国古典戏剧与诗歌的关系》，《云南社会科学》2010年第4期。
③ 高蔚：《戏剧中的诗性色彩与诗歌中的戏剧因素》，《河池学院学报》2011年第1期。

析。"① 的确如此,现代话剧"诗化"的来源、内涵与民族性有关,但其复杂性又超过了民族性。本节将从语言变革的角度对戏剧的"诗化"现象进行再认识。如此,我们将会对中国话剧成熟的历程及其某些作家的创作阶段有更深入的认识,对于中国戏曲向现代话剧的文体转型中所遇到的问题有更恰切的理解。

一 初期白话的优化与话剧的"诗化"

白话代替文言成为文学语言之后,各种体裁的文学正处于创造之中,其成熟需要一个过程。20世纪30年代,周作人曾就处于过渡期、建设期的白话文学指出:"用语猥杂生硬,缺乏洗炼,所以像诗与戏剧等需要精妙语言的文学,目下佳作甚少。"② 这里便是从语言角度反思新文学发展过程中的问题的。可以追问的是,对于戏剧(周作人此处指话剧)来说,怎样的语言算是"精妙"?或者说,怎样提升戏剧的语言,使新生的话剧能够涌现出佳作,使"现代白话文学"不断趋于成熟?当时,恰恰有人从语言的角度对这一问题进行过思考。杨振声在《中国语言与中国戏剧》中提出,中国语言"是由单音字造成的""单音字对于歌剧容易美化,同时对于话剧就有阻难。何以故呢?单音字在写的语言上美化性愈高,在说的语言上不能如写时那样的推敲,而听者又不易懂,说的语言便与写的语言分家的趋势愈大。结果至于各不相为谋,语言受不到文学的润色与滋养,语言便日趋贫窭,而话剧的介体便羸弱的不堪了。"③ 这里面其实可以引申出两个相互关联的问题:首先,以"单音字"为主的古代汉语对"歌剧"(这里可以理解为以唱为主的"戏曲")至关重要。从前文论述里我们可以了解,唱词的韵律和戏曲的音乐表演体制都与使用的语言有关。其次,长期的言文分离使得现代语言变革之后,白话因尚未充分领受文学的滋养而营养不良,而以此白话为主要语言介质的话剧便很难迅猛壮大。那么,改变这种状况的药方是什么呢?"诗戏要从

---

① 郭玉琼:《中国现代话剧艺术的诗性精神研究》,《戏剧文学》2009年第2期。
② [日]长濑诚:《中国的文学与用语》,朱自清译,《大公报》1936年1月12日。
③ 杨振声:《中国语言与中国戏剧》,余上沅编:《国剧运动》,新月书店1927年初版,上海书店1992年影印,第112—113页。

白话诗一线上演化出来。……诗戏与白话诗成立以后，一定会为中国的语言增加美丽的。同时中国的对话戏也可以借光借光了。"① 诗被看作语言要求最高的文体，处于文学金字塔的塔尖，要提升和洗练语言，非诗莫属。语言提升了，话剧自然可以借光。但是，话剧的发展不能就此停止，坐等白话诗成功之后再来进行语言反哺。然而，这里毕竟提出了一种可能性尝试，即诗化戏剧。应该说，在白话文学语言建设初期，诗化戏剧既是提升民族语言本身的途径之一，又是改善话剧的一种方式。何况，中国作家对诗化戏剧并不陌生！他们从小接受过传统文化教育，深谙古典文学，对中国戏曲的顾盼生姿、诗意流转应该再熟悉不过了。通过戏剧抒发情感，清词丽句信手拈来，这些诗化的手段几乎成为一种文化的本能。即如郭沫若和田汉在五四时期的戏剧创作，虽然并没有直接回应前述杨振声的"诗化"策略，但从实际情况来看却体现了"诗化"的取向，值得关注。

郭沫若在文坛上最初以诗歌闻名，如他所说"在文学之中更借了诗歌的这只芦笛"②。而他的诗剧《湘累》《女神之再生》等和他五四时代的诗歌具有明显的趋同性。试举《湘累》如下：

屈原　我效法造化底精神，我自由创造，自由地表现我自己。我创造尊严的山岳、宏伟的海洋，我创造日月星辰，我驰骋风云雷雨……我有血总要流，有火总要喷，不论在任何方面，我都想驰骋！

屈原的语言与《女神》中诸多诗篇所体现的壮观的自然意象、无穷的自我扩张、大胆的创造及其泛神论思想和狂躁的氛围都非常相似。除此之外，戏剧《三个叛逆的女性》，钱杏邨认为其中"诗的情

---

① 杨振声：《中国语言与中国戏剧》，余上沅编：《国剧运动》，新月书店1927年初版，上海书店1992年影印，第116页。
② 郭沫若：《论国内的评坛及我对于创作上的态度》，《郭沫若全集》（第15卷），人民文学出版社1990年版，第225页。

第二章 文学语言变革与戏剧文体的现代转型

趣也实在是太多了"①。

田汉的早期剧作《咖啡店之一夜》《灵光》《获虎之夜》也有明显的诗化倾向。主人公抒情的时候尤其如此,如《咖啡店之一夜》:

> 林泽奇　我真觉得人的一生,就好像在大沙漠中间旅行:哪一天大风会把黄沙从我们头上盖下来也不知道;哪一天那凶猛的鸥鸟会追着来吃我们也不知道;哪一天马贼会来打劫我们也不知道;哪一天瓶子里的水要喝干也不知道;望后面不知道哪里是故土,望前面不知道哪里是目的地。……
>
> 白秋英　……沙漠里会涌出甘泉,凶猛的雕鸟会变成会唱歌的黄鹂。……
>
> 饮客甲　他的生活真是一首哀歌;一个被放逐的盲诗人,怀着吉他在异国漂泊,不就是一首很动人的诗吗?……

戏剧家洪深对郭沫若和田汉的诗化戏剧予以了较高的评价,尤其是将他们放置到话剧建设初期,在这样一种新的文体还未站稳脚跟之时,更有特殊的意义:"自从田、郭等写出了他们那样富有诗意的词句美丽的戏剧,既可以在舞台上演,也可供人们当小说诗歌一样捧在书房里诵读,而后戏剧在文学上的地位,才算是固定建立了。"② 这里肯定了郭沫若和田汉的诗化戏剧在舞台性之外给戏剧注入的文学性,这正是中国戏曲在演变过程中逐渐重表演性、轻文学性所缺乏的,他们的创作为戏剧争得了文学上的地位。而这种文学性的获得,最突出的表现正是"富有诗意的词句美丽的",这与前述杨振声通过诗歌美化戏剧的思路可谓不谋而合。这里也显示了这些剧作家在白话文建设初期提升语言品质和话剧质量的历史贡献。

---

① 钱杏邨:《诗人郭沫若》,王训昭等编:《郭沫若研究资料》(中),中国社会科学出版社1986年版,第89页。
② 洪深:《〈中国新文学大系·戏剧集〉导言》,洪深编选:《中国新文学大系·戏剧集》,上海良友图书印刷公司1935年版,第48页。

二 语言变革与话剧"诗化"的再认识

但是,问题同时接踵而来。戏剧毕竟是戏剧,戏剧语言的"精妙"不仅体现在诗化的美丽上,而且要求突出戏剧性。"诗化"的文学语言有利于提高话剧的审美性,但与此同时使话剧面临着诗意过度而戏剧性不足的问题。"诗化"的戏剧应当是在强调"剧"的基础上对"诗"进行吸纳,但是在尚处于话剧学习阶段的中国剧坛上,诗化的"精妙"语言由于缺乏话剧文体意识的规约,很容易导致发展过程的偏移。20 世纪 20 年代余上沅就认识到这一问题,他指出,近年来写"诗剧"("诗的戏剧")的人,"直到如今,其结果至多仍是写了戏剧的诗。没有相当的动作,哪怕它在纸上看得过去,在舞台上是终于要失败的"。① 此处所说的"戏剧的诗"仍然是诗,没有动作性,不顾舞台性的戏剧的诗不是真正的戏剧。戏剧家洪深也敏锐地指出,只注重对话的抒情化会带来许多流弊,"稍一不慎,必会写出一个长篇对话式的剧诗,而不是有动作的诗剧"②。郭沫若当时的历史剧就被认为"诗多于剧",论者说他是一个诗人而不是剧作家,其作品或许是很好的文学作品,但"因为他不是一个剧作家,他不能了解戏剧的独立和尊严,所以他所写的,或者是诗似的东西……如《湘累》和《棠棣之花》,缺乏戏剧成分的作品"。③ 田汉的早期戏剧也存在同样的问题,关于剧作《灵光》(载《太平洋》1921 年 1 月 5 日第 2 卷第 9 期)茅盾认为:"'角色的个性'不很明朗,张德芳和顾梅俪两个人的口吻不大分得明白。又此篇中顾梅俪的举动思想又很有点和'Violin and Rose'中的柳翠相像,这于创铸'角色'一面,亦似尚欠圆到。又我读了一过之后,只觉得伶俐有趣,而不起深刻的感觉;……从这些地方看来,似乎田君于想象方面尽管力丰思足,而于观察现实

---

① 余上沅:《论诗剧》,《晨报副刊·诗镌》1926 年 4 月 29 日。
② 洪深:《〈中国新文学大系·戏剧集〉导言》,洪深编选:《中国新文学大系·戏剧集》,上海良友图书印刷公司 1935 年版,第 48 页。
③ 向培良:《所谓历史剧》,王训昭等编:《郭沫若研究资料》(中),中国社会科学出版社 1986 年版,第 271 页。

方面尚欠些工夫呵！"①角色的个性不明朗，就是说人物的语言缺乏个性化，同一部作品中的不同人物甚至不同作品中的人物都是一种相近的口吻，这种口吻本质上是带有作者主观情趣的诗化语言，因此给人感觉"伶俐有趣"，但却不利于戏剧塑造人物。陈瘦竹也认为，《获虎之夜》中的"男主角不像农村青年而像一个感伤主义抒情诗人""实际上却并不符合人物的性格"。②这种情形其实和古典戏曲语言的非角色化非常相似，只不过一个是"唱"出来的，一个是"说"出来的。

如果我们联系此后郭沫若和田汉在戏剧观念及创作方面的变动，或许可以更完整地认识这一问题。以《棠棣之花》为例，这是郭沫若最早的剧作，直至20世纪40年代定稿，期间经历过数次修改。从最初发表在《时事新报·学灯》和《创造季刊》上的两幕，到五卅惨案后的《聂嫈》（1925年）、《塔》（1926年）、《三个叛逆的女性》（1926年）、《甘愿做炮灰》（1938年），到最后的《棠棣之花》（1942年），内容修改颇多。这里不打算全面考察此剧成形过程中的每次改动及社会时代的原因，仅从戏剧语言的角度对其中所关涉的诗化和戏剧性问题进行梳理和辨析。据作者回忆："最初的计划本是三幕五场"，写了一部分之后，发现"全部只在诗意上盘旋，毫没有剧情的统一，自从把第二幕发表以后，觉得照原来的做法没有成为剧本的可能，我把已成的第一幕第一场及第三幕第一场全行毁弃，未完成的第三幕第二场不消说是久已无心再继续下去的了"。③但是"写成了的五幕中第二幕和第三幕觉得很有诗趣，未能割爱。在民国九年的十月十日《时事新报》的《学灯》增刊上把第二幕发表了。后来被收在《女神》里面。又在十一年五一节《创造季刊》的创刊号上把第三幕发表了。这两幕便被保存了下来，其他都完全毁弃了，一个字

---

① 郎损：《春季创作坛漫评》，《小说月报》1921年第12卷第4号。
② 陈瘦竹：《田汉的剧作》，《陈瘦竹戏剧论集》（第4卷），江苏教育出版社1999年版，第1139—1163页。
③ 郭沫若：《写在〈三个叛逆的女性〉后面》，王训昭等编：《郭沫若研究资料》（上），中国社会科学出版社1986年版，第222页。

也没有留存"①。可见，郭沫若已经意识到诗意和剧情不统一的矛盾，认识到剧本存在过多诗意的问题，只是对于五四时期的他来说，实在难以割舍那种情感及其表达形态。不久后的 1925 年他又写成了《聂嫈》，据郭沫若自己回忆："北伐那年的四月，广州在廖夫人领导下的血花剧社却把《聂嫈》和以前发表过的两幕合并起来，作为四幕剧的《棠棣之花》演出过。那是有点不合理的，因为那样的凑合使第二幕和第三幕完全是一个景，假如作为一幕的两场在结构上也够累赘。"1937 年，郭沫若再次对《棠棣之花》这一五幕剧做了通盘整理，且在实际表演时进行了适当调整，从而"使剧情更加有机化，而各个人物的性格也比较突出了"②。可见，在后来《棠棣之花》的舞台演出和剧本完善过程中，郭沫若更多的是以戏剧的结构、剧情、人物等戏剧性的要求去取舍的。这表明他在以较为成熟的话剧文体意识调整五四时期的"诗趣"，以达到"诗"为"剧"所含化。试举一例，最初发表于《时事新报·学灯》增刊上的第一幕台词有一段：

> 聂政　战争不息，生命的泉水只好日就消狙。这几年来今日合纵，明日连衡，今日征燕，明日伐楚，争城者杀人盈城，争地者杀人盈野，我不知道他们究竟为的是什么。……
> 聂嫈　自从夏禹传子，天下为家；井田制废，土地私有；已经种下了永恒争战的根本。根本坏了，只在枝叶上稍事剪除，怎么能够济事呢？

40 年代的五幕剧《棠棣之花》则改为：

> 聂政　这几年来常常闹着内乱，今日合纵，明日连横，今日征燕，明日伐楚，我不知道他们究竟是为的什么。……
> 聂嫈　是的，你这次去访严仲子，我正希望你们能够做出一番救国救民的事体呢。

---

① 郭沫若：《我怎样写〈棠棣之花〉》，重庆《新华日报》1941 年 12 月 14 日。
② 同上。

第二章 文学语言变革与戏剧文体的现代转型

不难看出，原来诗化的语言变得较为写实，并且姐弟俩抒情的、静止的对话引入了严仲子，这显然是为照应剧情所做的修改。

无独有偶，田汉的戏剧创作也经历了类似的过程。他的《咖啡店之一夜》发表于1922年《创造季刊》第1卷第1期，剧中人物林泽奇、白秋英和饮客的语言都富有浓厚的诗意，透出唯美感伤的气息。30年代初田汉对此剧进行了重大的修改，他说："那个作品实在太不成熟，在它戏曲的结构本身、取材本身既成问题，……我连修改都觉无从下笔。"①"它的创作年代是十二年前的一九二〇年，我不能说我这个十二年间有多大的进步，但至少用语是比以前普通一点了，技巧是比以前熟练周到一点了。"② 我们暂不细查此剧修改后主题的变化和背后时代潮流的变异，可以肯定的是后来的田汉明确地认识到早期剧作的"不成熟"与没有注意到戏剧本身的文体结构、取材有关，尤其用语的"普通"最显在地体现了他对此前那种"富有诗意的词句美丽的"语言的反拨，这正是以话剧的文体意识修正诗化语言从而使其更加符合话剧人物身份和性格的过程。此时我们再次回到前述茅盾对田汉早期剧作的评价，应该说他指出的角色个性不鲜明的问题非常精准，但认为这和作者对现实的观察较为欠缺有关，恐怕不够全面，应该说更重要的是跟中国作家对新兴的话剧文体"技术"不够"熟练周到"有很大关系。

话剧语言的"诗化"必须以坚守戏剧的文体规范为前提，否则就不是真正的话剧。体察话剧之诗和一般所言之诗之间的区别，是五四后的剧作家需要面对的一个新命题，对这一命题的深入理解有助于提升中国话剧的水平。剧作家曹禺曾经这样区分"诗歌"和话剧中的"诗"："舞台上的诗和一般的诗不同。……它既必须通俗易懂而又必须有诗意，既应像诗而又应像日常人们说的话，所以写起来很费力。舞台上所能用的字汇比写散文所能用的字汇少得多。以散文的字汇来

---

① 田汉：《〈田汉戏曲集〉第一集自序》，《田汉文集》（一），中国戏剧出版社1983年版，第452—453页。

② 同上书，第453页。

写剧本,常常是听不懂的,演员读起来一定像念书。"① 这个要求是不容易的。难怪老舍曾经感慨:"剧本是多么难写的东西啊!……文字好,话剧不真;文字劣,又不甘心。"② "文字"即是文学语言,"诗化"的文学语言必须控制、含纳在话剧的文体要求之内,这样才能真正促进话剧的发展。正如有人所指出的:"话剧的诗性精神与小说、散文、绘画、雕塑、音乐等其它文学和艺术样式中的诗性精神之间存在着本质的差别。话剧的诗性首先就意味着它是与动作性紧密相关的诗性,而不是一般的诗性,动作性理应成为话剧诗性的内涵之一。"③ 在此后的文学实践中,郭沫若和田汉对早期作品的修改,正体现了他们对"话剧诗性"及其"一般的诗性"渐趋成熟的理解。曹禺 30 年代成熟的话剧作品就体现了符合人物性格和戏剧情境的诗化风格,实现了用现代白话写出平凡诗意的目标。如《日出》中的黄省三:

> 我为着这可怜的十块二毛五,我整天地写。整天给你们伏在书桌上写;我抬不起头,喘不出一口气地写,我从早到晚地写;我背上出着冷汗,眼睛发着花,还在写;刮风下雨,我也跑到银行来写!

这里的语言都是口语化的,同时非常动情地表现了小人物生活的艰难,具有诗化的色彩。老舍曾说:"小说的语言还可以容人去细细揣摸、体会,而舞台上的语言是要立竿见影,发生效果,就更不容易。所以戏剧语言要既俗(通俗易懂)而又富于诗意,才是好语言。"④ 应该说,这就是既"通俗"又有"诗意"的"好语言"。

戏剧的"诗化"现象是古典文学和现代文学中都存在的,大多数

---

① 曹禺:《曹禺同志漫谈〈家〉改编》,《剧本》1956 年第 12 期。
② 老舍:《闲话我的七个话剧》,《老舍全集》(第 16 卷),人民文学出版社 1999 年版,第 214 页。
③ 郭玉琼:《中国现代话剧艺术的诗性精神研究》,《戏剧文学》2009 年第 2 期。
④ 老舍:《语言、人物、戏剧》,《老舍全集》(第 16 卷),人民文学出版社 2013 年版,第 600 页。

时候是被研究者分别关注的命题，那么如何认识二者之间的关系呢？现代戏剧的"诗化"对古典戏剧是传承还是变异？如何看待现代戏剧作家的"诗化"现象？应该说，简单地认定现代戏剧的"诗化"是对古典戏曲的传承，对现代剧作家的"诗化"现象笼统地给予民族化的判定，是不够精准的。当我们从语言变革的角度审察这一现象时会发现更复杂的历史面相。为了超越初期白话的贫乏所形成的"诗化"戏剧有其历史贡献，中国作家可以毫不费力地在古典戏曲的文化基因中找到类似的表达方式，此时的"诗化"戏剧有着古典戏曲的文化基因，这种诗化语言表达更多的往往不是人物的个性，而是作者自己的情感，郭沫若指出："借古人的骸骨来，另行吹嘘些生命进去。"① 这和古典戏曲中通过人物为作者代言的情形非常相似。所不同的是，郭沫若、田汉早期话剧的诗化与中国传统戏曲的诗意内涵不同。无论是郭沫若的"我要……"句式对个体解放的宣泄，还是田汉剧中人物反复低回的忧愁与感伤，只有白话才能表达，文言曲词是万难做到的，可以说，白话表达了现代性的诗性内涵。如研究者所说："不论是田汉、郭沫若偏向浪漫主义的创作，还是曹禺偏向现实主义的创作，事实上都表现了个体在与传统社会秩序、价值体系的极度紧张的割裂关系中，渴求突围而生的焦灼感，并直接或间接地流露出对建立现代国家、现代社会秩序，建立个体生存的价值与意义空间的期待。"② 现代白话表达的诗意不能简单地等同于传统戏曲的诗意。但诗化带来的"诗大于剧"的问题使现代剧作家仍在追寻之路上。戏剧要求"诗化"必须服从于其文体规定性，只要真正了解和认识了西方话剧的精髓，现代白话照样可以成为精妙的话剧语言，进而成为符合人物性格和戏剧情境的诗化语言，这在后来的戏剧创作中成为现实。

如果把郭沫若、田汉的早期创作放到语言变革及其中国戏剧现代转型的背景下来考察，可以发现这种"诗化"戏剧应该说既是现代的，又有着古典文学的影子；既有其历史贡献，又是需要更高层次的

---

① 郭沫若：《孤竹君之二子·幕前序话》，《创造季刊》1923年第1卷第4期。
② 郭玉琼：《中国现代话剧艺术的诗性精神研究》，《戏剧文学》2009年第2期。

否定和超越的。或者说，当我们强调其"诗化"的民族化维度时，也应当认识到它的某种未完成性。语言变革使得中国戏剧面临着大转型，无论是对传统基因的传承接续，还是对西方话剧的追随摸索，都汇成了中国戏剧的现代化进程。老舍说："在古代，中外的剧作者都讲究写诗剧。不管他们的创作成就如何，他们在语言上可的确下了极大的功夫。他们写的是戏剧，也是诗篇。诗剧的时代已成为过去，今天我们是用白话散文写戏。但是，我们不该因此而草草了了，不去精益求精。"[1] 现代剧作家正是在用白话写戏并且对白话"精益求精"的过程中发展话剧的。从语言变革的角度可以帮助我们更细致地理解这一过程，更恰当地评价作家的创作。

---

[1] 老舍：《对话浅论》，《老舍全集》（第16卷），人民文学出版社2013年版，第543页。

第三章　文学语言变革与小说文体的现代转型

一般认为,"小说"一词最早见于《庄子·外物》中:"饰小说以干县令,其于大达亦远矣。"这里的"小说",是指琐碎的言论,与后世所谓的小说文体差别较大。东汉桓谭《新论》说:"若其小说,合残丛小语,近取譬喻,以作短书,治身理家,有可观之辞。"这里小说已经成为书面著述,具有一定寓言性质的残丛小语。班固《汉书·艺文志》将小说家列为诸子十家之末,认为:"小说家者流,盖出于稗官。街谈巷语,道听涂说者之所造也。"鲁迅认为:"这才近似现在的所谓小说了,但也不过古时稗官采集一般小民所谈的小话,借以考察国之民情,风俗而已,并无现在所谓小说之价值。"[①]和其他文体相比,小说最大的特色在于形成了文言和白话两个系统,文言小说历经魏晋南北朝及隋唐时期的发展,已经形成笔记与传奇两种类型,白话小说从宋元话本小说到明清时期达到了发展的高峰期。整体上,在传统文学观念看来,诗文才是文学之正宗,小说历来被认为是鄙俗之言,不登大雅之堂。晚清以降小说受到重视,梁启超等人非常看重小说之于"群治"的重要意义,提出著名的"熏、染、提、刺",从功用观的角度极力提高小说的地位,五四以后小说文体得到了长足的发展,到现在小说已经成为受众最广、影响最大的一种文学体裁。从古典小说到现代小说经历了怎样的变化呢?五四时期周作人就新小说和旧小说之间的区别曾说:"新小说与旧小说的区别,思想

---

① 鲁迅:《中国小说的历史的变迁》,《鲁迅全集》,人民文学出版社2005年版,第312页。

果然重要，形式也甚重要。旧小说的不自由的形式，一定装不下新思想；正同旧诗旧词旧曲的形式，装不下诗的新思想一样。"[1] 这里的小说"形式"与文学语言其实大有关系，是小说文体转型的重要内容。目前已有学者注意到了五四小说从文学边缘到中心地位的位移，指出五四小说的发达与文学语言的变革关系重大等，[2] 下面将从文学语言变革的角度深入探析小说语言的变化、叙事的新变及代表性文体个案等内容，以期更好地认识小说文体的现代转型问题。

第一节 从"俗语"到"正格"：小说文体现代转型的语言基础之变

文言和白话在中国古代是两种不同的书面语言，文言以秦汉语言为标本，后来文言渐渐脱离口语，形成稳定的语言系统，而白话则是按照当时的口语所写的文字。文言和白话同时存在，并不代表地位对等，由于文言在书面语系统中占据了压倒性的优势，二者有着"雅俗"之别，同时也是高下之别。诗文主要由文言写作，白话则多用于鄙俗文体。古典小说则分为文言和白话两种类型。文言小说与白话小说之别并非仅是语体媒介的不同，二者在古代文学中属于两种不同的文类品种。正如有研究者所说："其区别既涉及小说创作目的、过程、结构与作品的审美知觉的性质，也涉及作品在社会生活中的交际作用。"[3] 因此，二者在古代是两个不同的发展系统，可谓各行其道。但是晚清以降，由于启蒙的需要、国语运动的开展以及域外风潮的影响所导致的本土小说观念的变动，以往那种"井水不犯河水"的局面开始松动，白话小说的呼声越来越高，大有"彼可取而代之"之势。正是在二者孰为正宗的较量过程中，凸显了中国小说现代化的困境。下面将梳理这一历史过程，并提出小说发展所面临的问题，从而

---

[1] 周作人：《日本近三十年小说之发达》，《新青年》1918年第5卷第1号。
[2] 参见朱晓进、何平《论文学语言的变迁与中国现代文学形式的发展》，《南京师范大学学报》2008年第5期；张卫中《"五四"语言转型与文学的变革》，《天津社会科学》2004年第4期。
[3] 鲁德才：《古代白话小说形态发展史论》，南开大学出版社2002年版，第1页。

第三章　文学语言变革与小说文体的现代转型

揭示出语言变革之于小说文体现代转型的重要意义。

晚清小说的倡导和发生与士大夫阶层启发民智的思潮有关，这一点已为学界基本认可。需要强调的是，鉴于古代文言小说与白话小说的各自独立，这一小说热潮暗含着很强的"偏义性"，即他们看重的是白话小说而非文言小说，这是由启蒙的对象所决定的。无论是康有为提倡将传统"经义史故"译为"小说而讲通之"，[①] 还是梁启超出于"新民"目的而倡导的"新小说"，[②] 尽管内容不同，但既然是面对下层民众，其语言自然当以白话为宜。"今宜专用俚语，广著群书"[③] "是以对下等人说法，法语巽语，毋宁广为传奇小说语"[④]。"俚语"也好，"小说语"也罢，最终指向的是浅俗易达。相反，一旦发现"今之购小说者，其百分之九十，出于旧学界而输入新学说者"而导致"文言小说之销行，较之白话小说为优"时，则提醒"发行者与著译者""宜注意者也"，并认为"小说今后之改良"在文字方面应当"用浅近之官话"或"通俗白话"。[⑤] 不可否认，启蒙思潮背后的士大夫阶层仍然固守着根深蒂固的雅俗语言观，白话小说只是出于开民智之需，文言小说无论翻译还是著述，在清末民初依旧具有较好的市场和地位，[⑥] 小说报社的启事栏也不妨"文言、俗语参用"，只要"既用某体者，则全部一律"即可，[⑦] 但是不可否认，启蒙的历史任务客观上推动了白话小说走上前台，因此也就有了重新被

[①] 康有为：《〈日本书目志〉识语》，陈平原、夏晓虹编：《二十世纪中国小说理论资料》（第1卷），北京大学出版社1997年版，第29页。

[②] 梁启超：《论小说与群治之关系》，《新小说》1902年第1号。

[③] 梁启超：《变法通议·论幼学》，陈平原、夏晓虹编：《二十世纪中国小说理论资料》（第1卷），北京大学出版社1997年版，第28页。

[④] 邱炜萲：《小说与民智关系》，陈平原、夏晓虹编：《二十世纪中国小说理论资料》（第1卷），北京大学出版社1997年版，第47页。

[⑤] 觉我：《余之小说观》，《小说林》1908年第10期。

[⑥] 文言在古代的正统地位使得文言小说仍能畅行其道。即以林纾为例，他虽然也注重启发民智，"吾谓欲开民智，必立学堂；学堂功缓，不如立会演说；演说又不易举，终之唯有译书"。谈及外国也"多以小说启发民智"（林纾：《〈译林〉序》），但是却选用文言来翻译，并"以遣词缀句，胎息史汉，其笔墨古朴顽艳"而被称为"小说界之泰斗也"。参见觉我《余之小说观》，《小说林》1908年第10期。

[⑦] 新小说报社：《中国唯一之文学报〈新小说〉》，《新民丛报》1902年第14号。

认识的机会。

　　重视白话小说并不等于排斥文言小说,如果说,为"开启民智、振厉末俗"而注重"下达"的外在任务仅仅使白话小说受到重视,那么,国语运动的开展、域外风潮的影响,以及对于小说语言的进一步认识所导致的小说观念的变动,则使文言小说遭遇了排斥和挤压。

　　国语运动的发生与启蒙的任务有交叉之处,但是二者侧重不同。推行一种全民族大多数人可以用来交流的语言有助于启蒙任务的实现,但是启蒙毕竟是自上而下的,文言的地位仍然牢不可破。而国语运动则在更大程度上是一种现代民族共同语的构建,是现代民族国家建设的需要,一旦推行,必将危及文言的生存。国语的推行在近代经历了一个漫长的过程,小说可以说是途径之一。当时就有人说:"现在的有心人,都讲着那国语统一,在这水陆没有通的时候,可就没的法子,他爱瞧这小说,好歹知道几句官话,也是国语统一的一个法门。"[①] 国语运动的推行无疑会抬高白话小说的地位。

　　小说翻译是近代重要的文学活动,在翻译过程中,白话与外国某些特殊小说类型之间的关系被翻译者所认识,这就突显了白话的优势。如侦探小说在晚清大受欢迎,而白话更适合做这类小说的翻译语言。1905年,就有人解释自己之所以"用白话译这部书"(指《母夜叉》。——引者)其中一个重要的原因就是:"这种侦探小说,不拿白话去刻画他,那骨头缝里的原液,吸不出来,我的文理,够不上那么达。"[②] 文言的感情色彩较为强烈,更适于抒情,用之叙事和描写也未尝不可,但是文言崇尚简洁的史家笔法与侦探小说叙事的严密、准确不甚吻合。1907年,有人指出,林纾翻译的侦探小说《神枢鬼藏录》"未足鼓舞读者兴趣,只觉黯淡无华耳",原因在于"文章有用于此则是,用于彼则非者""余谓先生之文词,与此种小说,为最不相宜者"。[③] 可见,"文词"也就是语言,和某种文类之间有着紧密的关系。只有用白话才能把侦探小说"那骨头缝里的原液"吸出来。

[①]《〈母夜叉〉闲评八则》,陈平原、夏晓虹编:《二十世纪中国小说理论资料》(第1卷),北京大学出版社1997年版,第174页。

[②] 同上。

[③] 觚庵:《觚庵漫笔》,《小说林》1907年第7期。

第三章 文学语言变革与小说文体的现代转型

在国语运动和域外小说的翻译过程中，国人对白话语言及其与小说关系的认识逐渐突破了原来士大夫的"启蒙功用"说。文言与白话的区别不再仅限于雅俗，白话具有文言所没有的表达功能，如"（且）古文与通俗文，各有所长，不能相掩：句法高简，字法古雅，能道人以美妙高尚之感情，此古文之所长也；叙述眼前事物，曲折详尽，纤悉不遗，此通俗文之所长也"①。"近世之事物，惟近世之言语，乃能建之，古代之言语，必不足用矣。故以文言、俗语二体比较之，又无宁以俗语为正格。"② 张中行也曾指出白话的这一优点："文言是用古语说今事，有时难免雾里看花，捉襟见肘。白话是用今语说今事，就不会有这样的毛病。"③ 由于白话更适宜于"叙述眼前事物"和"近世之事物"，且"曲折详尽"，所以"此体可谓小说之正宗。盖小说通俗逮下为功，而欲通俗逮下，则非白话不能也。且小说之妙，在于描写入微，形容尽致，而欲描写入微、形容尽致，则有韵之文，恒不如无韵之文为便"。④ 由此可见，时人不再将白话仅仅看作为了"通俗逮下"，已经开始认识到白话语言与小说文体的内在关联。这不仅意味着白话小说走到潮前、文言小说退居幕后，而且是对小说观念的重新认识："小说者，通俗的而非文言的也。"⑤ 如此看来，择选白话做小说乃历史的趋势，似乎无可争议。然而中国语言与文字的长期分离，"雅俗"语言视野中的"俗语"要担当起小说现代化的重任仍然是困境重重。具体表现在以下方面：

从创作主体方面来看，在长期的雅俗语言观念下，由于"文人结习过深"，他们使用白话体裁时"下笔之难，百倍于文话"⑥ "吾侪执

---

① 管达如：《说小说》，《小说月报》1912 年第 3 卷第 5 号。
② 成之：《小说丛话》，陈平原、夏晓虹编：《二十世纪中国小说理论资料》（第 1 卷），北京大学出版社 1997 年版，第 442 页。类似的说法还有吴曰法："自吾论之，以俗言道俗情者，正格也；以文言道俗情者，变格也。"《小说家言》，《小说月报》1915 年第 6 卷第 6 号。
③ 张中行：《文言和白话》，中华书局 2012 年版，第 261 页。
④ 管达如：《说小说》，《小说月报》1912 年第 3 卷第 5 号。
⑤ 同上。
⑥ 姚鹏图：《论白话小说》，陈平原、夏晓虹编：《二十世纪中国小说理论资料》（第 1 卷），北京大学出版社 1997 年版，第 150 页。

笔为文，非深之难，而浅之难；非雅之难，而俗之难。"① 即便文人能用白话为文，由于言文分离所导致的雅俗之别使得采用白话时"文学感觉"仍然不佳："（然）同一白话，出于西文，自不觉其俚；译为华文，则未免太俗。此无他，文、言向未合并之故耳。"② 并且，白话语言有着自身的局限性，使用白话在表达俗言俗情时尚有活泼、生气的优点，但也因缺乏情感内蕴而"不够用"。如人所说："思想恒觉其简单，意义亦嫌于浅薄。吾人所怀高等之感想，往往有能以文言达之，而不能以俗语达之者。"③

传统白话还有一个致命的缺陷，即白话小说是在话本小说基础上发展而来的，遵循的是"说—听"的话语关系原则，④白话与叙述的体制紧密地联系在一起，在二者结合的历史过程中，无论是先选择白话，然后选择相应的叙述体制，还是先选择了小说体制，而后才有白话语言，⑤可以肯定的一点是，二者的关系一旦形成就很难再将之拆解和改变。只要选择白话，就很难摆脱由于"说—听"关系的制约而形成的说书人语气。随着对小说审美功能的发现，小说不再只是社会的启蒙工具，"小说者，文学之倾于美的方面之一种也"⑥。小说既然有自身的审美特性，在审美的意义上成为"文学之上乘"，那么，它就应该像诗文一样可以让人捧在手里慢慢地品鉴，而这恰恰要求文学语言构建的是一种"写—读"的体制，而传统白话在这一点上却偏偏固执一端。下面试举一例来说明传统白话及其相应的体制对小说表现的妨碍。

---

① 宇澄：《〈小说海〉发刊词》，陈平原、夏晓虹编：《二十世纪中国小说理论资料》（第1卷），北京大学出版社1997年版，第509—510页。
② 采庵：《〈解颐语〉叙言》，《月月小说》1907年第7号。
③ 成之：《小说丛话》，陈平原、夏晓虹编：《二十世纪中国小说理论资料》（第1卷），北京大学出版社1997年版，第477页。
④ 参见［美］P. 韩南《中国白话小说史》，尹慧珉译，浙江古籍出版社1989年版；陈平原《中国小说叙事模式的转变》（附录一），北京大学出版社2003年版；鲁德才《古代白话小说形态发展史论》，南开大学出版社2002年版。
⑤ 王志松：《文体的选择与创造——论梁启超的小说翻译文体对清末翻译界的影响》，《国外文学》1999年第1期；张丽华：《晚清小说译介中的文类选择：兼论周氏兄弟的早期译作》，《中国现代文学研究丛刊》2009年第2期。
⑥ 摩西：《〈小说林〉发刊词》，《小说林》1907年第1期。

第三章 文学语言变革与小说文体的现代转型

1906年，波兰作家显克微支的《灯台守》由吴梼用白话译出，刊载于《绣像小说》第68—69期。时隔三年，周作人也择选此篇进行翻译，题名仍为《灯台守》，所不同的是他用的是文言，后收于周氏兄弟合译的《域外小说集》中，于1909年出版。吴梼版的译本选用了白话，同时就不能甩掉与之相关的说书人口吻，试"听"其文：

1. 看官可知巴拿马穆斯基都海湾，什么暗礁啊，沙洲啊，危险很多，处处都有。
2. 他积蓄下来的家产，人道是恶贯满盈，谁知他反因做了善人，将来荡失净尽。
3. 且说这一天晚上……
4. 暗忖这样境遇，今生今世，总能长保不变。
5. 看官你道这是如何？又道这书是谁送赠于他？原来……

以上译文中的"看官""人道是""且说""暗忖""看官你道……原来……"等套语都是古代白话小说中的常用语，突出了叙述人的地位，"在说话艺术中可以缩短说话者与听众的距离，具有线路功能的作用"[①]。这种线路功能是为了更好地提示、引导听众理解情节，对于那些非情节的、文学性很强的小说根本就不适用，而《灯台守》正是这种需要通过阅读来慢慢品味的小说。勃兰兑思（Georg Brandes）在所著的《波兰文学论》中这样评价显克微支："天才美富，文情菲恻""又《天使》、《灯台守》诸小品，极佳胜，写景至美，而感情强烈，至足动人。"[②]称之为"小品"，正标示出其与传统情节小说的不同。吴梼译本在抒情写景的中间无意中插入的说书人套语，打破了小说徐缓的情感节奏，影响了此类小说文学审美特质的呈现。相反，在周作人使用的文言翻译中，这一缺陷得到了克服，以上例子分别对应为：

[①] 鲁德才：《古代白话小说形态发展史论》，南开大学出版社2002年版，第120页。
[②] 周作人：《域外小说集·著者事略》，新星出版社2006年版，第175页。

1. 而蚊子湾复多沙碛礁石……

2. 盖以曩所邂逅，虽有恶者，而尚多善人也。

3. 故是日之夕……

4. （时老人微愈，其意至愉）觉今兹所得安息，美绝无伦，第使此乐能长，则百事皆足，无遗憾矣。

5. 其书皆波兰文，则何故耶？又孰寄此者耶？盖老人已忘前事矣。

不难看出，文言在更好地实现此类小说的审美情调上有着较大的优势。这类小说被周作人称为"小品"，其审美特质需要"读者"在书房里细细地咀嚼、鉴赏并与之产生共鸣，而传统说书场中说书人所使用的适于"听"情节的白话与其"本质"可谓格格不入。[①] 尽管文言的翻译在鲁迅看来"不但句子生硬，'佶屈聱牙'，而且也有极不行的地方"[②]，但是文言作为正统的书面语言富含浓厚的艺术性，可以克服白话因说书人的局外身份所带来的文脉阻断。因此，在白话与小说携手奋进的晚清，周作人曾经发出逆潮之言："若在方来，当别辟道涂，以雅正为归，易俗语而为文言，勿复执著社会，使艺术之境萧然独立。"[③] 有研究者认为，这里所说的"文言"，"并非意味着与后来'文学革命'所打倒的对象在形式上判然有别，但作为与个人精神直接相关的纯文学的语言要求，它哪里是打倒的目标，相反，它具有作为建设目标的激进性质"[④]。的确如此，周作人在白话的潮流中重提用文言写小说，这与其说是要回归文言，还不如说是与对"俗

[①] 参见鲁迅《〈域外小说集〉序》："只是他的本质，却在现在还有存在的价值，便在将来也该有存在的价值。"《鲁迅全集》（第10卷），人民文学出版社1981年版，第162页。

[②] 鲁迅：《〈域外小说集〉序》，《鲁迅全集》（第10卷），人民文学出版社1981年版，第162页。鲁迅此言也许包含着自谦的意味，但是他在以四言古句为主的文言翻译《谩》《默》等心理小说时，确实显露了那个过渡时代特有的文学语言与表达内容之间的矛盾性。

[③] 周作人：《小说与社会》，陈平原、夏晓虹编：《二十世纪中国小说理论资料》（第1卷），北京大学出版社1997年版，第482页。

[④] ［日］木山英雄：《文学复古与文学革命——木山英雄中国现代文学思想论集》，赵京华编译，北京大学出版社2004年版，第232页。

语"（即传统白话）因迁就社会而导致文学作品艺术质量下降的担忧有关；与其说是"保守"的，还不如说是"激进"的。只不过用文言来保证艺术的独立仍是一个时代勉强的梦呓罢了。

由上可见，文言虽然文采美富，却并非小说发展的"正格"，传统白话也因种种限制而不可能真正担当起现代小说的审美重任。正是文言和白话作为"雅俗"语言的分治格局导致了现代小说发展的困境，只要"雅俗"语言的视野存在，这种困境就难以解决。现代小说需要一种既可以曲折详尽地描写当代的人情物理，又可以正当合法地守护文学艺术女神的语言。简言之，它要求白话代替文言成为唯一的书面语言，从而打破"雅俗"语言的格局，进而在文学书写的过程中逐渐确立其真正的艺术性，而这正是"五四"那场包括语言变革在内的文学革命所要解决的任务。美国汉学家白之认为："文学革命之后几年发表的小说，最惊人的特点倒不是西式句法，也不是由于情调，而是作者化身的出现。说书人姿态消失了。"[①] 这里所说的现代小说和古典小说的区别可以从叙述方式的角度去理解，其实也和使用的语言大有关系。传统小说中的白话和说书人的姿态紧密相连，现代白话则成为个体化的语言，作者不再装扮成说书人说话，而是作为个体在言说，这对旧叙述方式和体系的拆解非常重要。回顾晚清小说语言发展的困境，可以从一个反向维度体认"俗语"易为"正格"后的白话为现代小说发展所带来的巨大作用，体认语言变革对古典小说向现代小说转型的重要性。可以说，探讨那场语言变革与小说现代转型诸问题，必须建立在我们这里所谈的这一基础之上。

第二节 从"情节"到"情状"：文学语言变革与小说叙事重心的转变

1907年，有人曾把小说分为两大派：一派为记叙派，"综其事实而记之，开合起伏，映带点缀，使人目不暇给，凡历史、军事、侦

[①] ［美］西利尔·白之：《白之比较文学论文集》，微周等译，湖南文艺出版社1987年版，第155页。

探、科学等小说,皆归此派",以《三国志》为代表;另一派为描写派,"本其性情,而记其居处行止谈笑态度,使人生可敬、可爱、可怜、可憎、可恶诸感情,凡言情、社会、家庭、教育等小说,皆入此派",以《红楼梦》《儒林外史》为代表。①"记叙"侧重情节的讲述,"描写"重在具体情状的描绘,前者重在"事实"的"开合起伏",后者重在"态度"引发的"诸感情",这是就小说所表现的主要对象而言的。事实上,就表达方式而言,"记叙派"的小说也少不了"描绘"的点缀,而"描写派"的小说也需要"记叙"从中架构,因此,"记叙"和"描写"不失为描述小说体裁的两个有效概念。需要说明的是,"记叙"和"描写"能够达到和实现的程度、状况与它们所使用的语言密切相关。换言之,文言和白话都可以"记叙"和"描写",但是它们各自的"产出"却迥然不同,而这种不同直接关系到小说文体特征的嬗变,关系到小说文体的现代转型。因此,从文学语言与二者之间的关系入手,可以有效地检视五四时期的文学语言变革到底给现代小说带来了什么。

首先来看"记叙"。白话代替文言的语言变革更好地适应了现代小说对家常琐事的叙事要求。现代小说的题材与古代小说相比,明显地发生了"下移"。日常生活中的普通人物、更符合现实逻辑的普通事件代替了古代小说中的帝王将相、才子佳人和他们的传奇想象,而古雅的文言显然不适于叙述凡夫俗子的身边琐事。

第一,这是"雅"与"俗"的问题。晚清翻译大家严复,曾经就使用"雅言"翻译泰西著作所遇到的问题向古文大家吴汝纶致信请益。他提出的问题是:"行文欲求尔雅,有不可阑入之字,改窜则失真,因任则伤洁。"这实际上是古文在翻译过程中所遇到的"信"和"雅"之间的矛盾,吴汝纶的观点是"鄙意与其伤洁,毋宁失真。凡琐屑不足道之事,不记何伤!若名之为文,俚俗鄙浅,荐绅所不道"②。在中国古代,"文以载道","道"可以整合"文"的书写,

---

① 觚庵:《觚庵漫笔》,《小说林》1907 年第 7 期。
② 吴汝纶:《致严复》,《中国近代文学大系·书信日记集》(第 1 卷),上海书店 1992 年版,第 77 页。

第三章 文学语言变革与小说文体的现代转型

"文"的价值取决于所载之"道",所谓"琐屑不足道之事,不记何伤!"更有甚者,随着"道"对"文"的整合,从"不足道之事"逐渐变成了"不能道之事"。正统的"文"固然可以不屑于记叙"俚俗鄙浅"之事,但是小说本为"小道",记述日常鄙俗乃分内之事。因此,对于古文来说已经不是"屑于不屑于"的问题,而是"能不能"的问题。林纾对此曾有经验之谈:"余尝谓古文中叙事,惟叙家常平淡之事为最难著笔。"① 这种"难著笔"固然是因为后人"无史公笔才",但是林纾也认识到"究竟史公于此等笔墨亦不多见"。长此以往,不断受到"道"整合的语言就无法像迭更司那样"专意为家常之言,而又专写下等社会之事"②。尽管"文固有化俗为雅之一法"③,但是随着言文分离的加剧,这种"化俗为雅"带来的是叙事的不准确和后人的难解其意。林纾翻译的《巴黎茶花女遗事》中有一句话:"女接所欢,嬺,而其母下之,遂病",这是典型的"古文"叙事笔法。"嬺""下"都做到了无伤雅洁,但却因为不能准确地传达"俗意"而着实让人摸不着头脑,屡屡被人误解。钱锺书指出,林纾所用并非完全的"古文",而是一种有弹性的文言,这样的语言尚且不能准确明了的叙事,就不用说真正的"古文"了。"家常之言"比雅言更能记叙鄙俗琐事。与"雅"相关,古文还讲究一定的句调,这也会影响文意准确性的传达。五四时期,就有人举例对此进行了嘲弄。涤洲不无幽默地说,章士钊的古文"家有子弟,莫知所出"就是因为要迁就那合乎义法的古文句调,于是竟把"家里孩子没处上学"这一句话说成"不知自己儿子的准父亲"了!④ 以上两个例子,如果用"家常之言"和白话文法来行文,就可以避免不必要的误解。张中行也指出:"林纾译《块肉余生述》和严复译《法意》,都费力不

---

① 林纾:《〈孝女耐儿传〉序》,陈平原、夏晓虹编:《二十世纪中国小说理论资料》(第1卷),北京大学出版社1997年版,第293页。
② 同上书,第294页。
③ 吴汝纶:《致严复》,《中国近代文学大系·书信日记集》(第1卷),上海书店1992年版,第77页。
④ 涤洲:《雅洁和恶滥》,郑振铎编选:《中国新文学大系·文学论争集》,上海良友图书印刷公司1935年版,第213页。

小，可是与董秋斯译的《大卫科波菲尔》、张雁深译的《论法的精神》相比，就显得既不忠实，又不明确。"① 第二，繁简问题。古文尚简，上举林纾的例子即被钱锺书称为"'古文'里叙事简敛肃括之笔"②。史传是站在史家的角度去记叙历史，常常是春秋笔法，一字褒贬，不求详细，但求简洁，而小说叙事的语言受此影响，常令翻译家烦恼。林纾在翻译《冰雪因缘》时曾说："此书情节无多，寥寥百余语，可括东贝家事，而迭更司先生叙至二十五万言。"一"括"一"叙"见出两种语言在叙述方面的不同态度，文言重在概括而西文则优于详细记叙，为此他感慨"恨余弩朽，文字颓唐，不尽先生所长"③。其实，这不是林纾"弩朽"，而是文言在"记叙"方面的先天缺陷，这对现代小说的叙述来说无疑是一个缺憾。

虽然用文言来"记叙"有着种种不尽如人意的地方，但是"记叙"属于叙述人的话，用文言"记叙"尚且勉强，而"描写"则不然。与"记叙"相比，使用不同文学语言的"描写"给小说带来的影响更为显在和重要。

五四时期很多小说理论家都强调了现代小说与古代小说的一个重要区别就是"描写"。瞿世英说："我研究中国小说，觉得中国小说的病全由于两句话。即'能记载而不能描写。能叙述而不能刻画'。"④ 胡适在其《论短篇小说》一文中也突出了"描写"的重要性："短篇小说是用最经济的文学手段，描写事实中最精彩的一段，或一方面，而能使人充分满意的文章。"⑤ 沈雁冰也提醒文坛，"须知文学作品重在描写，并非记述"，做小说时要"分析一个动作而描写之"。⑥ 恰恰对于"描写"——这一现代小说的重要方面，白话有着比文言更充足的潜能。胡适即认为："唐以前的小说，无论散文韵文，

---

① 张中行：《文言和白话》，中华书局2012年版，第261页。
② 钱锺书：《林纾的翻译》，商务印书馆1981年版，第42—43页。
③ 林纾：《〈冰雪因缘〉序》，陈平原、夏晓虹编：《二十世纪中国小说理论资料》（第1卷），北京大学出版社1997年版，第374页。
④ 瞿世英：《小说的研究》（下篇），《小说月报》1922年第13卷第9号。
⑤ 胡适：《论短篇小说》，《新青年》1918年第4卷第5号。
⑥ 沈雁冰：《自然主义与中国现代小说》，《小说月报》1922年第13卷第7号。

都只能叙事,不能用全副气力描写人物。""由文言的唐人小说,变成白话的《今古奇观》,写物写情,都更能曲折详尽,那更是一大进步了。"相反,那些艺术价值较高,但却没有用白话描写的小说则令人不无遗憾,例如他肯定了《聊斋志异》的价值,但是同时指出"只可惜文言不是能写人情世故的利器"。① 瞿世英也认为:"至宋代而有白话小说,小说家得了一种极适当的工具所以小说乃大为发达。"② 在描写世俗生活方面,白话的描写功能明显超过文言。文言在一定程度上仍然可以完成"叙述"的任务,但是"描写"要求的是逼真,而文言很难穷形尽相。以小说中的人物语言为例,一个人所用的语言包括词汇、口头禅、语气词都可以传达出自身的特征,只有用白话才能满足此要求。钱玄同就说:"白话小说能曲折达意,某也贤,某也不肖,俱可描摹其口吻神情。故读白话小说,恍如与书中人面语。"③ 在五四理论家那里,这种逼真程度甚至成了用来裁定小说价值大小的重要标准,有人就说:"'小说的价值,便在乎能描述人生至于若何程度'。愈能将一幅人生之图描画得逼真的,便愈有价值。"④ 现在看来,以"逼真"衡量小说价值的标准值得商榷,但白话是表现现代生活的利器则是无疑的。如果说前述胡适等所说的白话还是古白话,那么,用现代白话"描写"所能达到的效果更为出色。现代白话不仅有古白话切近生活的特点,使得描写能够穷形尽相而且吸收了欧化文法,表意更为精密准确,而且,现代白话祛除了说书人的语调,开拓了书面语言对人生存世界更广阔的描绘。五四文学语言的变革有利于小说"描写"功能的发挥和实现。如萨丕尔所说:"有些事一种语言能做得上好,另一种语言怎么做也赶不上它。"⑤ 毫不夸张地说,现代白话较之文言和古白话在"描写"方面的优势正是如此。

---

① 胡适:《论短篇小说》,《新青年》1918 年第 4 卷第 5 号。
② 瞿世英:《小说的研究》(下篇),《小说月报》1922 年第 13 卷第 9 号。
③ 钱玄同:《致陈独秀》,《新青年》1917 年第 3 卷第 1 号。
④ 瞿世英:《小说的研究》(上篇),《小说月报》1922 年第 13 卷第 7 号。
⑤ [美] 爱德华·萨丕尔:《语言论》,陆卓元译,陆志韦校订,商务印书馆 1985 年版,第 202 页。

更为重要的是，用现代白话来描写不仅是一个更加形象、逼真的问题，而且关涉到小说叙事的现代转型。如果没有现代白话及其相应的"描写"，即使借鉴西方小说的叙事技巧、结构布局，仍然不能创作出真正的、现代意义上的小说。20 世纪 20 年代沈雁冰曾认识到"描写"在小说叙事转型中的重要性，回顾文学的发展历程他注意到："不幸二十年前的译本西洋小说，大都只能译出原书的情节（布局），而不能传出原书的描写方法，因此，即使他们有意摹仿西洋小说，也只能摹仿西洋小说的布局了。他们也知废去旧章回小说开卷即叙'话说谋生某县有个某某人家……'的老调，也知用倒叙方法，先把吃紧的场面提前叙述，然后补明各位人物的身世；他们也知收束全书的时候，不必定要把书中提及的一切人物都有个'交代'，竟可以'神龙见首不见尾'，戛然的收住；他们描写一个人物初次上场，也知废去'怎见得，有诗为证'这样的描写法；这种种对于旧章回小说布局法的革命的方法，都是从译本西洋小说里看出来的；……但是小说之所以为小说不单靠布局，描写也是很要紧的。"① 茅盾对古典小说向现代小说转型过程中曾经遇到的问题的观察是富有启发性的。应该说，西方小说的译介在这一过程中起到了很重要的示范作用，晚清小说通过翻译而取法西方可谓早矣，多少也学到了一些叙述技巧，在一定程度上改变了古典小说的叙事面貌。茅盾所说的"布局"，关系到叙事时间、人物的安排，这种新的叙事手法打破了古典小说的套路和外壳，带来了耳目一新的叙事风貌，这也是"叙事学"可以观察和描述的范畴，但是事件发生顺序的变化仍然无法引发小说的根本转变，只有深入语言及其描写功能才能解释叙事学所遗漏的东西，才能解释小说转型的根本动力。叙述关涉的是情节如何的问题，而描写则有可能颠覆情节在小说中的地位，改变小说的叙事重心。通常认为，小说有三个要素，分别是情节、人物和环境。当现代白话在情节描绘以外，可以给人物和环境描写带来突破性的进展以至于改变人物和环境在原来小说中的地位时，小说的转型便不可阻止地发生了。现代小说正是在对"描写"的崭新体认中重新认识小说文体的，

---

① 沈雁冰：《自然主义与中国现代小说》，《小说月报》1922 年第 13 卷第 7 号。

第三章 文学语言变革与小说文体的现代转型

并在这里找到了自身之于古代小说的突破点:"小说重在描出'情状',不重叙些'情节';重在'情状真切',不重'情节离奇'。"①如果没有现代白话及其达到的描写功能,就不可能有"情节"到"情状"叙事重心的转移,就不可能有小说叙事的现代转型。所谓"情状",我们可以看作对一种非情节逻辑下状态的描写。有研究者这样概括现代小说的转型:"五四小说作家有意实行的形式革新之一是打破传统小说的情节结构,而代之以各种结构实验。""无论哪一派的作家都实验了许多新的情节处理方式,而五四十年的总趋势是从动力性情节转向静力性情节,……在某些作品中,静力性意元占主导,使整篇作品几乎无情节可言。"② 上述"情状"可以大致等同于这里所说的"静力性意元",正是现代白话所能达到的描写功能才使得"情状"或"静力性意元"得以突出,从而超越了"情节"的局限,修改了小说的叙事版图。关于环境和人物的"静力性"描写,本书在第一章文体功能和下节人物心理描写中有专门论述,这里仅举一例说明现代白话对小说叙事重心转移的重要性。废名的小说《竹林的故事》是现代小说的名篇,也是最能体现上述叙事转型的文本。在这篇小说中,情节已经退到后台而显得无关紧要,只留下若有若无的事件踪迹,而走到小说前台的几乎都是"情状":

> 流水潺潺,摇网从水里探起,一滴滴的水点打在水上,浸在水当中的枝条也冲击着嚓嚓作响。三姑娘渐渐把爸爸站在那里都忘掉了,只是不住的抠土,嘴里还低声的歌唱;头毛低到眼边,才把脑壳一扬,不觉也就瞥到那滔滔水流上的一堆白沫,顿时兴奋起来,然而立刻不见了,偏头又给树叶子遮住了——使得眼光回复到爸爸的身上,是突然一声"啊呀"!这回是一尾大鱼!
>
> 河里没有水,平沙一片,现得这坝从远处看来是蜿蜒着一条蛇。站在上面的人,更小到同一点黑子了。由这里望过去,半圆形的城门,也低斜得快要同地面合成了一起;木桥俨然是画中见

---

① 晓风:《"情节离奇"》,《民国日报》副刊《觉悟》,1923年6月19日。
② 赵毅衡:《苦恼的叙述者》,四川文艺出版社2013年版,第162—163页。

过的，而往来蠕动都在沙滩；在坝上分明数得清楚，及至到了沙滩，一转眼就失了心目中的标记，只觉得一簇簇的仿佛是远山上的树林罢了。……竹林里也同平常一样，雀子在奏他们的晚歌，然而对于听惯了的人只能够增加静寂。

第一段写的是三姑娘生活中的一个片段。"流水潺潺"似乎是动态的，然而引发的却是时间的空间化处理，三姑娘忘掉的不只是爸爸，是所有外部世界，进入生命的一种超然和自由状态，不住地抠土，低声地歌唱，甚至短暂的一瞥，这都是毫无缘由的，也不需要缘由，三姑娘就这样呈现着自己。第二段是关于环境的描写，和情节没有任何关系，却花费笔墨大段地绘写，营造一种寂静的氛围，而这氛围是和人物的生命状态合一的。这两段描写都无须和前后的什么进行照应，只是呈现人物和环境，同时也是呈现作家所理解的生命状态。这种从"情节"到"情状"的转移，在语言层面上得益于现代白话所能达到的表达功能，现代白话比文言切近人生，村夫俗老、日常生活皆栩栩如生，现代白话又比古典白话细腻、深入，携带着丰富的审美因素，一扫世俗性并幻化出诗意的境界。

可以说，是现代白话在取代文言成为合法的书面语言后，才大规模、较彻底地实现了现代小说的转型。

第三节 由"外"向"内"：文学语言变革与小说叙写向度的转移

晚清时期已经有人通过西方理论，看重小说对人物心理的描写："英国大文豪佐治宾哈维云：'小说之程度愈高，则写内面之事情愈多，写外面之生活愈少，故观其书中两者分量之比例，而书之价值，可得而定矣。'可谓知言。"[①]"内外面事情"描写的比重与小说价值的大小是否必然具有如上关系可以进行辩证分析，但是不可否认，晚清以后中国小说在外国文艺思潮的催化之下逐渐重视对人物心理的描

---

① 璱斋：《小说丛话》，《新小说》1903年第7号。

第三章 文学语言变革与小说文体的现代转型

写则是事实，尤其是五四以后，小说描写的"向内转"成为新文学众所周知的重要特征。学界有不少成果已经从小说叙事学的角度对"向内转"进行了描述，如"中国小说的基本言述范型，由公共式转向个人式，自我经验成为注意的中心"。① 这种从注重外在事件描绘到注重个体经验表现的现代小说被称为"自我表现范型"。具体而言，此种叙事转向的情形是："动力性意元被静力性意元所取代，其结果，叙述的时间—因果链常被打碎从而造成叙述变异之可能，从而为表现思想活动和情绪打开大门。而描述个人情绪，个人看法，使静力性意元上升为主导，从而使五四小说的叙述方式变成重要的形式化的内容。"② 这样的概括精准地描述了小说文体现代转型的重要内容，而本书要进一步思考的是：什么因素使得这种叙事特征能够实现？下文拟从文学语言变革的角度伸入叙事学留下的间隙，更细致地阐释小说的转型问题。

一 在不同语言受制下的不同"内面"

古代白话小说很少有静态的心理描写，如其描写心理则必与"外面"相联系，"自忖""暗忖"的心理内容或表现人物的性格，或推动故事的进展。近代小说《老残游记》《恨海》中出现了较大篇幅的心理描写，但是章回小说所使用的白话，是站在说书人的立场上讲故事，因此即使人物所思基本上也是围绕情节进行的。如《恨海》中棣华与未婚夫伯和走失后"万念交萦"，甚至写到梦境，内容不离对未婚夫行踪的忧虑和思念，由于这一走失对整个故事情节影响甚大，这种心理描写是对整体情节的加深。

文言小说似乎走得更远一些，在晚清域外小说的译介影响和小说地位抬高的背景之下，历来被鄙视的小说成了文人抒情的一片园地。甚至出现一边采用小说形式言情，一边又否认小说的矛盾做法，徐枕亚就声言："余所言之情，实为当世兴高采烈之诸小说家所唾弃而不屑道者，此可以证余心之孤，而余书之所以不愿以言情小说名也。余

---

① 赵毅衡：《苦恼的叙述者》，四川文艺出版社2013年版，第220页。
② 同上书，第224页。

著是书，意别有在，脑筋中实并未有'小说'二字，深愿阅者勿以小说眼光误余之书。"①"余心之孤""意别有在"之情似乎不宜在小说中道出，然而毕竟还是道了。苏曼殊的《断鸿零雁记》连人物都成"余"了，不掩自叙传的色彩，其中大段的自我解剖，使以往由"诗文"来承载的情感在"小道"之中得以抒发，极大地改写了小说的表现领域。从叙事学的角度考察，与五四时期郁达夫的主观抒情小说颇为同调。有学者认为："《断鸿零雁记》正是郁达夫自叙传式小说的先驱。"②"我们通常说，五四小说完成了中国小说由讲故事到表现（'向内转'）的现代性转化，但是，这个转化尽管在五四文学革命以后才成为主流，但它的发端，却不能不追溯到民国初年的苏曼殊的小说《断鸿零雁记》。"③甚至在颇为挑剔的"五四"时人眼中，苏曼殊也受到一定程度的肯定，认为其"所为小说，描写人生真处，足为新文学之始基乎"④。尽管如此，本书仍想进一步探究的是，二者所使用的不同的文学语言（前者为文言，后者为现代白话），在其"向内转"的叙事转化过程中是否起到了作用，即文学语言在何种意义上，通过何种方式影响了小说的叙事转化，促成了现代小说某些叙事特征的形成。

同为描写"内面"，同为主观抒情，文言和白话所能达到的心理层次是不同的。五四文学革命大力地批判文言及其所载之道，但是对传统文人来说他们只能运用这一书面语言来表达自身，《断鸿零雁记》中有真切的自我解剖：

> 余姊行后，忽忽又三日矣。此日大雪缤纷，余紧闭窗户，静坐思量，此时正余心与雪花交飞于茫茫天海间也。余思久之，遂起立徘徊，叹曰："苍天，苍天！吾胡尽日怀抱百忧于中，不能

---

① 徐枕亚：《〈雪鸿泪史〉自序》，吴组缃等编：《中国近代文学大系·小说集》（6），上海书店1991年版，第598页。
② 陈平原：《中国小说叙事模式的转变》，北京大学出版社2003年版，第75页。
③ 杨联芬：《晚清至五四：中国文学现代性的发生》，北京大学出版社2003年版，第239页。
④ 钱玄同：《致陈独秀信》，《新青年》1917年第3号。

至弥耶？学道无成，而生涯易尽，则后悔已迟耳。"余谛念彼妹，抗心高远，固是大善知识，然以眼波决之，则又儿女情长，殊堪畏怖；使吾身此时为幽燕老将，固亦不能提刚刀慧剑，驱此婴婴宛宛者于漠北。吾前此归家，为吾慈母；奚事一逢彼妹，遽加余以尔许缠绵婉恋，累余虮身于情网之中，负己负人，无有是处耶？嗟乎！系于情者，难平尤怨，历古皆然。吾今胡能没溺家庭之恋，以闲愁自戕哉？佛言："佛子离佛数千里，当念佛戒。"吾今而后，当以持戒为基础，其庶几乎。余轮转思维，忽觉断惑证真，删除艳思，喜慰无极。决心归觅师傅，冀重重忏悔耳。

——《断鸿零雁记》第十八章

这样的内心解剖可谓真诚，即令支持白话文学的人也不能掩饰喜爱之情，张定璜曾回忆阅读苏曼殊等人作品时的感受："如今看起来，我们所夸耀的'白话的文学和文学的白话'时代以前的东西在形式上也许不惹人爱。不过我喜欢他们的真切……我最感到趣味的是他们的作家写东西时都牢记着他们的自己，都是为他们自己而写东西，所以你读一篇作品，你同时认出一个人。"① 这正是民初那类文言抒情小说所带来的审美震撼。这里描写的是主人公三郎人生抉择的痛苦心理，对静子不能摆脱的情感所带来的心理痛苦应当是十分真切的，但是要表达这种痛苦，在文言系统内只能找到这样一些词语："百忧""尤怨""儿女情长""家庭之恋""闲愁""艳思"。如此一来，读者只能将这种心理概括为类似"情网与佛门"等模糊的东西，更具体的内心煎熬则无法得知，只能借助主人公外在的身世和哀情故事去填补和感受。可以说，文言"保存着我们最后的旧体的作风，最后的文言小说，最后的才子佳人的幻影，最后的浪漫的情波，最后的中国人祖先传来的人生观"②。与此不同的是，五四时期使用现代白话的郁达夫则采取直接宣泄的方式来抵达人物心理的各个层次，包括文言无法概括的隐秘欲望、性心理等。如"我只要异性的温暖，不管她美与

---

① 张定璜：《鲁迅先生》，《现代评论》1925年第7、8期。
② 同上。

丑……"心理描写不是靠叙述而是借助呼喊与倾诉,正如他自己所说:"我只觉得不得不写,又觉得只能照那么地写,什么技巧不技巧,词句不词句,有一概不管,正如人感到了痛苦的时候,不得不叫一声一样,又那能顾得这叫出来的一声,是低音还是高音?"[1] 浸濡在传统文化里的文言没有为个体私密欲望的表达留下空间,包括词汇、语气、表达方式,"有什么话说什么话"的五四文学语言变革才成全了郁达夫和他的个人叙事,只要作者愿意,他可以随时把情绪、苦闷、欲望等一览无遗地表达出来。由此可见,同为主观抒情,使用文言还是白话直接制约着"内面"书写所能达到的深广度,正是"两种的语言,两样的感情,两个不同的世界"[2]。郁达夫的"此内面"非苏曼殊的"彼内面",这是由白话所带来的现代小说表现内容方面的重要特征。

二 语言变革与抒情小说散文化的实现

文学语言不仅关系到小说的表现内容,而且关系到怎样表达的方式问题,这一点又影响到小说叙事的结构特征。以往我们多强调晚清的抒情小说和五四抒情小说一个是开始,一个是完成,强调二者在叙事转型中的区别是程度不同,这没有什么错误,但是为什么会如此呢?苏曼殊已经为小说注入了强烈的抒情因素,超越了传统小说的叙事模式,但是为什么只有到了"五四"之后,在郁达夫那里才真正实现了小说结构上的散文化?或者说是什么因素阻碍了苏曼殊小说实现以情感、情绪作为小说的结构主线?可以说,语言是重要的因素。

如前所述,苏曼殊小说中由文言的模糊、抽象概括所无法直接呈现的心理情感,必须借助于他的哀情故事框架,才能更好地体认。也就是说,除了那些大段的抒情和剖白之外,还有大量的故事叙述部分。这些叙述部分能否和抒情部分完美地统合在情绪之中,是实现小说结构散文化的重要条件。如郁达夫的《沉沦》,无非写了留学生的

---

[1] 郁达夫:《忏余独白》,卢今、范桥编:《郁达夫散文》(下),中国广播电视出版社1992年版,第325页。

[2] 张定璜:《鲁迅先生》,《现代评论》1925年第7、8期。

第三章　文学语言变革与小说文体的现代转型

一些日常生活，谈不上曲折的情节，但是所有的外在生活都由其开头所言的"孤独"情绪所笼罩。用文言则很难保持叙述和抒情部分的一致。在文言抒情的时候，是从自我的角度出发的，这没问题，但是叙事的时候，就舍弃了自我而成了客观的历史叙事者，这正是在使用文言时不得不顺应其表达方式所致。这一点也许由小说家自己说出来更令人信服。刘半农叙说自己曾经就小说"原质"之一的"文"这一重要问题，问业于一位颇负时名的小说家，答语曰："作文言小说，近当取法于《聊斋》，远当取法于《史》《汉》。……则谓小说即是古文，非古文不能称小说可也。"① 使用文言叙事时，或不知不觉，或非常自觉地取法"《史》《汉》"，将小说写成古文。"《史》《汉》"本来是历史著作，把持一种历史叙事者的立场，从而达到教化和文化整合的目的。无可否认，"《史》《汉》"笔法深刻地影响了中国后世的叙事文学，需要说明的是，这种叙事文学是以故事为主的，当创作的是一种主观抒情小说时，那种客观（其实不可能完全客观）的历史叙事者与自我抒情的叙事立场就不能完全接合。小说中的文言叙事部分如：

> 余莫审所适，怅然涕下。忽耳畔微闻犬吠声，余念是间殆有村落，遂循草径行。渐前，有古庙，就之，中悬渔灯，余入，蜷卧石上。俄闻户外足音，余整衣起，瞥见一童子匆匆入。余曰："小子何之？"童子手持竹笼数事示余曰："吾操业至劳，夜已深矣，吾犹匿颓垣败壁，或幽岩密菁间，类偷儿行径者，盖为此唧唧者耳，不亦大可哀耶？"
>
> ——《断鸿零雁记》第二章

这里的叙事正体现了古文的高简，与抒情部分不可能统一在"情绪"之流下。所以我们在阅读此类文言抒情小说时，有一种直感：小说是由两部分组成的：一部分是叙事的古文，一部分是抒情的古文。如此一来，要实现那种散文化的结构是不可能的。苏曼殊的文言小说

---

① 刘半农：《诗与小说精神上之革新》，《新青年》1917年第3卷第5号。

已经在文言的范围内尽可能地实现了个人化的表达，但是终究不可能逾越文言的限度，正如萨丕尔所说，虽然"个人表达的可能性是无限的，语言尤其是最容易流动的媒介。然而这种自由一定有所限制，媒介一定会给它些阻力"①。文言正是实现以个人情绪为结构的散文化叙事的阻力媒介。只有使用白话，打破文言客观化的历史叙事者的叙事语调，使得叙事部分同出于个人化立场，才能与抒情部分共同服务于"情绪"。有研究者认为，"郁达夫的小说至少有两个要素得效于那一时代的火热现实，即：以现代语取代古代语的'白话'文学和选用稍稍上升为有利形式的叙事文"②，从现代语取代古代语的"白话"语言角度认识郁达夫及其小说可谓釜底抽薪、一语中的。没有现代白话，就没有郁达夫对苏曼殊的超越，正是现代白话成就了自叙传抒情小说对心理的深层刻画，促成了叙事结构的转变。

理解了郁达夫小说借助白话实现了现代小说对心理的倾诉性描摹，同时就不难理解五四时期浅草社作家的小说创作。如果说郁达夫的情感倾诉还是一种理性层面的，那么还有一种心理描写则深入了无意识领域。需要强调的是，白话文学语言是这一领域得到释放和表达的必要条件。这类小说也是"内向"书写的一个重要方面，鲁迅曾将其概括为"向内，在挖掘自己的魂灵，要发见心灵的眼睛和喉舌"③。这里的"魂灵""心灵的眼睛和喉舌"用更专业的术语来说就是无意识层面的人物瞬间感受、幻觉、印象等，借用林如稷《将过去》中的话来说就是："觉得瞬息间有一种灵性的幻感窜入脑内，由这样而想捉住它，更想把它拿来压在纸上，——不如此他终不快意。"法国作家杜雅尔丹谈到意识流时曾说："在内容方面，它是那些存在于最靠近无意识的内心最深处的思想的表达；在性质方面，它是超越逻辑组织的言语，当深层思想产生和到来时，它就把它们再创造一

---

① [美]爱德华·萨丕尔：《语言论》，陆卓元译，陆志韦校订，商务印书馆1985年版，第198页。

② [美]邵淑禧：《郁达夫中短篇小说的结构和意义》，陈子善、王自立编：《郁达夫研究资料》，花城出版社1985年版，第723—724页。

③ 鲁迅：《〈中国新文学大系·小说二集〉导言》，吴福辉编：《二十世纪中国小说理论资料》（第3卷），北京大学出版社1997年版，第343页。

第三章 文学语言变革与小说文体的现代转型

番;在形式上,它应用切成句法最小单位的句子。"[1] 从内容和形式两方面基本可以认识这种内向的书写。以林如稷的《将过去》为例:

  火车是如何的在颤抖……上……下……起……伏……倾……斜……

  若水脑内如何的在颤抖……上……下……起……伏……倾……斜……

  ……

  这是一条蛇,赤的,绛的,菜花色,灰白色……圆长。蛆条……

  蛇,载着迷惘,悲愁,含着似陈酒发酵的积郁……

  去向那被蛇所认为的仇人,人类中之一部分复仇。

  曲行,匍匐……

  ……蠕动……潜行……在蠕动……

  凄凄雨……

  ——去呢……

  梦中的呓语,方锥的——有一个整的……

  复仇!复仇!

  ——站在房子下的人,哦,——站在地壳下的人……

  同臭虫一般大小……同天,狱的天一般厚薄……

  腥恶……不是……生鸡蛋一般的腥恶……

  以上是主人公若水在火车上的一段感受描写。从内容方面来看,主人公这种"幻感"是个体的、当下的、瞬间的。如此复杂、细腻的现代人"无意识的内心最深处的思想",用古雅的文言来表达根本无法奏效,只有用白话才可能追踪和表现。从形式方面来看,瞬间的感受往往是超现实、超逻辑的,这就需要用"超越逻辑组织的言语"来表达,而白话打破了文言的文法成规,使这种表达成为可能。蛇,

---

[1] 转引自张怀久、蒋慰慧《追寻心灵的秘密——现代心理小说论稿》,学林出版社2002年版,第121页。

赤的，绛的，菜花色，灰白色，积郁，复仇，蠕动……潜行……在蠕动，多种事物、色彩、动作、心理叠加在一起，被"切成句法最小单位的句子"和特殊的标点符号形象地呈现了人物瞬间的感受。这样的内容和表现形式是现代白话所独有而为文言和旧白话所不及的。

　　文学语言变革是实现小说文体现代转型的重要因素。"五四"以后的小说与古典小说所使用的语言之不同不仅体现在白话和文言之异上，而且体现在旧白话和新白话的区分上。新白话和旧白话在经过小说体裁的"程序聚合"后，会凸显不同的审美特质，实现不同的文体功能，形成不同的审美质地。经过语言变革的现代白话使现代小说实现了不同于晚清文言小说的"内转"，表达了更为个体化的心理内容，并且实现了抒情小说叙事结构的散文化，是小说现代转型的重要方面。由此，从语言变革的角度可以更好地理解小说发展的某些内在规律。

第四节　文体个案分析：文学语言变革与书信体和日记体小说文体的现代新变

　　中国古代著述中书信和日记颇富，其中书信因受文论的重视更是发扬光大，不乏名篇名家，但是以书信和日记之体创作的小说却极为少见。也许古代小说以故事为重，书信、日记这些看重写家性灵、对象较为私密化的文体于此较不适宜，要借助书信和日记文体来生动、详细地记述历史和事件无疑显得"太笨重而不自然"[①]。清末民初，随着域外小说的译介、小说地位的抬高以及对西方文学技法的借鉴，出现了书信体和日记体的小说创作。本书的关注点在于，在文言的语言环境下这些体式的小说创作与"五四"白话语言环境下的创作有何不同之处？现代白话在何种意义上重新发掘了此类小说体式的潜力，或直接或间接地影响了书信体、日记体小说现代特征的形成。

[①] 清华小说研究社：《短篇小说作法》，严家炎编：《二十世纪中国小说理论资料》（第2卷），北京大学出版社1997年版，第134页。

第三章　文学语言变革与小说文体的现代转型

一　书信体和日记体：从"布局"到"个性"

五四时期沈雁冰曾经指出："不幸二十年前的译本西洋小说，大都只能译出原书的情节（布局），而不能传出原书的描写方法，因此，即使他们有意摹仿西洋小说，也只能摹仿西洋小说的布局了。"①其实，不仅译本小说，包括在西方文学影响之下自创的小说在文体学习过程中也面临着同样的问题。即如清末民初的书信体小说模仿西方的书信体而作，首先学会的就是类似于茅盾所说的"布局"，即以书信作为小说的"结构"方式。包天笑的《冥鸿》发表于 1915 年，是较早使用书信体的小说，由辛亥革命牺牲的烈士之妻写给亡夫的 11 封书信组成。写信的人是女性，并且是给丈夫的，这种关系的私密性应该有利于突出书信亲切的特征，因为"女人的感觉通常都比较细腻，女人的话通常也比较唠叨琐碎，这种特点最宜于家常亲切的书牍"②。但实际上并非如此，这位写信的女主人公并没有少做古文，她一边声称"政治非关儿女"，一边忍不住大发议论：

> "今则媢视烟行者盈天下，狗苟蝇营之风，益复大盛。……试思革命以后，人民所得之幸福几何，能不悲哉？犹忆当明季末世，数遭颠覆……则当时尚有气节之可言。乃至于今，成此谄媚之世界，岂二百余年满洲入主中夏，浸微至此乎？抑世衰道丧，正人已不容于世乎？"
>
> "……迩来各处邮局搜检甚严，已无复人民书信自由之权……"
>
> "……今日方吸集一国之财，为争权夺位之资，亦奚暇顾及所谓教育事业耶？"

一位家庭女性何以如此倾心于高谈阔论？作者说，夫人乃"知书识大体"，其实这无非一句小说家言，为的是小说的可信性罢了。这

---

① 沈雁冰：《自然主义与中国现代小说》，《小说月报》1922 年第 13 卷第 7 号。
② 朱光潜：《欧洲书牍示例》，吴泰昌编：《艺文杂谈》，安徽人民出版社 1981 年版，第 180 页。

与其说是妻子写给亡夫的信,不如看作作者借人物之言发表自己对时局的看法,可是如此一来又何必非用书信体呢?

　　日记体小说的出场也经历了类似的过程。早在1902年,译者在翻译《鲁宾孙漂流记》时就注意到了这部小说所采用的日记体,并认为"日记体例也,与中国小说体例全然不同。若改为中国小说体例,则费事而且无味"①。可以看出,译者模糊地领略到了日记体为小说带来的叙事意义,也意识到这种体式为中国古代小说所无。到了徐枕亚的《玉梨魂》,已经学着在末章像《茶花女》那样将主人公的日记阑入小说,而《雪鸿泪史》则在此基础上增加了些许内容,完全以日记为框架,并在例言中声称二者"一为小说,一为日记,作法截然不同"②。如何不同则语焉不详。作者注意到了这种"体例"的变化,但是这并不等于在创作中就能够发掘和实现这种文体的独特魅力。阿英曾经比较外国和中国古代日记之不同:"关于解剖心理,阐明苦闷的日记,在中国的名家日记里并不多,就是有也不过一两句,像亚米爱儿那样三十年如一日说明自己的作家,根本上就没有。文山、杨椒山的狱中日记,无论如何是远不如王尔德在狱中那样的在斗室中创造别样的天地,便是辛弃疾的《南渡录》,亦止于悲惨的写实的记载而已。中国过去所有的日记,实在缺乏关于心理解剖的力作,将来总该有的。"③ 的确如此,中国古代日记中少有心理剖析之作,近代以来在学习西方日记体的初始时期也只是一种外在的"技巧"或曰"作法"。

　　到了五四时期,对书信体和日记体小说的认识则大有改观。庐隐说:"至于书信,我以为应较其它体裁的作品更多含点作者个性的色彩。"④ 这里的"个性"并不完全等同于现在所说的"个性",庐隐也曾说,"足称创作的作品,唯一不可缺的就是个性,——艺术的结晶,

---

① 《〈鲁宾孙漂流记〉译者识语》,陈平原、夏晓虹编:《二十世纪中国小说理论资料》(第1卷),北京大学出版社1997年版,第66页。
② 徐枕亚:《〈雪鸿泪史〉例言》,陈平原、夏晓红编:《二十世纪中国小说理论资料》(第1卷),北京大学出版社1997年版,第554页。
③ 阿英:《论日记文学》,《阿英全集》(附卷),安徽教育出版社2006年版,第7页。
④ 淦女士:《淘沙》,《晨报副刊》1924年7月29日。

第三章 文学语言变革与小说文体的现代转型

便是主观——个性的情感"①,具体到此处语境中,"个性"更多指的是"个性情感"。周作人也认为:"日记与尺牍是文学中特别有趣味的东西,因为比别的文章更鲜明地表出作者的个性。诗文小说戏曲都是做给第三者看的,所以艺术虽然更加精炼,也就多有一点做作的痕迹。信札只是写给第二个人……自然是更真实天然的了。"②"真实天然"实际上就是一种更个性化的情感。书信和书信体小说、日记和日记体小说不能等同,但是对书信和日记的看法无疑会影响对书信体小说和日记体小说的把握。五四作家开始从"个性"的角度认识书信和日记,而这正是这两种文体的重要属性。有学者分别这样分析书信和日记的文体特性:"'私语真情'之所以是书信文体之'文学性'的主要标志,就在于它的个人化和情感性,即'个体情感'本身的文学属性。"③"日记的言说者主要是从本位立场出发,假借被时间格式化了的记忆叙说自己的所见、所闻、所感和所思。"④ 这里提及的"个体情感"和言说的"本位立场",与前述五四作家对这两种文体"个性"的理解如出一辙。

由此可见,书信体、日记体小说在其现代蜕变中经历了一个从外在的"布局"到内在的"描写方法"即"个性"——这一文体特性的发现过程。那么,何种因素在此过程中起着重要的作用呢?下文将具体解析。

二 语言变革与书信体、日记体小说的"私语"

五四时期是一个名副其实的抒情时代,自我的袒露、真挚的呼喊,鸣奏的是一曲"醒过来的真声音"的人之歌。从五四作家对书信和日记进行"个性"确认的时候就注定了这两种文体在那个时代要备受青睐。需要指出的是,从书信体、日记体的"布局"到酣畅淋漓地使用这些体式来抒情,并不是一个不言自明的问题。那么,五

---

① 庐隐:《创作的我见》,《小说月报》1921 年第 7 期。
② 周作人:《日记与尺牍》,《语丝》1925 年第 17 期。
③ 赵宪章:《论民间书信及其对话艺术》,《清华大学学报》(哲社版) 2008 年第 4 期。
④ 赵宪章:《日记的私语言说与解构》,《文艺理论研究》2005 年第 3 期。

四以后这两种文体何以能够释放和激活其文体属性呢？不妨从语言的角度来切入这个问题。

　　首先，前文已述，阿英曾指出，外国作家的日记比中国古代的日记更多心理内容的表达，实际上书信也存在类似的现象，个中因由种种，其中语言是个重要的因素。朱光潜就指出语言对书信表达的影响："欧洲文与语的界限不象中国那样清楚，写的和说的比较接近，所以自然流露的意味比较多。"① 欧洲言文一致更有利于突出书信自然亲切的文体特点，相反，中国"文"与"语"长期分离，很难把书信体独特的那种"自然流露"学到手。具体而言，"文"与"语"的分离使得文言对现实生活的描述、概括作用弱化，相反，文言在长期的书面表达中形成一个较为封闭的语言系统，尤其在层层累积的历史化的文学书写过程中，形成了用典、模式化等表达特点，这些都不利于现代人心理的流露和呈现。郑振铎曾经在比较中国文学和俄罗斯文学时说，"我们中国的文学，最乏于真的精神，他们拘于形式，精于雕饰，只知道向文字方面用功夫，却忘了文学是思想、情感的表现"，而俄罗斯文学则不然，"他的精神是赤裸裸、不雕饰、不束格律的表现于文字中的"②。文言及其修辞方式不利于思想和情感的直接表达，这对看重"私语"情感表达的书信体来说无疑是一种很大的限制。《雪鸿泪史》一般被认为是日记体小说，但是其中穿插了不少书信，所谓"传情之处，悉以函札达之"③，这里试引一例来看看文言书信到底是如何"传情"的。梨影在写给梦霞的一封信中道：

　　　　梨影非无情者，而敢负君之情，不以君为知己？但恐一着情丝，便难解脱，到后来历无穷之困难，受无量之恐怖，增无尽之懊恼，只落得青衫泪湿，红粉香消，非梨影之幸，亦非君之幸也。

　　　　　　　　　　　　　　　　　　——《雪鸿泪史》第三章

---

①　朱光潜：《欧洲书牍示例》，吴泰昌编：《艺文杂谈》，安徽人民出版社1981年版，第182页。

②　郑振铎：《〈俄罗斯名家短篇小说集〉序》，严家炎编：《二十世纪中国小说理论资料》（第2卷），北京大学出版社1997年版，第93页。

③　编者：《人人必读之小说〈雪鸿泪史〉》，《小说丛报》1915年第13期。

第三章 文学语言变革与小说文体的现代转型

据作者自己所说,《雪鸿泪史》之言情乃是"想入非非寂寞无味之哀情"(《雪鸿泪史·自序》),如果能把"想入非非寂寞无味"的情感详细地描画出来,一定能突破才子佳人式的传统情感模式而让读者眼前一亮。但是在文言语境下,作者一边用"无穷之困难,无量之恐怖,无尽之懊恼"来概述复杂的心理过程,一边使用典故"青衫泪湿,红粉香消"模糊了当事人的独特感受,这与五四作家期许的"个性"相去甚远。如果用白话则可以驱除用典,钱玄同就注意到了这点:"白话中罕有用典者。胡君主张采用白话,不特以今人操今语,于理为顺,即为驱除用典计,亦以用白话为宜。"① 五四白话语言变革提倡"有什么话说什么话",白话与现实生活的关系更密切,及物性更强,这必然会从语言的层面上保证对自我心理追踪的可能。白话语言更有利于把心里的感受表达出来,包括潜意识、意识流等无法用文言传达的内心层面。

其次,文言作为古代文化的一部分,与其产生的文化血肉相连,文言不支持对个体心理的真实表达。以日记体为例,阿英曾指出:"在古人的日记中,很少能令读者看到他们的内心生活……即使有心理解剖的成分在内,也只是微微的触着,如理学家的日记写上'心浮'两字完事。近人的日记却不同,大部分纂事固极繁,心理的记述也日富。"② 古人的日记中很少记述心理解剖的成分,很重要的一点就是因为他们使用的书面语言是一种经过传统文化整合的语言,这种文言书面语对那些不符合文化规范的心理表述是排斥的。学者南帆曾对古代文人日记的"伪饰"倾向进行分析,他认为,这种现象"更多地由于记述日记所使用的文字符号——由于文字所固有的天然过滤器。在必要的时候,文字的过滤器将产生监核功能……这些形成于远古的方块字具有一种道貌岸然的威慑力——民间甚至将文字形容为孔子的眼睛。文字永远以一种高贵的姿态睥睨人的内心世界,这里的种

---

① 《致陈独秀信》,《新青年》1917年第3卷第1号。
② 阿英:《〈日记文学丛选〉序记》,《阿英全集》(附卷),安徽教育出版社2006年版,第95—96页。

种卑劣之念常常在文字的逼视之下退缩了几分"①。难怪西人有言，不是人说语言，而是语言在说人！理学家表达心理状态时，不是以个体的"我"作为主语描述个体"我"的心理细节，而是以"心"为主语，这必然会用一整套从孔孟到朱王的关于天人关系、人格理想、道德规范和心性修养的价值系统来裁定自我的心理内涵，不符合这套价值系统的，只能记之以"心浮"并自省。

由上可见，文言的模式化、典故化以及文言与所属文化的密切关系都不利于书信和日记文体的"私语"表达，不利于呈现个体的心理。

只有白话才是"个性"表达的必然载体，罗家伦说："我们人生日日所用的都是白话，我们日日所流露的所发生的种种感情，都是先从日用的白话里表现出来的。所以用白话来做文学，格外亲切，格外可以表现得出，批评得真。"② 在白话语言环境下，五四一代更侧重从"个性"表达的角度，更具体地说就是从情感抒发的角度来认识书信和日记，这促成了书信体、日记体小说对自身"特质"的发掘。

"五四"语言变革不仅是一个现代民族国家建构民族共同语的需要，同时白话语言连接着个性解放的思想文化内涵。因此，尽管书信体小说、日记体小说在极力效仿的西方原典中具有丰富复杂的叙事可能，如书信体小说叙述层之间的关系，包括解释功能、主题功能、叙述功能，③ 日记体小说中虚构真实的可能，通过紧张和悬念组织情节的功能④等几乎没有吸引五四作家的眼球，他们偏偏抓住的是作为第一人称叙事的方便，通过书信体、日记体小说大肆宣泄情感，这与白话代替文言的语言变革所富含的思想内涵有着重要的关系。正是因为这一内涵使得五四时期书信体小说和日记体小说，连同自叙传抒情小说等都侧重于情感的抒发，在文体上几乎没有显示出各自的独特性。书信体、日记体稍加改窜就是第一人称抒情小说，书信体小说如果不

---

① 南帆：《论日记》，《北方文学》1990年第9期。
② 罗家伦：《驳胡先骕君的中国文学改良论》，《新潮》1919年第1卷第5号。
③ 参见吴源《书信体与非书信体小说叙事层逻辑关系之比较》，《呼伦贝尔学院学报》2008年第1期。
④ 参见王建平《西方日记体小说》，《国外文学》1996年第1期。

第三章 文学语言变革与小说文体的现代转型

突出收信人叙事作用的话,实际上相当于日记体小说,二者之间除了简单的形式外也常常难以区别辨认,这正是"五四"语言变革对个性解放内涵的强调所导致的文体混同,是语言变革对其文体特征影响的极端体现。

现代白话不仅支持了书信体、日记体小说对个体心理的充分呈现,而且关联着情感表达的方式。因为文言只能传达一种模式化的定型的情感,所以其抒情方式常常通过"写实"来传达。如阿英所说的辛弃疾在涉及心理的记述时就是通过"写实的记载"来体现其情感和感受的。在近代较早的日记体小说《冥鸿》中辛亥革命烈士之妻对亡夫的思念也是经由追忆往昔表达的,通过描写相应的外部事件或细节,再由事件引出情感:

> 犹忆我辈蜜月以后,并坐轩中,我方食梅子,君嫌其酸沁齿牙,掷诸庭除之前。孰知其核在阶砌之下,一为春泥所融,而发荣滋长,今已扶摇若三尺童子,而春来且着花三四,宁非奇事耶?……

相反,五四时期的白话强调的是个体的言说自由,其内心的任何隐秘都可以通过最为个性化的感受方式进行传达,表现在文体上就是可以敞开心扉、直抒胸臆,将心理过程、感受、状态等写入文本,语句呈现出混乱、重复、矛盾等特征,如庐隐《或人的悲哀》中:

> "唉!KY!我心彷徨得很呵!往那条路上去呢?……我还是游戏人间吧!"
>
> "我一方说不想什么,一方却不能不想什么,我的眼泪便从此流不尽了!这种矛盾的心理,最近厉害,一方面我希望病快好,一方面我又希望死,有时觉得死比什么都甜美!病得厉害的时候,我又惧怕死神,果真来临!KY呵!死活的谜,我始终猜不透!……"

一为由"写实"引出的间接抒情,一为情感本位的直接抒发,后者的抒情方式彻底改写了文言小说的面貌。

可见，不同的语言抵达的是不同的心理层次，文言表达的是模式化的情感类型，而白话倾诉的是个体化的心理真实。白话带来的对自我最大限度的书写真正实现了现代小说的"向内转"及其散文化叙事。

三 语言变革与日记体小说的现代"狂语"

如前文所述，由于"五四"白话语言强调个性和情感抒发的内涵，当时的自叙传抒情小说与书信体、日记体小说文体的区分度很小，基本可以看作"孪生"文体，但除此之外日记体小说毕竟还是发现了自己特有的属性。日记体小说不仅可以"私语"，而且可以"狂语"，这一不同于书信体小说的现代特点正是在白话语言变革的推动之下得以展露和彰显的。

书信是写信人写给收信人的，也就是说，书信体小说的叙事仍然需要一个聆听者，书信的内容是双方或多方思想和情感的交流，即《文心雕龙·书记》中所说的"心声之献酬也"。日记体小说则不然，日记以排斥他者为前提，"是一个人内心生活的记录，其真实性有时恰恰在于没有听众或读者的介入。日记作者通常只为自己而作，无需刻意表现"[1]。如果说书信是一种"对话"，那么日记则是"独白"。日记采用第一人称记叙主体的所见、所闻、所思、所感，不论内容如何都具有不可辩驳的权威性，因为"一个人关于自己的心的状态的第一人称陈述具有不可置疑的权威性，而他关于他人的心的状态的第二或第三人称陈述则不具有这样的权威性"。这是因为"心的状态的自我归结并不需要行为观察或其他方面的证据来支持，但心的状态的他人归结则必须以对他人行为的观察以及相关证据为依据"[2]。

具体而言，日记可以随意地记录自我的一切，其内容甚至可以不合理性逻辑，不为公共空间的其他人所了解。"五四"文学语言变革最大限度地支持了自我的表达，激活了日记体小说的独白性这一沉睡

---

[1] 王建平：《西方日记体小说》，《国外文学》1996年第1期。
[2] 唐热风：《第一人称权威的本质》，《哲学研究》2001年第3期。

第三章 文学语言变革与小说文体的现代转型

的基因,使得日记的特性得以发挥尽致,冰心的《疯人笔记》正是这样的作品。也许由于作品没有具体的"意义",很多选集和选本对此"忽略不计"。1922年,王统照曾做批评文字,认为其"无事实的可言",只是"借重疯人的口吻,以抒写情感与思想"。关键是这种"情感和思想"让读者难以索解,小说"用疯人来叙出,而处处可见出象征的色彩来"。"在前后的文字中,可以悟会到的,是对于生的爱慕,而同时也不可抵抗死的权威;而同时可以细密而锐利地感觉得到世界上有情无情的一切,多是本身具有矛盾性的。"尽管王统照极力推崇新文学并努力地解读其内涵,但还是承认这类小说"真是难言得很",并且忠告创作界不可随意模仿。① 读者的确很难确切地解读《疯人笔记》的"意义",因为日记体小说在创作之时可以排斥正常的意义逻辑链。然而,这种彻底的私密性仅仅是日记体小说的文体特点,并不等于每篇作品真的都"难以索解",如果真是那样就失去了创作的意义。五四时期,真正能够自觉利用和自由驾驭日记体的极端自我表达所带来的任意性和排他性,同时又赋予其可解的深刻"意义"的是鲁迅的《狂人日记》。

白话语言支持每一个个体用自己的方式说出自己想说的话,狂人的"狂语"表面上看来不符合正常的语言秩序和意义生成的逻辑,充分利用了日记的排他性和极端自我性,这与五四时期大部分日记体小说强调日记文本的真实性,借日记的第一人称视角来直接抒发与作者本人相近的情感是截然不同的。郁达夫强调,为了让读者不起幻灭之感,最便当的体裁是日记体,其次是书简体。② 而鲁迅却认为:"一般的幻灭的悲哀,我以为不在假,而在以假为真。""幻灭之来,多不在假中见真,而在真中见假。日记体,书简体,写起来也许便当得多罢,但也极容易起幻灭之感;而一起则大抵很厉害,因为它起先

---

① 剑三(王统照):《论冰心的〈超人〉与〈疯人笔记〉》,《小说月报》1922年第9期。
② 郁达夫:《日记文学》,转引自《鲁迅全集》(第4卷),人民文学出版社1981年版,第23页。

模样装得真。"所以他说："与其防破绽，不如忘破绽。"①《狂人日记》正是在对"真实"的主动放逐中，达到了更高层面上的真实，在狂人的狂言乱语中给予封建礼教暴风骤雨般的袭击，从而获得了"意义"的生成。正是白话文学语言才真正地激发了日记体小说的极端自我性、封闭性，《狂人日记》的成功充分显示了鲁迅在运用日记体写作时自觉的文体意识和熟练的文体手腕。

综上所述，白话代替文言的语言变革对书信体和日记体小说的现代新变具有重要意义。在文言的语言格局中，晚清以降已经出现的书信体、日记体小说只是一种外在的形式外壳，只有在现代白话的书写体系中，作家主体才在"个性"的抒怀中切近了这些体式的独特之处。俄国形式主义学者托马舍夫斯基曾说："体裁的本质在于，每种体裁的程序都有该体裁特有的程序聚合，这种聚合以那些可察程序或者说体裁特征为中心。"②书信体和日记体"特有的程序聚合"只有在白话语言中才得以实现。现代白话使得晚清时期就已出现的书信体和日记体小说突破了形式的外壳，专注于"个性"的表达，以直抒胸臆的抒情方式直接呈现人物的心理内容，语言变革发掘了此类小说体式的潜力，使其真正具备了"向内转"和散文化的现代特征。现代白话还激活了日记体彻底的私密性这一沉睡的基因，突出了表达的任意性和排他性特点，能够自觉运用和自由驾驭这种文体的代表作品就是鲁迅的《狂人日记》。

以往学界在讨论"五四"小说时，从叙事学的角度注意到了晚清民初出现的一些文言小说与之共有的抒情内转的现代特征，但是更为重要的是，"五四"语言变革终究还是划开了两个不同时代的文学书写，尽管其内存在些许相似。也许还是从语言的角度可以解释这个问题，语言学家洪堡特曾说："语言属于我，因为我以我的方式生成语言；另一方面，由于语言的基础同时存在于历代人们的讲话行为和所讲的话之中，它可以一代一代不间断地传递下去，所以，语言本身又

---

① 鲁迅：《怎么写——夜记之一》，《鲁迅全集》（第4卷），人民文学出版社1981年版，第23—25页。
② ［苏］鲍·托马舍夫斯基：《主题》，胡经之、张首映：《西方二十世纪文论选》，中国社会科学出版社1989年版，第113页。

第三章 文学语言变革与小说文体的现代转型

对我起着限制作用。"① 文言书信体、日记体小说中所具有的些许现代特征,是个别作家感应时代"以我的方式"生成的某种效果,然而文言写作的语言系统对彻底实现书信体、日记体的文体特性仍然起着"限制"作用。因此,文学语言变革必将召唤着一个新的文学天地。

---

① [德] 威廉·冯·洪堡特:《论人类语言结构的差异及其对人类精神发展的影响》,姚小平译,商务印书馆1997年版,第74页。

第四章 文学语言变革与诗歌文体的现代转型

古代中国被人誉为"诗国",在漫长的历史中,古人创作了数量众多的诗歌,涌现了闻名古今的优秀诗人,诗体形式多样,风格异彩纷呈,诗歌成为中国古典文学的突出代表。从诗经、楚辞、汉乐府、魏晋南北朝时期的文学自觉,到唐代诗歌的成熟鼎盛;从古体诗到近体诗,从简单质朴到以古代汉语特征为基础而形成的对声律、对偶的讲求,多少代文人生命中的喜乐悲欢在这一文学体裁中涵泳吟诵,可以说诗歌成了他们的精神家园。然而,高度成熟的诗歌语言在近代以来逐渐失去了守护文人"存在之家"的资格。出于启蒙的需要,书面语言不再只是高雅案头的一抹清香,只是文人摇头晃脑的文字积习,语言以怎样的形态存在,成为关乎族群存亡进退的重要一环。"今夫文言之祸亡中国"[1]"今天下之人,莫不曰国将亡矣……裘廷梁曰:'此文言之为害矣'"[2]。而诗歌在这一语言转型中所扮演的角色非同小可。新的语言方式的最终确立离不开文学书写领域的宣传、实践、定型和提升。如研究者所言:"新诗对代表着旧的语言方式的古典诗词的冲决,这对于新的语言方式的确立有着特殊的意义。"[3] 在整个民族语言更新蜕变的历史巨变期,诗歌语言哪怕

---

[1] 陈荣衮:《论报章宜改用浅说》,翦成文辑:《清末白话文运动资料》,《近代史资料》1963年总第31号,第125页。

[2] 裘廷梁:《论白话为维新之本》,翦成文辑:《清末白话文运动资料》,《近代史资料》1963年总第31号,第120页。

[3] 朱晓进:《从语言的角度谈新诗的评价问题》,《文学评论》1992年第3期。

第四章　文学语言变革与诗歌文体的现代转型

再优美、再令人留恋也必须正视现实。应该说，语言的变革要求不仅是民族生存的要求，同时也是诗歌变革求新的重要契机。语言的变革为诗歌打破了滥调套语而注入了新的生机。古典诗歌语言对音律、对偶等形式的格外看重，大量老化、钝化意象的长期存在，都使得秾丽繁复的诗歌语言就像一个过度成熟的果实，由于隔断了来自树干的养分补给而渐已失去往日的色泽。对此，胡适曾经批评道："今之学者，胸中记得几个文学的套语，便称诗人。其所为诗文处处是陈言烂调，'蹉跎'，'身世'，'寥落'，'飘零'，'虫沙'，'寒窗'，'斜阳'，'芳草'，'春闺'，'愁魂'，'归梦'，'鹃啼'，'孤影'，'雁字'，'玉楼'，'锦字'，'残更'……之类，累累不绝，最可憎厌。"① 诸如此类的语言能指符号已经失却了指涉现代生活的有效性，活跃而饱满的所指呼唤一套全新的符号指称系统。正是在这个意义上，可以说新的语言是诗歌获得新生命的首要条件。正如郭沫若所说："新诗从已经僵硬了的旧诗中解放出来，冲破了各种清规戒律的束缚，打碎了旧的枷锁，复活了诗的生命。这对于中国的诗歌起到了起死回生的作用。"②

文学语言的变革及其引领的一个新的诗歌世界终于来临。贝特森说："一首诗中的时代特征不应去诗人那儿寻找，而应去诗的语言中寻找，我相信，真正的诗歌史是语言的变化史，诗歌正是从这种不断变化的语言中产生的。"③ 已有不少学者从语言角度论述了新诗发生过程中的一些问题和规律，④ 本书将在前人的基础上，对相关现象作进一步的探讨，从而更好地认识诗歌文体的现代转型。

---

① 胡适：《文学改良刍议》，《新青年》1917 年第 2 卷第 5 号。
② 《郭沫若谈诗歌问题》，《光明日报》1956 年 12 月 15 日。
③ F. W. 贝特森：《英诗和英语》，引自［美］雷·韦勒克、奥·沃伦《文学理论》，刘象愚等译，三联书店 1984 年版，第 186 页。
④ 参见朱晓进《从语言的角度谈新诗的评价问题》，《文学评论》1992 年第 3 期；郑敏《世纪末的回顾：汉语语言变革与中国新诗创作》，《文学评论》1993 年第 3 期；李玚《从"诗文合一"到"诗文划界"——论文学革命发生后新诗语言调整与文体发展的互动》，《南京师范大学学报》（社会科学版）2008 年第 5 期；王泽龙《新诗散文化：诗歌文体演变的历史选择》，《山西大学学报》（哲社版）2010 年第 5 期，等等。

◈ 文学语言变革与中国文学文体的现代转型

第一节　文学语言变革与"诗体的大解放"

中国古典诗歌从音律角度主要可以分为古体诗和近体诗两类，古体诗相对于近体诗而言，押韵较为自由，不受格律限制，有四言、五言、六言、七言和杂言等体。唐以后形成的格律诗在字数、句数、平仄、用韵等方面都有严格的规定，从字数上看有五言和七言，可分律诗和绝句两种，成为古典诗歌成熟期的突出代表。格律诗的形式可谓高度的模式化，五四以后诗歌文体的现代转型最突出的表现就是对这种诗体的革新，而诗体的变革是和文学语言的变革密切相关的。正如有学者指出的："'五四'新诗运动实际上是以白话代文言的白话诗歌运动，另一方面则是自由体代格律体的文体革命，这两者互为因果，诗歌语言是与诗歌文体有着内在一致性的。白话语体与自由文体的融合构成了现代白话诗体。文言语体最适合的是格律体。"[①] 文学语言变革是诗体转型的重要影响因素，以白话写诗，必然要求打破原有的诗体形式，白话的质地和形态直接决定了诗歌新的体式特征。胡适曾说："若要做真正的白话诗，若要充分采用白话的字，白话的文法，和白话的自然音节，非做长短不一的白话诗不可。这种主张，可叫做'诗体的大解放'。诗体的大解放就是把从前一切束缚自由的枷锁镣铐打破：有什么话，说什么话；话怎么说，就怎么说。这样方才可有真正白话诗，方才可以表现白话的文学可能性。"[②] 我们不妨从胡适所说的"白话的字""白话的文法""白话的自然音节"几个方面探讨"诗体的大解放"，认识诗歌文体的现代转型及相关现象。

充分采用"白话的字"这个层面主要包括口语、现代汉语的代词和虚词的使用，这几类白话词汇对诗歌体式转型的影响是最明显的。首先是口语入诗。胡适《文学改良刍议》中的"不避俗字俗语"和"有什么话，说什么话；话怎么说，就怎么说"的主张都和口语有

---

① 王泽龙：《"新诗散文化"的诗学内蕴与意义》，《中国社会科学》2007 年第 5 期。
② 胡适：《〈尝试集〉自序》，《胡适文集》（第 9 卷），北京大学出版社 2013 年版，第 78 页。

第四章 文学语言变革与诗歌文体的现代转型

关。口语除了鲜活生动、复活了诗歌和现代生活经验的联系之外,不拘于格律的自然表达有利于冲破旧诗形式而实现诗体的解放。我们不妨看看胡适《尝试集》中的两首诗:

"努力!努力!
努力望上跑!"

我头也不回,
汗也不揩,
拼命的爬上山去。

"半山了!努力!
努力望上跑!"
上面已没有路,
我手攀着石上的青藤,
脚尖抵住岩石缝里的小树,
一步一步的爬上山去。

"小心点!努力!
努力望上跑!"
……

——《上山》

你莫忘记:
是谁砍掉了你的手指,
是谁把你的老子打成了这个样子!
是谁烧了这一村,
嗳哟!……火就要烧到这里了,——
你跑罢!莫要同我一起死!……
回来!……

——《你莫忘记》

这两首诗我们不能说是好诗，事实上，口语写诗很容易导致只有口语没有诗，但对诗歌来说这是革命性的，口语质朴自然，不拘音律、长短，我们似乎能从诗中听到人物的声口，口语写诗打破了旧诗的形式桎梏，是诗歌转型的重要语言要素。当然需要说明的是，利用口语词汇也可以写成押韵的诗体，如"大跃进"时期的新民歌，这种形式为了达到某种宣传的目的或大众化的效果，使诗歌既通俗又便于记诵，是用口语去套用某种模式化的诗体，和五四时期用口语写诗挣脱古诗形式是两个问题。

代词和虚词的使用对诗体转型的影响也颇为明显。叶公超曾经这样描述中国古典诗歌的语言特征，他说："在旧诗里（此当指近体诗），平仄与每句的字数和句法既有规定，而且每句在五个或七个字之内又要完成一种有意义的组织，所以是诗人用字非十二分地节俭不可，结果是不但虚字和许多处的前置词，主词，代名词，连接词都省去了，就是属于最重要传达条件的字句的传统位置（传统乃指某种语言自身之传统）也往往要受调动。"① 古典诗歌中往往会省略包括连词在内的虚词、代词等，语言组织灵活多变，这是为了符合旧诗严格的格律要求而产生的现象。代词和虚词是词汇现象，同时也涉及语法。现代白话语法较为精密，表达中要求清晰明确，代词、虚词不能随意省略，而这些词的使用会改变诗歌原有的句法和诗体形式。以下面这首诗为例：

> 十几年前，
> 一个人对我笑了一笑。
> 我当时不懂得什么，
> 只觉得他笑得很好。
>
> 那个人后来不知怎样了，
> 只是他那一笑还在：

---

① 叶公超：《论新诗》，《文学杂志》1937 年第 1 卷第 1 期。

第四章 文学语言变革与诗歌文体的现代转型

我不但忘不了他，
还觉得他越久越可爱。

——胡适《一笑》

这首诗的诗句中有代词（"我""他""那""什么""怎样"），有连词（"不但""只是"）、助词（"了"）、副词（"只""很""越……越"）、介词（"对"）等虚词，没有这些成分很难清晰完整地表达思想情感。胡适曾说："若想有一种新内容和新精神，不能不先打破那些束缚精神的枷锁镣铐……五七言八句的律诗决不能有内容丰富的材料，二十八字的绝句决不能写精密的观察，长短一定的七言五言决不能委婉传达出高深的理想与复杂的感情。"[①] 现代人精密复杂的情思需要借助古代诗歌中省略的成分完成表达，这就会破坏五言七言的诗体。现代白话以双音节词汇为主，在这种精密的语法连接下，原有的诗体形式被破坏，从而呈现出散文化的特点。

"白话的文法"除了以上所说的虚词文体外，还体现在"欧化"上。近代以来，西方的坚船利炮使保守落后的中国人不得不睁眼看世界，文学作品中也涌现了不少新事物，西潮东渐之势势不可挡。具体到诗歌语言中已经出现词汇层面的"欧化"，多少给人带来耳目一新之感，如"纲伦惨以喀私德，法会盛于巴力门"（谭嗣同：《金陵听说法》）；"昨日碧翁新下诏，两边许设德律风"（楚北迷新子：《新游仙》）之类的诗句，其中的"巴力门"（parliament 议会）、"德律风"（telephone 电话）都是欧化的词汇。还有被称为"诗界革新导师"的黄遵宪，曾作为旧金山总领事、驻英参赞、新加坡总领事等遍访日英美各国，其诗歌反映其出国经历及各国政治、风俗、历史等内容，如"星星世界遍诸天，不计三千与大千。倘亦乘槎中有客，回头望我地球圆。"（《海行杂感》）再如《今别离》一诗中对火车、轮船、电报、照相等新事物的描写，把古诗中不曾有的世界反映出来，被梁启超称为"独辟新界"。但仔细查看不难发现，这些"新学之诗"从整

---

① 胡适：《谈新诗》，《中国新文学大系·建设理论集》，上海良友图书印刷公司1935年版，第295页。

体上看仍然没有超出传统诗歌的"旧风格"。钱锺书就指出:"大胆为文处,亦无以过其乡宋芷湾,差能说西洋制度名物,掎摭声光电化诸学,以为点缀,而于西人风雅之妙、性理之微,实少解会。故其诗有新事物,而无新理致。"① 可见,黄遵宪及当时其他诗人们在诗歌中指称"新事物"的名词并没有为传统诗歌带来彻底的改观,仅仅是增加了一些新的点缀,而"新理致"的体现须待更彻底的"欧化"。

五四时期倡导语言欧化,先驱者们已经越过了词汇层面,开始从表达的效果和思维方式的深度看待文学语言的"欧化"问题。傅斯年说:"思想依靠语言,犹之乎语言依靠思想,要运用精密深邃的思想,不得不先运用精密深邃的语言。"在他看来,学习西洋的"达词法""可以练习思想力和想象力的确切"②。这里从思想(思维)的高度去认识语言的欧化,认识明显深化了。鲁迅曾说:"欧化文法的侵入中国白话中的大原因,并非因为好奇,乃是为了必要。""固有的白话不够用,便只得操些外国的句法,比较的难懂,不象茶淘饭似的可以一口吞下去是真的,但补这缺点的是精密。"③ 在翻译的"信"和"顺"的论争中指出:"不但输入新的内容,也输入新的表现法。中国的文和话,法子实在太不精密了……这语法的不精密,就在证明思路的不精密,换一句话,就是脑筋有一些糊涂。倘若永远用着胡涂话,即使读的时候,滔滔而下,但归根结蒂,所得的还是一个糊涂的影子。要医这病,我以为只好陆续吃一点苦,装进异样的句法去,……后来便可以据为己有。"④ 周作人20世纪20年代在语体文欧化的讨论中,并没有太复杂的理论和论述,只是简单地说:"我以为只要以实际上必要与否为断,一切理论都是空话。"并说这个讨论"只是各表意见,

---

① 钱锺书:《谈艺录·补订本》,中华书局1984年版,第23—24页。
② 傅斯年:《怎样做白话文》,《新潮》第1卷第2号,1919年2月。
③ 鲁迅:《花边文学·玩笑只当它玩笑》,《鲁迅全集》(第5卷),人民文学出版社1981年版,第520页。
④ 鲁迅:《二心集·关于翻译的通信》,《鲁迅全集》(第4卷),人民文学出版社1981年版,第382页。

第四章 文学语言变革与诗歌文体的现代转型

不能多数取决"①。这一说法看似低调，实际上具有很强的实践性。文学语言的"欧化"带来了句子结构中定语、状语的加长，彻底拆解了"诗界革命"中仍然保留的古诗的整齐句式，实现了新诗的自由化。如周作人《过去的生命》：

> 这过去的我的三个月的生命，那里去了？
> 没有了，永远的走过去了！
> 我亲自听见他沉沉的缓缓的，一步一步的，
> 在我床头走过去了。
> 我坐起来，拿了一枝笔，在纸上乱点，
> 想将他按在纸上，留下一些痕迹，——
> 但是一行也不能写，
> 我仍是睡在床上，
> 亲自听见他沉沉的缓缓的，一步一步的，
> 在我床头走过去了。

名词性中心语"生命"分别由指示代词"这"、表示时间的"过去的"、表示从属的"我的"、表示时长的"三个月的"四个定语来修饰；动词性中心语"走过去了"由表示状态的"沉沉的""缓缓的""一步一步的"和表示处所的"在我床头"四个定语来修饰，可谓层叠繁复。不难看出，有了"欧化"的语言，"丰富的材料，精密的观察，高深的理想，复杂的感情，方才能跑到诗里去"②。而这里的"欧化"正是在语法层面体现出来的，朱自清在《〈中国新文学大系·诗集〉导言》中就说："只有鲁迅氏兄弟全然摆脱了旧镣铐，周启明氏简直不大用韵。他们另走上欧化一路。走欧化一路的后来越过越多。——这说的欧化，是在文法上。"③ 只有在"文法"层面上的

---

① 周作人：《小说月报·通信》1921年第12卷第9号。
② 胡适：《谈新诗》，胡适编选：《中国新文学大系·建设理论集》，上海良友图书印刷公司1935年版，第295页。
③ 朱自清：《〈中国新文学大系·诗集〉导言》，朱自清编选：《中国新文学大系·诗集》，上海良友图书印刷公司1935年版，第3页。

"欧化",才可能将西方精密的思维"据为己有"(鲁迅语),才实现了前述钱锺书所说的西人的"风雅之妙、性理之微",为诗歌增添"新理致"。在新诗发展初期,"欧化"文学语言对挣脱"旧风格"的锁链,清除"缠腿时代的血腥气"起到了立竿见影的效果,其在文法层面的"欧化"为新诗带来了新的文体特征。

"白话的自然音节"对诗歌从古典诗体向现代自由诗体的转型同样重要。前文已述,白话写诗并非一定是散文化的自由体诗,胡适早期的新诗尝试中曾有这样的诗:"两个黄蝴蝶,/双双飞上天。/不知为什么,/一个忽飞还。/剩下那一个,/孤单又可怜。/也无心上天,/天上太孤单。"(《蝴蝶》)他自己后来说类似的这些诗"实在不过是一些刷洗过的旧诗!这些诗的大缺点就是仍旧用五言七言的句法。句法太整齐了,就不合语言的自然,不能不有截长补短的毛病,不能不时时牺牲白话的字和白话的文法,来迁就五七言的句法。音节一层,也受很大的影响:第一,整齐划一的音节没有变化,实在无味;第二,没有自然的音节,不能跟着诗料随时变化"[①]。用白话写诗,如果不能用白话的音节,那么写出来的诗既没有古典诗歌的韵味,又没有白话的鲜活,难怪他的朋友钱玄同嫌"太文",而美洲的朋友嫌"太俗"。按胡适的说法,"白话的自然音节"就是要符合"语言的自然",或者说,如果能够真正做到符合"语言的自然",就可以摆脱五七言的形式束缚。周作人1919年创作的《小河》被认为是"新诗第一首杰作",这里节选其中的一部分来讨论:

> 堰外田里的稻,听着水声,皱眉说道,——
> "我是一株稻,是一株可怜的小草,
> 我喜欢水来润泽我,
> 却怕他在我身上流过。
> 小河的水是我的好朋友,
> 他曾经稳稳的流过我面前,

[①] 胡适:《〈尝试集〉自序》,欧阳哲生编:《胡适文集》,北京大学出版社2013年版,第78页。

第四章　文学语言变革与诗歌文体的现代转型

我对他点头，他向我微笑。
我愿他能够放出了石堰，
仍然稳稳的流着，
向我们微笑，
曲曲折折的尽量向前流着，
经过的两面地方，都变成一片锦绣。
他是我的好朋友，
只怕他如今不认识我了，
他在地底里呻吟，
听去虽然微细，却又如何可怕！
这不像我朋友平日的声音，
被轻风挽着走上河滩来时，
快活的声音。
我只怕他这回出来的时候，
不认识从前的朋友了，
便在我身上大踏步过去。
我所以正在这里忧虑。"

　　这首诗完全摆脱了旧诗词的影响，不押韵，自由分行，具有明显的散文化特点，每句诗都做到了用"白话的自然音节"，实现了"诗体的大解放"，是真正的自由体诗。废名谈及这首诗时认为："周作人先生的《小河》，其为新诗第一首杰作事小，其能令人眼目一新，诗原来可以写这么些东西，却是关系白话新诗的成长甚大。青年们看了周先生所写的新诗，大家不知不觉的忘了裹脚布，立地便是天足的女孩子们想试试手段了。从此新诗有离开旧诗的可能。"① 周作人这首诗显示了"白话的自然音节"对新诗诗体解放的意义，也显示了真正自由诗体的典范意义。

　　做到了"白话的自然音节"就是一首好的白话诗了吗？和音节相

---

① 废名：《谈新诗》，王风编：《废名集》（第4卷），北京大学出版社2009年版，第1689页。

关的还有诗歌的韵律问题。白话写诗很容易导致用散文的运思方式写诗，缺乏对诗歌文体特性的思考。曹聚仁曾回忆道："有一位诗人，他就十天之中，写三百多首白话诗。其结果，大部分的白话诗，只是把白话文，分行来写，简直不是诗，却也不是散文。这也可说是新诗的流弊。"① 这里所道及的正是白话语言所导致的诗歌散文化给新诗带来的负面影响。这一点有待于新诗作者在实践中进一步摸索白话和诗歌文体之间的关系。白话诗并不是只要白话就能写出好诗，"作诗如作文"并非消除诗歌和散文的区别。新诗出现不久，就有人攻击新诗没有韵律，我们的问题是，新诗有韵律吗？和古典诗歌相比，白话新诗的韵律有何变化？胡适曾说："诗的音节全靠两个重要分子：一是语气的自然节奏，二是每句内部所用字的自然和谐。至于句末的韵脚，句中的平仄，都是不重要的事。"② 新诗不必像古典诗歌那样通过讲究韵脚和平仄这些因素造成诗歌文体独特的韵律，但是除了"语气的自然节奏"外，胡适仍然注意到了用字的"和谐"。他又说："我们研究内部的词句应该如何组织安排，方才可以发现和谐的自然音节。"③ 看来白话新诗仍然应该讲求韵律之和谐。当然，这种韵律和古典诗歌的韵律不同，是建立在白话及其"语气的自然节奏"基础上的韵律。有研究者提出"非格律韵律"，认为新诗"不再拘泥于以所谓'音步'营造规律（格律），而从各种语言要素的重复出发，形成形态各异的'非格律韵律'"④。当然，初期白话诗在探寻诗的韵律方面尚没有完全明晰和自觉，但仍然有诗人作出了自己的探索，下面以冯至的《我是一条小河》为例：

> 我是一条小河，
> 我无心由你的身边绕过

---

① 曹聚仁：《文坛五十年》，东方出版中心 1997 年版，第 146 页。
② 胡适：《谈新诗——八年来一件大事》，陈金淦编：《胡适研究资料》，北京十月文艺出版社 1989 年版，第 379 页。
③ 同上书，第 384 页。
④ 李章斌：《胡适与新诗节奏问题的再思考》，《中国现代文学研究丛刊》2017 年第 3 期。

你无心把你彩霞般的影儿
投入了我软软的柔波。

我流过一座森林,
柔波便荡荡地
把那些碧翠的叶影儿
裁剪成你的裙裳。

我流过一座花丛,
柔波便粼粼地
把那些凄艳的花影儿
编织成你的花冠。

最后,我终于
流入无情的大海
海上的风又厉,浪又狂,
吹折了花冠,击碎了裙裳!

我也随着海潮漂漾,
漂漾到无边的地方
你那彩霞般的影儿
也和幻散了的彩霞一样!

1925 年

冯至曾被鲁迅称为"中国最为杰出的抒情诗人",这首诗感伤浪漫,可以看作一首凄美的爱情诗。诗歌以"小河"和"影儿"之间的关系譬喻爱情中的男女,他们之间的关系最终以悲剧告终,整首诗构思奇特精妙。诗歌形式上较为自由,用白话的词汇和严密的白话的文法写成,几乎每一节的几行诗句如果不分行排列,也是完全符合现代汉语语法要求的散文化表达,有些完整的句子按照特殊的节奏跨行安排,完全没有旧诗的格式痕迹。但同时又有一种随着内在情绪有所变化的韵律,这种韵律因素主要包括不规则的押韵,如第一、第四、第五节,还有对偶,如"荡荡地"和"粼粼地""裁剪成你的裙裳"和"编织成你的花冠""风又厉,浪又狂""吹折了花冠,击碎了裙裳"等多处对偶,还有第二、第三节构成的复沓,第五节"我也随着海潮漂漾,/漂漾到无边的地方"中两个"漂漾"的首尾连接,以上种种都造成了诗歌鲜明的节奏感和韵律感。所以整首诗既是自由的,又是充满韵律感的。前文引述胡适提到的音节的两个问题:"第一,整齐划一的音节没有变化,实在无味;第二,没有自然的音节,不能跟着诗料随时变化。"应该说,冯至的这首诗在这两个问题上基本都能较好地规避,表现了白话诗的独特韵律。诗歌的外在形式随着情感的发生、展开、转折到最后的结尾,即"诗料"不断地变化着,流淌着优雅舒缓又凄美感伤的调子。

由以上几个方面可见,白话文学语言变革瓦解了古诗的形式,在现代白话词汇、语法、音节的基础上形成"非格律韵律"的自由体新诗,实现了"诗体的大解放"。

第二节 文学语言变革与现代集句诗的衰变

以上我们主要探讨了诗歌文体现代转型的一般情形,下面本书想要在此基础上,考察和诗体转型有关的一种文体——集句体,进一步深化对前面内容的认识。何为"集句"?陈望道在《修辞学发凡》中将之列入引用修辞格,属于"明引体"中的一类,他说:"明引法在中国文学中发现的奇现象,就是那全篇尽集古人成语而成的所谓'集句或'集锦'。集句大抵是诗,文不多见。"[1] "集句"可以看作一种修辞手法,同时也是一种独特的文体形态,有学者这样概括这种文体的风格特点:"就其信手拈来、涉笔成趣而言,则往往为调侃和雅谑;就其旁征博引、引经据典而言,则往往可以为典雅和奥博。集句兼雅俗二体于一身。"[2] 具体而言,集句是将古人的句子集合而成为一篇

---

[1] 陈望道:《修辞学发凡》,上海教育出版社1979年版,第107页。
[2] 吴承学:《中国古代文体形态研究》,北京大学出版社2013年版,第194页。

第四章 文学语言变革与诗歌文体的现代转型

新的作品,有集句诗、集句词、集句曲、集句对联等类别,这里主要讨论最有代表性的集句诗现象。"集句诗"就是集前人诗句而成的诗,有人认为其最早起源可上溯至《左传》中鲁哀公集《诗经》句悼念孔子,有人认为晋代傅咸集儒家经典的《七经诗》是最早的集句诗。宋代以后,集句诗逐渐发展繁荣,达到了成熟的境界,一直到元、明、清,集句作品和诗人都数量可观,王安石、苏东坡、文天祥、辛弃疾、黄庭坚等名家都有大量的集句诗作。有的集句诗多游戏成分,而有的作者则是严肃创作,集句诗成为不可忽视的一种诗歌类别。到了"五四"以后甚至当下,还有不少人继续创作集句诗,但都以古人的作品为集句对象,或者说,现代白话新诗很少被集句成诗。我们的问题便是,为什么古代集句诗现象那么丰富,而白话诗的集句现象消失了?当然,有人认为,古典诗歌尤其是唐诗取得了极大的成就,数量众多,流派纷呈,为宋代以后的集句诗提供了大量的诗句,而现代白话诗的发展时间较短,且成熟成功的诗作并不多,往往受人诟病,这样不利于集句。这个观点有一定的道理,而本书拟从语言变革的角度切入集句诗内在的结构特质去分析这一现象。

首先,古代集句诗创作要求在集句之后能够前后连贯,如出一体。王安石被认为是北宋集句诗成就颇高者,严羽在《沧浪诗话》中对其称赞道:"集句惟荆公最长,《胡笳十八拍》浑然天成,绝无痕迹,……"[1] 李弥逊在《舍人林公时甫集句后序》里评价宋代集句诗人林震的诗歌说:"千态万状,贯穿妥帖,不见罅隙。"[2] 集前人不同诗中的句子,而能浑然一体,贯穿妥帖,绝无痕迹,不留罅隙,这正是集句诗的要点。要做到这种整一性,除了内容情感的起承转合没有牵强外,外在形式上的统一也是非常重要的。古典诗歌在长期的发展中形成了稳固的诗体形式,尤其是近体诗严格的格律要求有助于集句后整一性的实现,统一的韵脚,工整的对偶都是统一的重要保障。沈雄曾引《柳塘词话》中所谈集句诗有"六难",其中"属对一也,

---

[1] (宋)严羽:《沧浪诗话》,《沧浪诗话校释本》,人民文学出版社1962年版,第174页。

[2] (宋)李弥逊:《筠溪集》,《文渊阁四库全书本》(第1130册),第802页。

协韵二也"①,好的集句诗都会重视用韵和对偶,清代的施端教是专门集唐诗的,他还著有《唐诗韵汇》一书,"此书采唐人近体诸诗,以上下平韵隶之,以供集句者之用"②。按照韵的门类排列唐人诗歌以便集句者参考,可见韵的重要性。先看用韵,以王安石的《金山寺》为例:

> 招提凭高冈,四面断行旅。胜地犹在险,浮梁袅相拄。大江当我前,飑淰翠绡舞。通流与厨会,甘美胜牛乳。扣栏出鼍鼋,幽姿可时睹。夜深殿突兀,太微凝帝宇。壁立两崖对,迢迢隔云雨。天多剩得月,月落闻津鼓。夜风一何喧,大舶夹双橹。颠沉在须臾,我自楫迎汝。始知象教力,但度无所苦。忆昨狼狈初,只见石与土。荣华一朝尽,土梗空俯偻。人事随转轴,苍茫竟谁主?咄嗟檀施开,绣槛盘万础。高阁切星辰,新秋照牛女。汤休起我病,转上青天去。摄身凌苍霞,同凭朱栏语。我歌尔其聆,幽愤得一吐。谁言张处士,雄笔映千古?

这首诗长达四十句,却做到了一韵到底,叶大庆说:"大庆观舒王诗集,其集句凡四十馀首,如《题金山》一韵乃四十句,信乎词意相属,如出一己。"这里"如出一己"的整体感应该在很大程度上得益于韵脚的统一。还有对偶,也会帮助这种统一感的实现。王士禛评价施端教的集句诗"属对精切"③,《四库全书总目》评价黄之隽的集句诗"对偶工整"④,清代谢章铤《赌棋山庄词话》卷十二中这样评价朱彝尊的集句专集《蕃锦集》:"《蕃锦集》偶句,无不工妙。如《浣溪沙》云:'阆苑有书多附鹤,(李商隐)春城无处不飞花。(韩翃)碧幌青灯风艳艳,(元稹)紫槽红拨夜丁丁。(许浑)树色到京三百里,(殷尧藩)柳条垂岸一千家。(刘商)暮雨自归山悄悄,(李

---

① (清)沈雄:《古今词话》(词品卷上),唐圭璋编:《词话丛编》(第1册),中华书局1986年版,第843页。
② 吴承学:《中国古代文体形态研究》,北京大学出版社2013年版,第188页。
③ (清)王士禛:《池北偶谈》(卷一五)(下册),中华书局1982年版,第365页。
④ 《四库全书总目》卷一七三《香屑集》提要,第1529页。

第四章　文学语言变革与诗歌文体的现代转型

商隐）残灯无焰影幢幢。（元稹）蜡照半笼金翡翠，（李商隐）罗裙宜著绣鸳鸯。（章孝标）'"而这种对偶的工妙正得益于朱彝尊少年时的"对子"练习："相传竹垞少时，塾师以王瓜令对，即应声曰后稷。年十七，入赘冯氏，与名士王鹿柴即席对古人名，如顾野王沈田子、蔡兴宗崔慰祖、杜审言萧思话、韩择木李栖筠、刘方平徐圆朗、刘仁本范道根之类，凡数十事，此亦何减金屈戍、玉丁东哉。"① 王直方评价王安石集句也注意到了对偶："荆公始为集句，多至数十韵，往往对偶亲切。"② 可见，在古汉语基础上形成了古诗体式，而集句诗在数量众多的古典诗歌中容易找到韵脚统一、对偶工整的句子，从而实现集句之后的同一性，相反，在现代自由体的白话诗中，这种外在形式上的同一性已被消解，在如何使之浑然一体上难度太大。

我们也可以这样理解，集句诗为什么能够受到一部分人（包括作者和读者）的喜爱，因为这种文体有一种特殊的趣味，那就是变换原有形式、重新组合所带来的新奇和才情乐趣。学者吴承学认为："语言形式对于集句诗人，就如'魔方'一样，信手扭转，变化无穷，所有的句子重新组合构成一个新的整体而具有新的意蕴。"③ 不管这个"魔方"怎么变，最终仍然是那个大小不变的正方体魔方，如果拆解了这个形式，那么集句诗的乐趣也就消失了。或者说，集句诗的前提正是有一个固定的外在形式需要恪守，这个形式相当于游戏规则，集句之难正是集句之乐，是一种带着镣铐跳舞的乐趣。而古典诗歌和现代诗歌的形式都与使用的文学语言有密切的关系，古典诗歌在古汉语单音字的基础上形成了以格律诗体为代表的形式，这就是集句的规则，不管是押韵，还是对偶，重新组合都是出于对高度规范的挑战和迎合，而现代白话从词汇、语法、音节等方面彻底消解了古诗高度稳固的文体形态，形成了自由体的形式，这就等于没有了"镣铐"，一旦没有规则，集句的意义和乐趣也就随之消失了。

其次，古代文言书面语系统一旦形成就具有极强的稳固性，这种

---

① （清）谢章铤：《赌棋山庄词话》，张璋等编纂：《历代词话》（下册），大象出版社2002年版，第1622—1623页。
② （宋）王直方：《王直方诗话》，《宋诗话辑佚本》，中华书局1980年版，第41页。
③ 吴承学：《中国古代文体形态研究》，北京大学出版社2013年版，第198页。

语言的稳固性背后同时也是文化的稳固性。反映在古诗中，某些意象虽然出现在不同时代的不同诗歌中，但它们可能拥有较为相似的内涵，因此，在集句过程中较现代诗歌中那种常常体现为个体性的、暂时性内涵的意象更容易取得整体的融洽。如王安石的《招叶致远》：

> 山桃野杏两三栽，（雍陶）
> 嫩叶商量细细开。（杜甫）
> 最是一年春好处，（韩愈）
> 明朝有意抱琴来。（李白）

"山桃野杏""嫩叶"这些自然意象和"春"的生机盎然，以及由此引发的主体的"抱琴"兴致，共同构成了一幅人与自然和谐共处的诗意画面。前两句写具体的自然景物，后面可看作情感的抒发，这是古典诗歌中常见的结构方式。桃、杏、叶、春、琴这些意象在古诗中组合起来可谓水到渠成，毫不牵强，这和它们具有相对共通的诗性文化内涵有很大关系，也给集句诗提供了较大的便利。更明显的例子是，在这种较为稳定的文化语境中，出现了某种专题化的集句诗，即对某一物象进行专题性质的描绘，如关于"梅花"的集句诗。这首先得益于中国古典诗歌中有很多吟咏梅花的篇章，其次，不同时代诗人笔下的梅花内涵相对稳定。具体而言，和其他的花卉相比，"梅花"往往被赋予特殊的品格，它不惧严寒，清香逼人，更是某种高洁人格的象征。下面录一首梅花的集句诗为例：

> 冬至阳生春又来，（杜甫）
> 园林风暖冻痕开，（罗隐）
> 化工清气谁先得？（王履道）
> 若说高标独有梅。（邵康节）

这首诗前两句交代时节，后两句分别称颂梅花之清香和高标。为了比较，我们可以列举其他一些咏梅诗加以对照：

第四章 文学语言变革与诗歌文体的现代转型

墙角数枝梅,凌寒独自开。
遥知不是雪,为有暗香来。

——宋·王安石《梅花》

众芳摇落独暄妍,占尽风情向小园。
疏影横斜水清浅,暗香浮动月黄昏。
霜禽欲下先偷眼,粉蝶如知合断魂。
幸有微吟可相狎,不须檀板共金尊。

——宋·林逋《山园小梅·其一》

冰雪林中着此身,不同桃李混芳尘。
忽然一夜清香发,散作乾坤万里春。

——元·王冕《白梅》

数萼初含雪,孤标画本难。
香中别有韵,清极不知寒。

——唐·崔道融《梅花》

早梅发高树,迥映楚天碧。
朔吹飘夜香,繁霜滋晓白。
欲为万里赠,杳杳山水隔。
寒英坐销落,何用慰远客。

——唐·柳宗元《早梅》

不难看出,上例集句诗中的"梅花"形象与众多咏梅诗的主题有很多相似,梅花之清香、孤标、不畏严寒的品性得到不断的书写,这种具有较为稳定内涵的意象在集句时更容易形成"若出一手"的整体感。而现代白话文学在倡导之初,就强调"说自己的话",白话文学是"活"文学,跟文言书面语系统及文学相比,表意更为多样灵活。还以"梅花"为例,现代诗歌中的内涵往往是个体化的,蕴含着诗人独特的理解,如郭沫若的《梅花树下醉歌》:

梅花!梅花!
我赞美你!我赞美你!

· 139 ·

你从你自我当中
吐露出清淡的天香,
开放出窈窕的好花。
花呀!爱呀!
宇宙的精髓呀!
生命的泉水呀!
假使春天没有花,
人生没有爱,
到底成了个什么世界?
梅花呀!梅花呀!
我赞美你!
我赞美我自己!
我赞美这自我表现的全宇宙的本体!
还有什么你?
还有什么我?
还有什么古人?
还有什么异邦的名所?
一切的偶像都在我面前毁破!
破!破!破!
我要把我的声带唱破!

　　这首现代诗虽然也是赞颂梅花,也写到梅花"清淡的天香",但并没有古典诗歌中的那种常见含义,强调的是梅花的"自我",表现的是个体解放的时代强音,梅花是花,更是自我,是宇宙本体,和郭沫若其他诗歌中的山川、海洋、天狗、宇宙、雷霆等意象一样,是泛神论的实体、自然的体现之一,是大胆的破坏和自我崇拜。再看看另一首写到"梅花"的现代诗张枣的《镜中》:

只要想起一生中后悔的事
梅花便落了下来
比如看她游泳到河的另一岸

第四章 文学语言变革与诗歌文体的现代转型

比如登上一株松木梯子

危险的事固然美丽

不如看她骑马归来

面颊温暖

羞惭。低下头，回答着皇帝

一面镜子永远等候她

让她坐到镜中常坐的地方

望着窗外，只要想起一生中后悔的事

梅花便落满了南山

这里的梅花意象虽然和镜子、皇帝等意象一样给人一种古典的遗韵，但是在上下文的组织中被赋予了现代的内涵，梅花的飘落和"想起一生中后悔的事"连接在一起，组成一个极富画面感的诗境，这首诗的内涵可能是多解的、有争议的，但肯定和郭沫若诗歌中的梅花决然不同。可见，在这种个性化较强的诗歌语言和意象内涵中，想要找到某种同一性的诗句集句难度很大。如果说古代集句诗包含了原诗和集句后的两重诗意，且二者容易取得互融，那么现代集句诗就面临着意象内涵的冲突，很有可能是不可化约的冲突。

再次，古典诗体向现代自由体诗的变化，不仅是外在形式的变化，同时也是诗歌诗意生成方式和运思方式的变化。古典诗歌以单音节的文言为基础，表意倾向于字思维，单个字或词具有丰富的诗意内涵，诗句都是一行一句，每个单句基本上形成了一个相对完整的诗意表达。叶维廉曾经这样描述古诗："是用了鸟瞰式的类似水银灯投射的方式，其结果往往是一种静态的均衡。因此，它不易将川流不息的现实里动态组织中的无尽的单位纳入视象里。"[1] 这是古诗的特点，也是古诗的局限，古诗整体上是静态平衡的，各部分之间相对独立，孙绍振就对近体诗的句法关系进行过分析，他认为古诗句子之间的关系大致可以分为三种："一是单句意思完足，两句之间时空上的连续

---

[1] ［美］叶维廉：《中国现代诗的语言问题》，《中国诗学》，人民文学出版社2006年版，第336页。

关系是隐含着的；如'春城无处不飞花，寒食东风御柳斜'（韩翃《寒食》），不但句间连续关系是隐含着的，而且连视觉主体都省略了，把尽可能大的想象的空间，留给读者。第二种是，对仗关系：如杜甫的《春日怀李白》的第三联：'渭北春天树，江东日暮云。'一个在黄河之北的树，一个在长江之南的云，空间距离之遥，感觉主体之异，在散文中是要交代清楚的，由于对称，二者结构显得很紧密，读者想象的空间很大，暗示性的约束性也很强，思绪的概括力也很广。第三种，如杜牧《山行》的最后一联：'停车坐爱枫林晚，霜叶红于二月花。'逻辑因果，主客关系，都清清楚楚地交代，叫作流水句，如果词语对仗的话，如杜甫的《闻官军收河南河北》最后一联，'即从巴峡穿巫峡，便下襄阳向洛阳'。这在近体诗中是很特殊的，名之为流水对。"① 这三种情形，不管是哪一种，单句之间基本是独立的，这样的结构有利于拆分，当然意味着便于集句。而现代白话诗歌则不同，现代白话以双音节和多音节为主，虚词在表意上起着不可省略的连接作用，语法结构较为精密，具有散文化的句思维特征，可以将川流不息的现实组织进诗歌，呈现的是动态的组织结构。这样，整首诗的诗意是由各个部分之间组合完成的，单个句子可能是停顿之处，也可能是一句跨行，而两句以上的句子可能排成一行，即使单句成行但其诗意并没有完成，一个句子可能是没有诗意的，但整篇下来，可以表达一种诗意，也就是局部可能是散文化的，而全篇则是诗意的。废名对古诗和新诗做过这样的比照，他说："如果要做新诗，一定要这个诗是诗的内容，而写这个诗的文字要用散文的文字。以往的诗文学，无论旧诗也好，词也好，乃是散文的内容，而其所用的文字是诗的文字。"② 我们不妨将废名的这段话与诗句关系和诗意生成结合起来理解，古诗的文字是诗的，但诗句相对独立，内容相对来说倒是散的，而新诗用散文化的文字，但诗句之间联系紧密，通过诗句之间的逻辑甚至背反关系形成一种诗意，所以内容是诗的。这就意味

---

① 孙绍振：《新诗百年：未完成的中西诗艺转基因工程》，《文艺争鸣》2017年第8期。
② 废名：《谈新诗》，王风编：《废名集》（第4卷），北京大学出版社2009年版，第1629页。

第四章 文学语言变革与诗歌文体的现代转型

着古典诗歌中的某句具备相对完整的诗意，通过与其他诗句恰当的组合后可以延续或者翻新，甚至超过原诗的境界，而现代诗歌诗句之间的联系更为紧密，单独抽出其中的一句，这句在离开整体后很难产生或者具有相对确定的诗意内涵，这样的句子和其他具有同样特点的句子进行组合，其结果很容易流于支离。下面录入一首很少见的现代诗的集句诗以便更具体地理解这一问题。有研究者发现了一首发表在长春出版的《作家》杂志1989年7月号上的新诗集句诗，《上海文学》1990年第11期再次刊登。这首诗的作者自己也意识到："旧体诗有集句一路，新诗好像还从未有过。忽发奇想，偶作实验。"具体的集句情况是这样的："《给枣枣》是根据张枣在该期杂志上发表的《灯芯绒幸福的舞蹈及其它》中的九首诗，每一首诗各集二句，重新组合而成。""集句方法是就九首诗，依次取其每首诗第一行及最后一行而成：前九行是由末一句向前推，后九行由第一首往后排。只有'枣枣'二字是我新加。"① 录之如下：

给枣枣

为什么不说得清晰一些（《此时此刻》）
太阳曾经照亮我（《早春二月》）
一百年后我又等待了一千年（《海底被囚的魔王》）
昨夜我见过一颗星星（《早晨的风暴》）
我要衔接过去一个人的梦（《楚王梦雨》）
越看越像（《苍蝇》）
抬起头驰心向外（《灯芯绒幸福的舞蹈及其它》）
用尽了五种办法（《第六种办法》）
枣枣，我有一道不解的谜（《惜别莫妮卡》）
你永远不会回来（《惜别莫妮卡》）
把上下的陈设变了又变（《第六种办法》）
我只好长长叹息（《灯芯绒幸福的舞蹈及其它》）
另一番滋味，另一种美馔（《苍蝇》）

---

① 宗廷虎、李金苓：《中国集句史》，山东文艺出版社2009年版，第347—349页。

爱上你（《楚王梦雨》）
更远一些，是昨夜的那颗星星（《早晨的风暴》）
哎，潜龙无用（《早春二月》）
那个像我的渔夫，朝我倾身走来（《海底被囚的魔王》）
神秘，而遥远（《此时此刻》）

　　这首诗的意义显然是很难阐释的。单独看，每句诗都是散文化句子或词组，意义是清晰的，但是组合在一起之后，扯断了诗句与原来上下文之间所构成的那种紧密联系，剩下的好像是一些语言的空壳在面面相觑。现代诗歌语言的内涵和古典诗歌中那种基本稳定的意义不同，很多是被临时赋予的，是个别化的，必须在具体语境中方得理解。比如这首诗中的"用尽了五种办法"出自《第六种办法》，只有"五种办法"的对照，才能凸显"第六种办法"的意义，脱离了原来语境之后没有任何依傍和呼应，当然是令人费解的。现代诗歌诗意生成方式使得拆分诗句容易导向语言碎片的集合，巴赫金说："指涉意义应该是包括文学话语在内的任何话语都具有的语用特性。"[①] 这样的碎片集句很难完成"指涉意义"的语用特性。对于读者，面对这样的集句诗也许只能像诗里所说的"我只好长长叹息"了。

　　综上可见，文学语言的变革影响了诗歌文体由古典向现代的转型，现代白话从词汇、语法、音节等方面彻底改变了古诗高度稳固的文体形态，形成了自由体的形式。在这种情况下，集句诗的消亡作为诗歌文体转型的一个现象也便容易理解了。

第三节　方言与诗歌文体的现代转型

　　方言和诗歌之间的关系由来已久。只要稍加分析，就会发现具体情况又有所区别。第一种是各地的民间歌谣，这些歌谣往往用地道的方言写成，用来表现各地的民间生活和情感，成为民俗资源的一部

[①] ［苏］巴赫金：《文本·对话与人文》，白春仁等译，河北教育出版社1998年版，第145页。

第四章 文学语言变革与诗歌文体的现代转型

分。《诗经》中的一些篇目刚开始时就是各地用方言传唱的民歌,游汝杰在对先秦时期语言地理进行拟测时曾对《诗经》中的语言做过分析,他说:"《诗》三百篇虽然是各地民间的诗歌,最初当然是用各地方言传唱的,但是后来编集时却是经过士大夫整理加工的,所用的语言是统一的雅言。"① 我们所看到的《诗经》语言是已经被雅化的具有同质化特征的,在其未被加工之前就是我们这里所说的以方言传唱的民歌。第二种就是文人诗歌对方言的有意借用。中国古代的诗歌语言是高度雅化的文学语言,想要进入这一场域的文人,必须使用前代诗人逐渐积累而形成的书面语言系统中的符号,只有这样才便于作品的接受和传播。但有时出于书写的需要,我们依然能够看到方言的因素。如杜甫的《南邻》:"秋水才深四五尺,野航恰受两三人。"杨雄《方言》云:"舟自关而西谓之船,自关而东或谓之舟,或谓之航。"这里的"航",就是"舟"的意思。这样,在看似高雅文体的诗歌中也出现了清新脱俗的方言因素,优秀的诗人总是能通过自己的创作给民族语言提供新的景观。总体上,方言作为区域性的、日常的语言除了在民歌中得以流播、在文人偶尔的垂青中被化用外,较难真正进入诗歌的正统文脉。但当文人诗歌不断沿袭模仿、呼唤变革时,方言民歌往往会成为某种创新性的因素而带来新的审美领地。在近代"诗界革命"中,黄遵宪提出了"我手写我口"的主张,推动了诗歌的口语化,与之相随的是对民歌资源的重视。他的《山歌》就是在客家"土俗"之歌基础上加工润色而成的,试录几首如下:

  自煮莲羹切藕丝,待郎归来慰郎饥。为贪别处双双箸,只怕心中忘却匙。
  买梨莫买蜂咬梨,心中有病没人知。因为分梨故亲切,谁知亲切转伤离。
  催人出门鸡乱啼,送人离别水东西。挽水西流想无法,从今不养五更鸡。

---

① 游汝杰:《著名中年语言学家自选集·游汝杰卷》,安徽教育出版社2003年版,第43页。

一家女儿做新娘，十家女儿看镜光。街头铜鼓声声打，打着中心只说郎。

　　黄遵宪的"山歌"和杜甫诗歌中的方言相比仍有不同。杜诗中往往是出于对特定的风物、习俗、地理等的描写而取用方言的，而黄遵宪的诗除了方言词汇外，还有一股民间的韵味和乡野的气息，整体上呈现出明显的口语化特征，显示了古代诗歌的通俗化和民歌化倾向。但我们发现，即便像黄遵宪那样利用方言时的诗歌革新因素更明显，也依然被框定在古典诗歌的格律形式之内，这一点又和杜甫是一样的。五四文学语言变革后，方言入诗在此基础上进行了更为彻底的、有意识的实践。五四文学语言变革倡导白话代替文言，"活"语代替"死"语，而在现代汉语尚处于建设过程中的当时，白话的成分其实是相当复杂的。除了胡适说应该多读的"模范的白话文学"如《水浒传》《西游记》《儒林外史》《红楼梦》等之外，对来自不同区域的作家来说，他们的"活"语与其各自秉持的方言因子难分难解。正如研究者所说的："活的语言与方言有不少曲径通幽之处，因此，不难发现现代白话新诗因语言整体结构上的白话化、口语化倾向，而与大地上千百年来的原生态方言保持着难以背离的血缘性。"[①] 白话代替文言的语言大变革，已经为方言与诗歌的接触打开了大门，需要说明的是，从主观上来说，方言入诗对有的作家来说是早年生活环境所导致的自然而然的表现，如胡适早期的打油诗、郭沫若诗歌中的乐山方言，[②] 而对有的作家和群体来说则是有意的试验。前者体现了地域文化对作家的潜在影响，属于"无意为之"，而后者则是文学领域有意的实践，为探讨方言入诗及其背后关涉的文学观念、文学评价及其得失，本节更加着重于对后者的考察。

　　语言变革不仅是新文学革命的重要内容，而且对新文学的构建起着重要的制约和影响作用。方言作为白话文学语言的重要资源之一，

[①] 颜同林：《困惑与诱惑：方言入诗的两难选择》，《湖南文理学院学报》（社会科学版）2008年第1期。

[②] 参见颜同林《方言入诗与中国新诗的发生》，《文学评论》2009年第1期。

探讨其对新诗的文体转型所发生的作用是本节着重关注的问题。

一 方言入诗与诗剧

五四文学革命提倡白话代替文言成为正宗的文学语言，白话写诗打破了旧有诗词曲的格律平仄范式，虽然一度带来了俞平伯所说的失范状态，但是胡适所提出的"不拘格律，不拘平仄，不拘长短"的"诗体大解放"毕竟激活了诗歌文体的创生，白话写诗必将昭示着一个全新的情感表达方式的不断生成和凝定。

当代学者就注意到了口语入诗和诗剧之间的关系："口语成了诗歌与戏剧进行嫁接的最佳切入口，也就成了诗剧的最重要特征。"① 这里所说的"诗剧"不是我们通常所说的那种对白为诗句的戏剧，那种用诗体写成的剧本，而是诗歌中某种戏剧化场景的设置，仍然是诗歌而不是戏剧。诗剧主要突出和侧重的是诗歌的戏剧化倾向，简单地说，就是设置一定的戏剧性场景，运用人物自己的语言来表现人物。众所周知，中国古代诗歌以抒情为主导，叙事诗因种种原因而不够发达，戏剧性的场景因素在诗歌中较少体现，白话写诗无疑会催生这种戏剧化的诗歌体式。事实上，早在20世纪30年代叶公超就提出"新诗应当多在诗剧方面努力"，并且认识到诗剧与语言之间的关系："旧诗的情调那样单纯，当然有许多历史的原因，但是它之不接近语言无疑的也是一个很重要的限制。"② 而新诗使用的是建立在自然语言节奏上的白话，可以通过"诗剧"打破这一格局，"诗剧……应当以能入语调为原则。惟有在诗剧里我们才可以逐步探索活人说话的节奏，也惟有在诗剧里语言意态的转变最显明，最复杂"③。诗剧可以最大限度地保持对日常语言的接近。

而在五四时期统一的民族共同语尚未形成，用白话口语写诗带来的一种结果就是，当戏剧性情境中的表现对象为某种特定地域中的特定群体时，其各自的方言因素必然被凸显出来。因此，当方言在五四

---

① 吕周聚：《杂糅复合，别创诗体——中国现代诗歌文体衍生模式初探》，《首都师范大学学报》（社会科学版）2010年第6期。
② 叶公超：《论新诗》，《文学杂志》1937年第1期。
③ 同上。

时期随着诗歌语言总体的"口语化"而潜入诗歌时，诗歌的戏剧化探索也被彰显出来，这种独特的语言因素使得新诗呈现出不同于古典诗歌的特征，在这一点上新诗与古代叙事诗完全拉开了距离。我们可以通过具体的诗歌作品的对比来进一步认识方言给新诗带来的文体新质。

唐代诗人杜甫的《石壕吏》是现实主义创作的名篇，其中就有戏剧性的场景，诗人目睹了"有吏夜捉人"的情景，倾听了可怜的老妪凄苦的"致词"（"听妇前致词"）：

三男邺城戍。一男附书至，二男新战死。存者且偷生，死者长已矣！室中更无人，惟有乳下孙。有孙母未去，出入无完裙。老妪力虽衰，请从吏夜归。急应河阳役，犹得备晨炊。

这里老妇的语言显然不像小说中的人物语言那样可以用直接引语的方式呈现，而是诗人出于古典诗歌写作的规范经过了特殊的加工，因此即使是戏剧性场景，诗歌的"情调"仍然较为单纯，叶公超所说的那种"诗剧是保持这种接近语言的方式之一"的情况在古典诗歌中不可能实现，经过诗人加工的语言所呈现的是诗人对民生疾苦的了解，对下层民众的同情。而文学语言变革之后的方言入诗则不同，方言参与到新诗的戏剧性场景中时，表现的就不是诗人，而是诗歌中的人物在特定情境中所表现的自身。如徐志摩的《一条金色的光痕》也是一位老太太的语言，但是与《石壕吏》完全有别，试录如下：

太太，为点事体要来求求太太呀！
太太，我拉埭上，东横头，有个老阿太，

这是一位乡下老太太进城求城里有钱的太太施舍，以安顿已死却没钱下葬的邻居老太的情境。在得到了帮助之后，她又说：

喔唷，太太认真好来，真体恤我拉穷人……
格套衣裳正好……喔唷，害太太还要

第四章 文学语言变革与诗歌文体的现代转型

难为洋钿……喔唷，喔唷……我只得
朝太太磕一个响头，代故世欧谢谢！
喔唷，那末真真多谢，真欧，太太……

这里的语言完全是老太太在那个场景中自己的语言，非常微妙地传达了一个老太太的善良和求人帮忙时的世故，这正是引入方言——人物自己的语言后所表现的复杂的"语言意态的转变"和丰富的"情调"。

由上可见，方言作为白话文学语言建设的资源之一，用方言写诗或者方言入诗影响着诗歌文学体裁的建构。托马舍夫斯基说："体裁的本质在于，每种体裁的程序都有该体裁特有的程序聚合。"[①] 不妨认为，"特有的程序聚合"就是"体裁"的本质内涵。不同的文学语言经过某类文学体裁即某种"特有的程序聚合"时，会形成不同的建构形态。具体而言，文言和方言作为不同的文学语言，在经过诗歌体裁的程序聚合后，会呈现出不同的诗歌形态。正如语言学家萨丕尔所说："每一种语言都有它鲜明的特点，所以一种文学的内在的形式限制——和可能性——从来不会和另一种文学完全一样。用一种语言的形式和质料形成的文学，总带着它的模子的色彩和线条。"[②] 用方言写诗可以将某种特定的场景和其中的人物一并呈现，场景为人物表现自己提供了开放的情境，用人物自身的"语调"可以充分地展示"意态"的复杂性。用人物的活的方言写诗使得新诗呈现了异于同样情境中的古典诗歌，也因此突破了古诗"单纯"的情调，在这样的戏剧性场景中诗歌的内涵无疑得到了拓展，而方言入诗直接支持和催生了诗剧文体，丰富了新诗的文体建设。

二 方言入诗与民歌体诗歌的尝试

方言不仅是特定诗歌情境中人物的语言，而且成为五四时期许多作家争相效仿和借鉴的诗语。方言入诗自然是白话代替文言的语言变

---

① [苏] 鲍·托马舍夫斯基：《主题》，胡经之、张首映：《西方二十世纪文论选》，中国社会科学出版社1989年版，第113页。

② [美] 爱德华·萨丕尔：《语言论》，陆卓元译，商务印书馆1985年版，第199页。

革背景支持的结果，但是与方言和小说、散文其他诸种体裁相比，方言和诗歌的结合有一种现成的文体资源——"民歌"备受关注。

五四时期《歌谣》杂志的同人已经意识到民间歌谣对新文学建设的作用，刘半农则明确提出"破坏旧韵重造新韵、增多诗体"①的主张，他后来回忆自己作为新诗筚路蓝缕的探索者在文体方面作出了诸多尝试，其中就有"方言拟民歌"②。由此可见，在五四新文学建设过程中出于反抗传统文学之需而非常倚重民间资源时，更要注意的是方言歌谣同时还满足了诗歌草创期文体建设的需要，使得用方言写诗的尝试成为引人关注的领域。如刘半农《瓦釜集·第十九歌》中：

> 河边浪阿姐你洗格啥衣裳？
> 你一泊一泊泊出清波万丈长。
> 我隔仔绿沉沉格杨柳听你一记一记捣，
> 一记一记一齐捣勒笃我心浪！

这种方言民谣的尝试受到沈从文的激赏，他认为刘半农的山歌"比他的其余诗歌美丽多了"③。1925年，沈从文自己也写作发表了一些完全用家乡凤凰方言"镇筸土话"写作的诗歌，其中一首《乡间的夏》写道：

> （倘若是）一个生得乖生乖生了的
> 代帕，阿玡过道，（代帕为苗姑娘，阿玡为苗妇人）
> 你也我也就油皮滑脸的起来拌毛。（拌毛即开玩笑）
> 轻轻地唱个山歌给她听，
> （歌儿不轻也不行！）
> ——太姐走路笑笑底，

---

① 刘半农：《我之文学改良观》，《新青年》1917年第3卷第3号。
② 刘半农：《〈扬鞭集〉自序》，鲍晶编：《刘半农研究资料》，天津人民出版社1985年版，第214页。
③ 沈从文：《论刘半农的〈扬鞭集〉》，鲍晶编：《刘半农研究资料》，天津人民出版社1985年版，第287页。

第四章 文学语言变革与诗歌文体的现代转型

一对奶子俏俏底；
我想用手摸一摸，
心里总是跳跳底。——
只看到那个代帕脸红怕丑，
只看到那个代帕匆脚忙手。
……
六月不吃观音斋，
打个火把就可跑到河边去照螃蟹：
耶叻耶叻——孥孥唉！
今天螃蟹才叫多，
怎么忘记拿箩箩？

  沈从文这样解释自己的此类创作："若因袭而又因袭，文字的生命一天薄弱一天，又那能找出一点起色？因此，我想来做一种新尝试。若是这尝试还有一条小道可走，大家都来开拓一下，也许寂寞无味的文坛要热闹一点呢。"① 这种方言民歌是带着新文学建设期胡适般的"尝试"精神进行的，方言有益于破除因袭，给诗歌注入新鲜的血液，但是弊端也同时显露。苏雪林后来针对刘半农的创作曾说："民歌虽具有原始的浑朴自然之美，但粗俗幼稚，简单浅陋，达不出细腻曲折的思想，表不出高尚优美的感情，不能叫做文学。"② 事实上，早在五四时期，周作人已经指出了民歌的缺陷："民间的歌谣自有其特殊的价值，但这缺点也仍是显著……'久被蔑视的俗语，未经文艺上的运用，便缺乏细腻的表现力，以致变成那种幼稚的文体，而且将意思也连累了。"③ 跟戏剧性场景和小说中的方言使用不同，方言民歌体写作更易显出粗疏幼稚，这是由诗歌文体的特殊性决定的。

---

① 沈从文：《话后之话》，《京报·国语周刊》1925 年第 5 期。
② 苏雪林：《〈扬鞭集〉读后感》，鲍晶编：《刘半农研究资料》，天津人民出版社 1985 年版，第 301 页。
③ 周作人：《国语改造的意见》，《东方杂志》1922 年第 19 卷第 17 号。

诗人阿垅曾说:"诗是诗人以情绪底突击由他自己直接向读者呈出的。"① 如果说小说中的语言和作者的关系是"直接"的,那么诗歌中的语言和诗人则较为"间接"。巴赫金也比较过小说和诗歌中的语言,他认为在诗歌中诗人"把整部作品的语言全作为自己的语言而对之全面地直接地负责,与这语言的每一个因素、语调、情味完全地一致……诗歌风格满足于一种语言和一个语言意识"②。由此可见,方言入诗过程中借鉴的民歌连同其词汇、韵律、诗体作为一个整体被新诗人仿效,民间的情味成为诗歌唯一的情味,而这种模仿即使再像,对新诗的未来发展也谈不上真正贡献。梁实秋也注意到歌谣和文学标准之间的距离,他说:"第一,若立在文学的立场来编辑歌谣,则需有一个文学的标准,加以选择,择其内容形式俱有可取的予以编录。歌谣是活文字组成的作品,但我们不能认一切活文字的作品都有价值。俚俗不算短处,最要紧的是内容(思想与情感)是否充实,形式(节奏与结构)是否完美。波西在刊行他的《英诗拾零》的时候,他的朋友 Shenstone 写信劝告他说:'我干脆的告诉你,假使你搜集过多毫无诗意的俗歌,那便足以破坏全部的计划。所以我劝你留神不要忙,须知在收集的量数上少一点不能算是缺憾。'这一番话值得我们考量。当然,若为了给民俗学寻材料,那要有另一种标准。"③ 新诗在借鉴民歌的时候自然应该有自觉的文学意识。

民间歌谣的借鉴和仿写热潮一方面有利于诗歌的解放和创新,另一方面可能也存在隐形的束缚,有研究者指出:"现代新诗歌谣化倾向看起来好象是一个民间文化资源的利用问题,其实它暗示着中国现代新诗运动正在逐渐背离它的初衷,引导新诗重新走向诗歌合流的倒退之路。"④ 方言入诗与现成的民歌资源应当保持怎样的张力关系更应当成为新诗创作需要思考的命题。

---

① 阿垅:《形象再论》,王锺陵编:《二十世纪中国文学史文论精华》(新诗卷),河北教育出版社 2000 年版,第 257—258 页。
② [苏] 巴赫金:《小说理论》,河北教育出版社 1998 年版,第 66 页。
③ 梁实秋:《歌谣与新诗》,《歌谣》1936 年第 2 卷第 9 期。
④ 谭桂林:《论中国现代新诗韵律的诗学探索》,《福建论坛》2006 年第 8 期。

第四章　文学语言变革与诗歌文体的现代转型

三　方言入诗的路径

如果还要利用方言来写诗歌的话，可以有哪些路径呢？在新诗发展的初期，有意识的方言入诗实践中主要有两种途径。

一种是提取方言中一些独特的表达方式。如朱湘在新月派诗人土白入诗的实践中就曾提出，"拿土白来作诗"时，"某一种土白中有些说话的方法特别有趣，有些词语极为美丽，极为精警，极为新颖，是别种土白或官话中所无的，这些文法的结构同词语便是文人极好的材料，可以拿来建造起佳妙的作品。……所以我们不想作土白诗则已，要是想作土白诗，我们也必得走这条路上去发展"。[1] 其实这种做法就是借用、淘洗一些方言、土白中特有的词语和文法，在此基础上，诗人的语言不会因拘于方言而粗俗浅显，反而会因为丰富了白话语言而更加"佳妙"。此处方言入诗的限度是借鉴方言中的一些文法和词语，方言仅仅是作为一种"材料"进入诗人的诗歌语言系统的，这和刘半农民歌那样的抒情主体完全站在民间的立场对民间旨趣的"复现"有很大不同。正如苏珊·朗格所言："方言是很有价值的文学工具，它的运用可以是精巧的，而不一定必得简单搬用它的语汇；因为，方言可以变化，并非一种固定的说话习惯，它能微妙地转化为口语，以反映妙趣横生的思维。"[2] 这种对方言的利用，保留了诗人对生活加工时的"现代"视角和立场，通过文学的方式打捞、利用方言，表达的是现代人的情感。这样的土白诗即使出现方言的词汇，也不会出现像前文苏雪林所说的"粗俗幼稚，简单浅陋"。闻一多也表示："注意我并不反对用土白做诗，我并且相信土白是我们新诗的领域里一块非常肥沃的土壤，理由等将来再仔细的讨论。我们现在要注意的只是土白可以'做'诗；这'做'字便说明了土白须要经过一番锻炼选择的工作然后才能成诗。"[3]

---

[1]　朱湘：《评徐君志摩的诗》，《朱湘散文经典》，印刷工业出版社 2001 年版，第 133—134 页。

[2]　[美] 苏珊·朗格：《情感与形式》，刘大基等译，中国社会科学出版社 1986 年版，第 252 页。

[3]　闻一多：《诗的格律》，《晨报副刊·诗镌》1926 年第 7 号。

另一就是前文所提到的诗歌的戏剧化。既然方言成为诗歌的语言很容易使诗人与方言紧紧扭缠，导致诗歌仅呈现模仿民歌、不能表达细腻曲折的情思之后果，那么最有效的办法就是将诗人与方言进行"间离"，使得方言成为戏剧性情境中人物的语言，诗人抽离了方言的语境就使更深的意旨从情境中流露出来成为可能。刘半农《面包与盐》就是模仿北京下层两个穷人的谈话写成的，此外还有徐志摩的《一条金色的光痕》、闻一多的《天安门》《飞毛腿》都是此类作品，如《天安门》：

好家伙！今日可吓坏了我！
两条腿到这会儿还哆嗦。
瞧着，瞧着，都要追上来了，
要不，我为什么要那么跑？
先生，让我喘口气，那东西，
你没有瞧见那黑漆漆的，
没脑袋的，蹶腿的，多可怕，
还摇晃着白旗儿说着话……
这年头真没法办，你问谁？
真是人都办不了，别说鬼。
还开会啦，还不老实点儿！
你瞧，都是谁家的小孩儿，
不才十来岁儿吗？干吗的！
脑袋瓜上不是使枪扎的？
先生，听说昨日又死了人，
管包死的又是傻学生们。
这年头儿也真有那怪事，
那学生们有的喝，有的吃，——
咱二叔头年死在杨柳青，
那是饿的没法儿去当兵，——
谁拿老命白白的送阎王！
咱一辈子没撒过谎，我想

第四章　文学语言变革与诗歌文体的现代转型

刚灌上俩子儿油，一整勺，
怎么走着走着瞧不见道。
怨不得小秃子吓掉了魂，
劝人黑夜里别走天安门。
得！就算咱拉车的活倒霉，
赶明日北京满城都是鬼！

这是完全模拟一个普通北京老百姓的口吻对学生请愿被血腥镇压的叙述，语言有着明显的"京味"特点。这里"一辈子没撒过谎"的老百姓对学生的行为甚是不解，觉得他们"有的喝，有的吃"却去送死，真是太"傻"！人物语言及其情感态度显然不是诗人自己的，通过间离使得这样一个"看者"也成为"被看者"，成为反思的对象。还有朱自清20世纪20年代的一首《小舱中的现代》：

"洋糖百合稀饭，三个铜板一碗，那个吃的？"
"竹耳扒，破费你老人家一个板；只当空手要的！"
"吃面吧，那个吃饺面吧？"
"潮糕要吧？开船早哩！"
"行好的大先生，你可怜可怜我们娘儿俩啵——肚子饿了好两天罗！"
"梨子，一角钱五个，不甜不要钱！"
"到扬州住那一家？照顾我们吧；有小房间，二角八分一天！"
"看份报消消遣？"
"花生、高粱酒吧？"
"铜锁要吧？带一把家去送送人！"
"郭郭郭郭"，一叠春画儿闪过我的眼前；卖者眼里的声音，"要吧！"
"快开头了，贱卖啦，梨子，一角钱八个，那个要哩？"
……
从他们的叫嚣里，我听出杀杀的喊呼；从他们的顾盼里，我觉出索索的颤抖；

　　从他们的招徕里，我看出他们受伤似地挣扎；

　　而掠夺的贪婪，对待的残酷，隐约在他们间，也正和在沙场上兵们间一样！

　　这也是大战了哩。

　　我，参战的一员，从小舱的一切里，这样，这样，悄然认识了那窒息着似的现代了。

这首诗开头非常口语化，逼真地描摹了船舱中各类人物的语言，"洋糖百合稀饭""饺面""潮糕""梨子"等称谓语都带有浓厚的地方性，"行好的大先生，你可怜可怜我们娘儿俩啵——/肚子饿了好两天罗"中的语气词也是方言独有的，但这只是人物的语言，诗人却"从小舱的一切里，/这样，这样，/悄然认识了那窒息着似的现代了。"——这才是这首诗歌的意旨所在。诗歌用引号标示出了人物语言，将方言运用和诗人语言进行了间隔。由此不难看出，戏剧性情境的创设为诗歌表达复杂内涵提供了可能。小舱中活动着形形色色的人物，这样一个场景可以从不同的眼光和视角去解读，诗人所取的是其中之一，但绝对不是人物自身的语言所能呈现的。朱自清此诗运用方言又超越了方言，通过戏剧化情境表达了现代性的意旨。但是总体而言，五四时期的方言入诗在诗歌的戏剧性实践方面，情境中的人物与诗歌最终的主题意旨基本一致。五四作家更多的以人道主义情怀观照下层民众，通过人物自身的语言（往往是方言）反映他们贫苦悲惨的生活，戏剧性的"张力"基本没有。

而在另外一类诗如徐志摩的《盖上几张油纸》中，其题记明确说明是在故乡硖石所作，并且"有事实的背景"[①]，一个乡下妇人肯定是用方言说话，但是在徐诗中已经舍弃了对方言的直录，诗句如下：

　　虎虎的，虎虎的，风响

---

① 徐志摩：《盖上几张油纸》，韩石山编：《徐志摩全集》，天津人民出版社2005年版，第131页。

第四章　文学语言变革与诗歌文体的现代转型

在树林间；
有一个妇人，有一个妇人
独自在哽咽。

为什么伤心，妇人，
这大冷的雪天？
为什么啼哭，莫非是
失掉了钗钿？

不是的，先生，不是的，
不是为钗钿；
也是的，也是的，我不见了
我的心恋。

这里的诗歌语言将妇人告白的语言进行了某种"纯化"，因为只有这样才能与诗歌其余叙述部分节奏感很强的、伤感的、诗化的优美语言进行对接，如此一来基本上又回到了和《石壕吏》类似的情形，人物的语言经过了诗人的"转述"和诗化，方言已经消泯。

由此可见，诗歌的戏剧化作为一种尝试，在一定程度上化解了方言和诗歌之间的"间性"，但是也可以看出方言与诗歌的"亲密接触"与方言入小说相比存在着相当的限度和难度。诗歌再怎么戏剧化，毕竟不可能像小说那样毫不设防地容纳人物语言的众声喧哗，这是由诗歌体裁的独特性所决定的，方言入诗的限度和可能在曲折、艰辛的实践中彰显无疑。

尽管如此，语言变革带来的方言入诗及其与此有关的诗歌戏剧化仍然成为一个可供拓展的平台。与新月派关系密切，坦言"受到写了《死水》以后的师辈闻一多本人的熏陶"[①] 的卞之琳就进一步发展了诗歌的戏剧化，卞之琳利用诗歌的戏剧化将抽象与具体、一般和个别等对立的两极进行平衡，从而表现出现代人细密而深刻的诗思，只不过此时

---

① 卞之琳：《〈雕虫纪历〉自序》，人民文学出版社1979年版，第4页。

方言已经不是唯一突出的因素了:"始终是以口语为主,适当吸收了欧化句法和文言遣词(这是为了字少意多,为了求精炼)。"①——这是后话。

　　综上所述,方言作为白话文学语言建设的重要资源,在新诗初期的文体建构中留下了重要的线索。作为一种活语,方言写诗可以保持活的语言方式和丰富的语言意态,从而扩大了新诗的表达内涵。同时,在反对文言雕琢陈腐、激赏民间语言朴实自然的历史时期,仍有论者和诗人注意到了方言这一资源所存在的问题,这正是五四新文学在利用方言时不同于古典诗人那种类似于鲁迅所说的"运用'僻典'"的陶醉,而秉持的一份在现代意识烛照之下可贵的清醒。由于方言与诗歌体裁之间关系的特殊性,在方言入诗的实践中,事实上主要促成了诗歌的戏剧化,这对此后诗歌的发展具有重要的启发意义。研究方言与新诗的文体建构正是为了更好地认识新诗的艺术传统,为20世纪发展曲折的新诗提供些许启示。当下,流行语、网络语、口语、方言等活语是否可以入诗?在什么意义上、通过什么途径入诗,历史似乎已经为我们提供了一些答案。

　　文学语言变革带来的方言入诗和中国古典诗歌中的方言存在方式有很大不同。以上讨论的几种情形虽有不同,但都突破了古诗的形式定律,带来了现代诗歌文体的转型。此时的方言不再是以某个词汇的形式融入诗歌,而是作为一种颠覆性的语言力量进入诗歌,释放出更为本色的活力。

第四节　文体个案研究:文学语言变革与山水诗的现代异变

　　山水诗是主要描绘刻画山水景观的诗歌。这类诗歌不一定整首只写山水风景,有的也可能会有其它内容,但绘写山水的声色风貌应该是其中的重要部分。提起山水自然和诗歌的结缘,其实早在《诗经》里面已有片段式的体现,"蒹葭苍苍,白露为霜"就是对自然的描

---

① 卞之琳:《〈雕虫纪历〉自序》,人民文学出版社1979年版,第3—4页。

第四章 文学语言变革与诗歌文体的现代转型

写,只不过此时的山水只是作为抒情的陪衬,往往起到交代时序、渲染诗情的作用,尚不具有独立的地位。到了曹操的"东临碣石,以观沧海。/水何澹澹,山岛竦峙。/树木丛生,百草丰茂。/秋风萧瑟,洪波涌起。/日月之行,若出其中。/星汉灿烂,若出其里。/幸甚至哉,歌以咏志"(《观沧海》)几乎是全篇描写山水了。通常认为,更为自觉的古典山水诗始于南朝时期,至唐代达到成熟,代表的诗人有谢灵运、陶渊明、孟浩然、王维、李白、杜甫等。朱光潜曾说:"一种体裁或风格既已奠定,就成为一种风尚,一种传统,尽管时过境迁,还本着习惯势力,长久维持它的统治地位,山水诗就是如此。"① 可见,山水诗在中国古典诗歌中占据着重要地位。山水诗留给我们很多名篇名句,至今依然被传诵不绝:"余霞散成绮,澄江静如练""气蒸云梦泽,波撼岳阳城""日照香炉生紫烟,遥看瀑布挂前川""飞流直下三千尺,疑是银河落九天""春潮带雨晚来急,野渡无人舟自横""烟销日出不见人,欸乃一声山水绿"。诸如此类的很多山水诗名句带给我们无尽的美的享受,其中蕴含的民族的艺术哲学也滋养着所属文化成员的灵魂。但是到了现代诗歌中,山水诗的存在发生了很大的变异。那种可以流传的名篇佳句骤然减少,同时,作为古诗中一种重要的诗歌类型在现代诗歌中也变得面目模糊,再者,现代诗歌中的山水及其情怀和古典诗歌中的山水及其情怀迥然相异。从严格意义上说,现代诗歌中是否还存在被我们称为"山水诗"的类型这一问题值得思考。而发生如此大的异变,或许和时代变迁、社会发展有关,和人类与外在世界(包括山水)关系的变化有关(如随着影像技术的发展,人类可以轻而易举地获取更为形象逼真的山水画面,用语言捕捉山水景物的机能或许还会蜕化),和人与山水关系变化背后所蕴含的文化意识变异有关,和新诗整体上的步履维艰有关……本节拟在前人研究基础上,② 从构筑诗歌的基本质料——文学语言的角度进行进一步的思考,探讨五四文学语言的变革从哪些方面、如何影响了山水诗的现代变异。

---

① 朱光潜:《山水诗与自然美》,《朱光潜美学文集》(第3卷),上海文艺出版社1983年版,第324页。
② 参见杨志《论古今山水诗的衰变》,《中国现代文学研究丛刊》2001年第4期。

一　语言变革与山水诗追摄事物方式之变

和那种分析性、逻辑性强的语言相比，古典诗歌语言更重形象性，更擅长追摄物象，这不仅体现在汉字的造字和书写方面，而且体现在语言背后的运思方式上。古典汉语缺少时态、数量等的变换，也许不那么严密，但在表现山水景物的时候能够达到一种"直呈"的效果，即使词语之间的顺序不那么固定，在表达过程中出现了一系列超出常规语法的独特用法，但并不会影响接受和理解。比如全部由静态的名词就可以形成诗句，完成一个完整的语义单位的表达，如"枯藤 老树 昏鸦，小桥 流水 人家，古道 西风 瘦马""鸡声茅店月，人迹板桥霜"等等，这些句子都没有任何的动作和主体去施予、干预这些事物，也没有人会深究这些物象之间具体的和确切的关系，但它们却能自成一体，我们也能领会诗歌所描绘的意境。也许只有古典汉语才能提供这么鲜明的画面感。当这样的语言遇到山水这种形象感很强的描写对象时，仿佛一拍即合，将其最擅长的地方发挥到了极致，同时也在不断的书写中形成了富有特色的表达方式。有学者认为，山水诗这种将名词并置复叠的语言策略"建筑在时代的语言意识的觉醒之上，是那个时代的诗人在具体创作实践中的'理性'追求，它形成了民族特色的语言范式，形成了中国古代诗歌重意象、重蕴藉的特色和传统。难怪这样的诗歌在西方引起了一片惊奇，有人把这种诗称为意象诗，或就叫做'事物诗'"[①]。

当然对于古典山水诗来说，这种名词并置或者直呈事物的绘写并非只是语言的策略和技法，而是一种哲学和艺术精神。在中国古典文论中我们常常会看到诗画互通的论述，而中国山水诗和山水画从某种角度看的确可以相互交通。王维既是著名诗人，同时又是画家。苏轼评价他说："味摩诘之诗，诗中有画；观摩诘之画，画中有诗。"（《书摩诘蓝田烟雨图》）中国古典诗歌和风景画之间有着惊人的相似。英国学者比尼恩对比中西风景画后发现："西方风景画比起中国

---

① 王志清：《盛唐山水诗派的语言策略》，《延边大学学报》（社会科学版）2004年第2期。

第四章 文学语言变革与诗歌文体的现代转型

风景画有一个极大的优点，那就在于色彩。中国风景画是用墨画在丝绢或是纸上。许多最精妙的绘画作品都是用墨画的。人们常常用墨作画，但墨又分为浓、淡。我们找不出运用光和斑斓的色彩——这却正是西方大师爱用的——创作出来的作品。谁也不会责怪中国人缺乏色彩感；他们在绘画上的这种节制肯定是经过深思熟虑的。这是对于过分注重事物的地方色彩和表层外观所持的一种天生的厌恶态度。"①中国画不用丰富的色彩追踪真实的世界，而只用墨的浓淡对照来构建世界，这就好比诗歌中的语言并不追求准确、细致地绘写特定环境中的特定景物，但依然能够通过最简单的组合传达世界。同时，山水画中也会留下"空白"，这就好比诗歌语言中名词并列时所留下的空白，而这些空白中就充盈着诗意。在中国人的哲学精神中，"太空不是成为一堵吓人的墙来阻挡住人类的探究，而是成为自由精神的一个栖身之所，在那里，自由精神随着永恒精神之流一同流动：宇宙是一个自由自在的整体。这就是中国风景画艺术的灵感。这也是中国人所独有的运用绘画构图中空白处的秘密所在"②。这些空白不是"无"，而是一种精神的流动："大自然的生命并不被设想为与人生无关的，而被看作是创造出宇宙的整体，人的精神就流贯其中。"③ 有学者在讨论王维山水诗的绘画性时，也发现了同样的艺术精神："王维山水诗的绘画性效果尤其强烈，他的不少山水田园诗纯是景象外物的呈示，类似蒙太奇的排列组合，而画面与画面之间有着一种情韵的弥漫，一种气息的流动。""像这样不用联系词的名词并置复叠，意象与意象之间互摄，省却演绎性的陈述，形成了诗的艺术'留白'，这对诗歌来说，既是运思，又是表达。"④ 应该说，古典汉语和这种空白的艺术精神是互为表里的。

而现代汉语则与此不同，在"五四"以后的科学化思潮中，汉语

---

① [英] L. 比尼恩：《亚洲艺术中人的精神》，孙乃修译，辽宁人民出版社 1988 年版，第 53 页。
② 同上书，第 49 页。
③ 同上书，第 53 页。
④ 王志清：《盛唐山水诗派的语言策略》，《延边大学学报》（社会科学版）2004 年第 2 期。

为适应现代生活的表达需要而趋向精密化，句子里各成分之间有固定的语法顺序，即便在写诗时可以有一定的特殊修辞和文学化的用法，但是总体上仍然需要遵循语言的基本规则，不再可能像古典汉语那样"直呈事物"。现代汉语在描写山水时，想要达到原来的那种画面感，其难度可想而知。当然，现代汉语在表现山水景物时，不是完全不能达到那种如在眼前的视觉效果，只是说从现代白话允许的范围内想要如此会遇到语言方面的障碍，在一般情况下，可以通过多行描写尽量达到那种效果。如刘大白的《秋晚的江上》：

> 归巢的鸟儿，
> 尽管是倦了，
> 还驮著斜阳回去。
>
> 双翅一翻，
> 把斜阳掉在江上；
> 头白的芦苇，
> 也妆成一瞬的红颜了。

这里的鸟儿、斜阳、芦苇在一定程度上也有很强的画面感，但它们之间仍不是完全并置式的呈现，鸟儿、斜阳和芦苇只有在鸟儿驮和翻的动作中才被连接成一幅画面，动词在这里起到很大的作用，整首诗传达的画面也具有了某种动感。这是现代白话在追求画面感时所能作出的补偿和调整，那种古典汉语将完全用名词并列的句式已然不可能。如研究者所说："古代中国用语言赋予空间一种文化秩序，培育和发展了中国人对自然的感觉器官。""旧诗在漫长的发展过程中，逐渐生成了一整套描绘空间的技术，这是新生的新诗无法企及的。"[①]

[①] 杨志：《冯至与杜甫诗歌的时空体验比较》，《中国现代文学研究丛刊》2006 年第 5 期。

第四章 文学语言变革与诗歌文体的现代转型

二 语言变革与山水诗诗意生成的变异

从传达的情感来看,古典山水诗中的绘写更容易获得某种超越时空的同一性。古典汉语追求简洁,诗歌的语言因为格律、字数的限制更须简而又简,于是我们看到山水诗中的物象往往是标示事物共性的类名词,如"苍苍竹林寺,杳杳钟声晚。荷笠带斜阳,青山独归远。"(刘长卿《送灵澈上人》)再如,"空山不见人,但闻人语响。返景入深林,复照青苔上。"(王维《鹿柴》)前首诗里的"寺""青山"到底是什么地方的?是怎样的?后首诗里的"空山""人""深林"又是哪里的?是何人?什么样的树林?这些都没有也无法进行详细的交代,也正因此,景物才具有了某种普遍的意味,或者说覆盖了更广泛的经验,可以被不同时代的人、不同类型的人所欣赏和领悟。这样,古典山水诗除了音律节奏上的优势外,也因为这种共性的山水体验而更易为后世传诵。而现代汉语的严密和精确导致所描绘的景物往往是某一时刻、某一空间、某一主体的感受,景物个别性、具体性的突出使其可能和每个读者自己心目中的感受有出入,也较难产生完全性的共鸣,传诵也就更难。不仅如此,现代白话诗歌突出了景物的个别性,还会导致山水诗诗意产生机制的变化。现代白话使得山水景物的描绘更具个别性,那么随之而来的问题是,那种对景物精细的描写在其他文体如散文中同样可以实现,这样一来诗歌中的诗意如何产生?如果说古典山水诗在空白处留下了诗意,那么现代山水诗在精细的景物描摹之中诗意何来?相应地,读者如何在阅读一首被填满景物的现代山水诗时感受到诗意——一种不为散文所具有的诗意。现代白话没有古典汉语直呈事物的优势,但是在情感的表现(或张扬激切,或微妙曲折)和思想的深度上超过了古诗,而这些都借助于主体的全面介入,主观化的情感和理念掺入山水景物并主导了诗歌的内涵走向。如郭沫若在五四时期的诗歌《立在地球边上放号》:

无数的白云正在空中怒涌,
啊啊!好幅壮丽的北冰洋的情景哟!
无限的太平洋提起他全身的力量来要把地球推倒。

> 啊啊！我眼前来了的滚滚的洪涛哟！
> 啊啊！不断的毁坏，不断的创造，不断的努力哟！
> 啊啊！力哟！力哟！
> 力的绘画，力的舞蹈，力的音乐，力的诗歌，力的 Rhythm 哟！

在这里，一方面，"北冰洋"这一形象以其本身的雄浑和壮丽以及超乎寻常的体积和规模引发读者的赞叹，另一方面，更有抒情主人公将自我和北冰洋同化的强烈感受，在"啊啊""哟"等富有感染力的语调中不断咏叹，将审美对象主观化，由此产生的强烈情感产生了诗意。也许这首诗不是最完美的诗，但它所达到的对汉语极限的冲击是古典诗歌无法相比的。甚至当我们用"山水诗"这个名称来指称这首诗的时候总感觉有些扞格不入，"实"好像不能为"名"所收编。现代文学史一般都将其概括为对自然的咏唱，是一首"自然诗"，因为这里由白话表达的山水及其情怀和我们熟悉的古典山水及其情怀已经大异其趣。

前面说过，主观情感的凸显除了强烈外，还有微妙。现代白话描绘景物容易彰显个别性，这种个别性和某事某地的情感结合，就会产生很细腻的效果。如林徽因的《山中一个夏夜》：

> 山中一个夏夜，深得
> 象没有底一样；
> 黑影，松林密密的；
> 周围没有点光亮。
> 对山闪着只一盏灯——两盏
> 象夜的眼，夜的眼在看！
> 满山的风全蹑着脚
> 象是走路一样；
> 躲过了各处的枝叶
> 各处的草，不响。
> 单是流水，不断的在山谷上
> 石头的心，石头的口在唱。

第四章　文学语言变革与诗歌文体的现代转型

> 均匀的一片静，罩下
> 象张软垂的幔帐。
> 疑问不见了，四角里
> 模糊，是梦在窥探？
> 夜象在祈祷，无声的在期望
> 幽郁的虔诚在无声里布漫。

山中的一个夏夜被描绘得具体入微，松林的黑暗、满山的风、各处的草、流水、石头都有自己独特的形态，所有这些被夜笼罩的"夜象"和诗人此时的"幽郁的虔诚"融合在一起。景物的详细描摹无法产生诗意，但有了主体的情感含纳之后，景物方被某种独特处境中的情绪诗意化了，其微妙曲折、神秘难言唯有白话能够做到。

我们从句子内部的语言搭配中也能进一步体会诗意如何产生。古典汉语在景物描写时为了达到形象生动的效果，可以使用比喻、拟人、夸张、词性活用、名词并置、句式倒装等修辞和其它语言手段。而现代汉语中，语法规则更为严密，比喻、拟人、夸张等修辞手段仍然可用，但名词并置、倒装等则较难运用。这样一来，既要服从基本的语法规则，又要产生超出日常生活的诗意，就在语言搭配中形成了新的景观。如以下诗句：

> 在昆明湖畔我闲踱着，昆明湖的水色澄碧而温暖，
> 莺燕在激动地歌唱，一片新绿从大地的旧根里熊熊燃烧，
> 播种的季节——观念的突变——然而我们的爱情是太古老了，
> 一次颓废列车，沿着细碎之死的温柔，无限生之尝试的苦恼。
>
> ——穆旦：《玫瑰之歌》

这里的景物诗句和其他的抽象词汇组接在一起，在语言的变形、反常搭配中使得主观情感和理念达到最大限度的扩张，从而产生诗意。这有点类似新批评所说的"悖论"，布鲁克斯就认为："某种意

义上，悖论是最适合诗歌并且必然属于诗歌的语言。科学家的语言要求清除悖论留下的任何痕迹；很明显，只有运用悖论，诗人才能表达真理。"① 与科学语言相比，"诗性语言则恰恰相反，它具有破坏性。这些语词之间互相不断地修饰，进而违背了它们在字典中的意义"②。现代诗歌语言对"字典中的意义"的违背显然远远大于古典汉语，现代白话精确的风景描绘只能属于散文，只有让具体和抽象、让一切在日常不可能相遇的情境中互相碰撞、对立，对日常语义进行变形，才能激发诗意，而此时纯粹的风景可能又被放逐了。这是现代汉语所带来的诗意产生机制变化在语言层面的表现。

三 语言变革与山水诗内在结构之变

最后，我们可以关注一下山水诗内部的结构问题，或者也可以说是山水诗中承担不同的描绘、抒情或说理的诗句之间的关系问题。山水诗肯定要写景，但是往往不止写景，景中可以有情、有理，描绘景物的同时表达诗人的情感、体验、思想、观念和感悟。以景和情之间的关系为例，抒情本来就是诗歌的重要功能，山水诗中借景抒情或触景生情都是常见的情形。所谓"登山则情满于山，观海则意溢于海"（刘勰《文心雕龙·神思》），景和情相结合是最正常不过了。古典汉语长于给人可视感很强的效果，描绘景物追求淋漓尽致，景句往往超过其它诗句成为一首诗的核心并被传诵。景句和情句的关系在古典山水诗中主要有两种情况。第一种是先写景，后写情。如"池塘生春草，园柳变鸣禽。祁祁伤豳歌，萋萋感楚吟。"（谢灵运《登池上楼》）"晓霜枫叶丹，夕曛岚气阴。节往戚不浅，感来念已深。"（谢灵运《晚出西射堂诗》）"天际识归舟，云中辨江树。旅思倦摇摇，孤游昔已屡。"（谢朓《之宣城出新林浦向板桥》）在这些诗中，景句和情句都是分开表达的，形成"景+情（理）"的结构。第二种情况是，景物之中包含情感，做到一切景语皆情语，如清代王夫之所说：

---

① Cleanth Brooks, *The Well Wrought Urn*, New York: Harcourt Brace Jovanovich, 1975, p. 9.

② Ibid., p. 3.

第四章 文学语言变革与诗歌文体的现代转型

"景中生情,情中含景,故曰景者情之景,情者景之情也。"(《唐诗评选》卷四)陶渊明、王维的诗歌有很多便是如此,如陶渊明的"采菊东篱下,悠然见南山"(《饮酒》之五)王维的"木末芙蓉花,山中发红萼。涧户寂无人,纷纷开且落"(王维《辛夷坞》)。这里的景物与诗人或悠然闲适,或寂寥超然的情怀达到了和谐的统一。有学者认为:"发展到盛唐王孟诗派,山水诗的表现艺术日臻成熟。他们作诗,多直接从生活中获得感受,情动于中而行于外,发为吟咏,往往情景交融,意境清雅,无截分两橛之弊,有浑然一体之妙。"① 这里所说的就是唐代山水诗在之前基础上的进一步圆熟,王、孟及杜甫的山水诗在情和景之间克服了"截分两橛之弊",呈现了"浑然一体之妙"。那种直呈景物、给人景物自现的感觉,同时达到天人合一的圆融境界正是古典汉语独特的运思和表达,形成了"景+景"的结构。但也需要意识到,过度的成熟也会带来一些问题,比如学者所说的:"局限是过于追求诗情画意,美学趣味多偏于恬静优雅,久而久之,容易形成定法陈规,产生熟境、熟意、熟字、熟调、熟貌,不利于不同境地、不同感受的表现。"② 这其实是古典诗歌的通病,在山水诗中体现得更明显罢了。这和五四时期胡适在倡导白话时对滥调俗语的批评非常相似。现代白话在描摹山水景物时可以克服"面目相似"这一问题,更易表达不同境地的不同感受,更长于将景物的个别性和情感的细腻与思想的深度结合起来,形成"景、情(理)+景、情(理)+……"不断往复叠加的内部结构。我们可以举几首诗歌为例进行进一步阐明。第一首是众所周知的徐志摩的《再别康桥》:

……
那河畔的金柳,
是夕阳中的新娘;
波光里的艳影,
在我的心头荡漾。

---

① 陈贻焮:《杜甫评传》(中卷),北京大学出版社2003年版,第560页。
② 同上。

软泥上的青荇,
油油的在水底招摇;
在康河的柔波里,
我甘心做一条水草!

那榆荫下的一潭,
不是清泉,
是天上虹;
揉碎在浮藻间,
沉淀着彩虹似的梦。
……

这里所描写的康桥景物如果撇去人物和地点,仅仅是金柳、夕阳、软泥、青荇、水草、清泉等,也许不会给人留下深刻的印象,甚至有一种腻腻的感觉,但是每一节的景物总是和"我"的感受联系在一起("我的心头""我甘心""梦"),应该说,其成功之处在于将康桥景物和别离情怀紧紧结合在一起,如果没有这个情意缠绵的抒情主体,景物是不会被传诵的,是景物与特定情境下的诗人情感打动了读者,是那种离愁别绪给康桥的景色带来了清丽的诗意。

第二首是穆旦的《诗八首》(五):

夕阳西下,一阵微风吹拂着田野,
是多么久的原因在这里积累。
那移动了景物的移动我底心,
从最古老的开端流向你,安睡。

那形成了树木和屹立的岩石的,
将使我此时的渴望永存,
一切在它底过程中流露的美,
教我爱你的方法,教我变更。

第四章　文学语言变革与诗歌文体的现代转型

这里只有第一句"夕阳西下，一阵微风吹拂着田野"，似乎是在直接写景，但很快就将其和抽象的"原因"联系在一起；至于其他的"树木""岩石"这些"景物元素"都不是诗人的关照对象，它们背后那些关乎时间、永恒的东西才与"我"对爱情和生命变更的思考有关。

第三首是冯至的《十四行集》第 16 首：

> 我们站立在高高的山巅
> 化身为一望无边的远景，
> 化成面前的广漠的平原，
> 化成平原上交错的蹊径。
> 哪条路，哪道水，没有关连，
> 哪阵风，哪片云，没有呼应；
> 我们走过的城市、山川，
> 都化成了我们的生命。
> 我们的生长，我们的忧愁
> 是某某山坡的一棵松树，
> 是某某城上的一片浓雾；
> 我们随着风吹，随着水流，
> 化成平原上交错的蹊径，
> 化成蹊径上行人的生命。

诗中"我们站立在高高的山巅"并非试图提供一个欣赏景物的制高点，远景、平原、蹊径、水、风、云、山川、松树、浓雾这些并非诗人想要展示的实景。诗中要传达的是"我们"的生命与自然相通的感悟和哲思，自然已经不能作为景物独立存在，而是被主体的思考完全笼罩和支配。冯至自己曾说："我写诗，情与理融合，自然与社会融合。王维、孟浩然的诗，除个别篇章外，我不喜欢。因为他们的自然诗，只是吟味和欣赏，大都脱离实际。"[①] 现代诗人有意识地告

[①] 冯至：《冯至全集》（第 5 卷），河北教育出版社 1999 年版，第 255—256 页。

别古典诗歌中主体消融于山水自然的美学趣味,相反,自然之中有着现实和社会,自然和人在诗中相遇、撞击,诗歌里有着清晰可辨的主体面貌,景和情或理紧密地缠绕在一起不可分割。

在以上几首现代诗歌中,现代白话细腻确切的描绘使得景物不再能像古典山水诗中那样成为较为独立的存在,在景物与情、理的交汇中形成"景、情(理)+景、情(理)+……"的诗歌结构。

可以认为,古典汉语和山水诗之间形成了较为成熟的匹配的美学生成及其表达方式,而这种关系在白话语言中失落了,当然现代的山水诗在白话语言的基础上又生成了新的特质。

还可以继续探讨的是,从语言变革和山水诗的现代新变中,也许我们得到的启示远远不止山水诗本身。新诗从创生到现在已经走过了一个世纪的道路,在这个过程中充满了质疑和责难,直到现在仍然如此。与辉煌的古典诗歌相比,新诗的成绩很难被认可。不管是学者还是诗人,都注意到了这一问题,对于新诗面临的困惑和曲折一直没有停止讨论。不少学者也从语言角度切入新诗的发展问题,意识到在现代白话倡导过程中所存在的粗疏和偏颇会影响新诗建设,汉语在近百年的历程中可能存在种种营养不良的问题,现代汉语应当向古典汉语学习和汲取深厚的民族化的养分以丰富自己,这些都是对的。但我们同时也应该清醒地意识到,想让现代汉语创造出像古典诗歌那样的风格和意境的诗歌是不可能的。现代汉语不能像古典汉语那样直呈事物,提供优美静谧的文化空间,但现代汉语也有古典汉语所不能及的地方。现代诗歌中的经典还不多,还需要经过时间的进一步淘洗,但我们看到有些优秀的诗人已经在这新的语言试验场中奉献了一些令人动容的诗篇,它们应和时代、社会,浸润着鲜活的体验和厚重的思索,提供了古典诗歌所没有的美学境界。语言的变革不仅发生在文学领域,而且是民族国家追求现代化的选择。如今,我们的语言及其存在已经发生变化,我们无法回到过去,我们只能选择未来。现代诗歌的未来不是仰望古典诗歌的高峰,而是创造自己的风景。现代汉语在多大程度上能够在其不足的方面作出弥补,又在多大程度上需要开拓自己的疆界,从回顾山水诗的变化中我们也许可以得到一些启示。从历史的对比中我们应该更清楚地看到每一种语言的限度和它的潜力。

总之，从以上四节——总体的梳理（"诗体的大解放"）、特殊现象的分析（集句诗的衰变、方言入诗）、个案文体的剖析（山水诗）中，我们可以更好地认识文学语言变革对诗歌文体现代转型的作用和影响。

第五章　文学语言变革与散文文体的现代转型

中国古代散文可谓源远流长，家族庞大，文体形态丰富，与我们现代通常所说的散文概念有很大不同，长期以来存在很多争议。大致而言，古代散文可以指与骈文相对的散体文，也可以在更大范围内指与诗歌相对的文体，包括论说文、杂记文、序跋文、赠序文、书牍文、箴铭文、哀祭文、传状文、碑志文、公牍文等。现代文学中的散文则指诗歌、小说、戏剧以外的文学体裁，包括杂文、随笔、游记等，有广义和狭义两种理解。广义的散文，是指诗歌、小说、戏剧以外的所有具有文学性的文章，除以议论抒情为主的散文外，还包括通讯、报告文学、随笔、杂文、回忆录、传记等。狭义的散文是指艺术性散文，它是一种以记叙或抒情为主，取材广泛、笔法灵活、以表达真情实感为主而较少虚构的文学样式。在廓清基本的概念之后，下文将从文学语言的角度探讨散文文体现代转型的相关问题。

第一节　文学语言变革与古代散文"腔调"的祛除

现代文学中的散文体裁是一种现代意义上的界定，常指狭义的范畴。这种散文概念是在和其他文类的对照中逐渐形成并清晰起来的。1921年，周作人在其著名的《美文》中曾大力倡导这样一类散文："外国文学里有一种所谓论文，其中大约可以分为两类。一批评的，是学术性的。二记述的，是艺术性的，又称作美文。这里边又可以分出叙事与抒情，但也很多两者夹杂的。这种美文似乎在英语国民里最

第五章 文学语言变革与散文文体的现代转型

为发达,如中国所熟知的爱迭生,兰姆,欧文,霍桑诸人都做有很好的美文,近时高尔斯威西,吉欣,契斯透顿也是美文的好手。读好的论文,如读散文诗,因为他实在是诗与散文中间的桥。中国古文里的序,记与说等,也可以说是美文的一类。"① 这里的"美文"便是艺术性的一类白话散文品种,除了"美文"之外,周作人在不同时期还使用过其他名称,如"随笔""小品""小品文""新散文"等。朱自清对这类散文也有描述,他说:"那是与诗、小说、戏剧并举,而为新文学的一个独立部门的东西,或称白话散文,或称抒情文,或称小品文。"② 这里与诗、小说、戏剧并列的应该是广义的散文,其中一部分才是小品散文。郁达夫对这类散文的概括是:"只能约略的说,是 Prose 的译名,和 Essays 有些相像,系除小说、戏剧之外的一种文体,至于要想以一语来道破内容,或以一个名字来说尽特点,却是万万办不到的事情。"③ 20 世纪 40 年代,叶圣陶在答《文艺知识》编者问的时候认为:"除去小说、诗歌、戏剧之外,都是散文。"④ 以上各家使用的概念名称有别,外延界限有时也有参差出入,但大都意识到了正面定义散文的难度,因此往往将散文与其他文体放置到一起,通过排除和否定的方法来界定。这背后正体现了散文文体的突出特点——自由。有学者在概括四种文体的话语特征时分别用了"叙事的小说话语""抒情的诗歌话语""对话的戏剧话语"和"自由的散文话语"。⑤ 相对于别种文体"叙事""抒情"和"对话"的话语特征,能够概括散文的只有"自由"一词。这一特点在作家那里深有体会,梁实秋曾很明确地指出:"散文是没有一定的格式的,是最自

---

① 周作人:《美文》,《周作人自编集·谈虎集》,北京十月文艺出版社 2011 年版,第 31 页。
② 朱自清:《什么是散文》,余元桂编:《中国现代散文理论》,广西人民出版社 1984 年版,第 120 页。
③ 郁达夫:《〈中国新文学大系·散文二集〉导言》,郁达夫编选:《中国新文学大系·散文二集》,上海良友图书印刷公司 1935 年版,第 3 页。
④ 叶圣陶:《关于散文写作》,余元桂编:《中国现代散文理论》,广西人民出版社 1984 年版,第 156 页。
⑤ 王汶成:《文学话语类型学研究论纲》,《中国文学批评》2016 年第 3 期。

· 173 ·

由的。"① 柯灵也曾说："散文是一切文学样式中最自由活泼，最没有拘束的。"② 当代研究者也直言："人们可以说，散文的首要特征是无特征。用'法无定法'这句老话来形容散文是再恰切不过了。""散文含有反文类倾向。"③ 甚至有学者认为，散文理论批评的寂寞与散文文体的这种无规范特征有一定关系："散文的概念范畴长期以来一直模糊不清，难以界定。它不像小说、诗歌的定义明确，也没有一套现成的理论话语可供操作，因为文体的难以把握和缺乏必要的规范，研究者对它要么失了兴趣，要么望而却步。"④ 散文缺乏小说、诗歌那样明确的理论术语和文体规范，这种"无体"特征带来了散文体式研究中"操作难"的问题。看来，不论是作家还是学者，都注意到了散文的这一特性。

　　五四文学语言变革之后，其它文体如小说、戏剧、诗歌的形态特征都经历了明显的转变，而散文体裁的程序聚合则没有明显的古典和现代之分。但是这并不等于说，文学语言变革对散文的现代转型没有影响，而是需要重新找寻一个更为切近散文文体特性的视角。既然散文比较自由、随意、"无体"，那么与其探讨散文的体式更迭，不如研究散文的话语特征。或者说，散文外在的体式特征不好抓取，但作为一种文学表达活动，其文学话语的表述特征是存在的。具体而言，如果说散文是一种"说话"，那么白话文学语言变革是如何影响"说话"的？哪些向度可以描述由古典散文过渡到现代散文时这种"说话"行为的话语转变情形？本节认为可以先从"祛除"来描述这一转型。

　　祛除和消失的东西往往会被我们忽视，但它恰恰可以帮助我们理解事物的嬗递变化。文学语言变革祛除了古代散文中的"腔调"，在此基础上才形成了现代散文更为自由的表达。"腔调"本来是指戏曲、音乐的调子，后来也指诗词文章的声律格调。《朱子语类》云："古人作诗，只是说他心下所存事。说出来，人便将他诗来歌。其声

---

① 梁实秋：《论散文》，《新月》1928年10月10日。
② 柯灵：《散文——文学的轻骑队》，《人民日报》1961年2月28日。
③ 南帆：《文类与散文》，《文学评论》1994年第4期。
④ 陈剑晖：《中国散文理论存在的问题及其跨越》，《中国社会科学》2005年第1期。

第五章 文学语言变革与散文文体的现代转型

之清浊长短，各依他诗之语言，却将律来调和其声。今人却先安排下腔调了，然后做语言去合腔子。岂不是倒了？"[①] 汉语的音调属性为吟诗作文提供了音乐性的选择基础，过度注重汉语乐性的文章则会产生"腔调"。我们都知道古典诗歌注重平仄韵律等形式要素，事实上古典散文同样重视，这是由古典汉语的声音特性所决定的。古典汉语讲平仄，分阴阳上去四声音调，具有很强的音乐性，以此写诗作文自然不能回避声音的乐感。陆机在《文赋》中说："其会意也尚巧，其遣言也贵妍。暨声音之迭代，若五色之相宣。"语言的音调变换，好比五色的相互配合，可见陆机已经重视语言的声音之美。清代姚鼐在《论文辑要》中说："文章之精妙不出字句声色之间，舍此便无可窥寻。"[②] 两汉以来，散文和辞赋的发展逐渐骈俪化，到六朝时骈文占据了文坛的统治地位，形成了颓靡的文风，于是中唐时期有了以提倡古文、反对骈文为目的的文体改革运动。但并非古文就不讲究声音的形式要素，朱熹在《朱子语类》（卷三十一）中说："韩退之、苏明允作文，敝一生之精力皆从古人声响处学。"[③] 可见韩愈作文也重视声音要素。那么，"声响"和哪些因素有关？具体而言，文章"声响"应该呈现出一种和内容表达相契合的抑扬顿挫感，一种和谐的音调和节奏，而这可以由虚词的使用（语气词、助词等）及一些特殊的修辞和句式来达成。有学者曾对韩愈和柳宗元的代表性古文的句式做过统计，结果显示："完全不用对偶的韩愈、柳宗元各有2篇，仅占总篇数的18%，而用对偶的占82%。韩文用对偶113，占总句数的29.8%，柳文用对偶句75，占总句数的32.4%（注：计算百分比时，句间对一个对偶按两句计算）。与句法整齐密切相关的排比、顶真、反复句法使用的情况是：韩文排比24，顶真14，反复12，合计占11.7%；柳文排比13，顶真11，反复1，合计占10.1%。二人所用

---

① 黎靖德辑，王星贤点校：《朱子语类》（卷七十八），中华书局1994年版，第2005页。
② 《惜抱先生尺牍》，《丛书集成续编》（第130册），上海书店出版社1994年版，第974页。
③ 朱光潜：《散文的声音节奏》，《朱光潜美学集》（第2卷），上海文艺出版社1980年版，第301页。

对偶与这几种句式合在一起所占比例均超过了 40%。这表明韩柳散文的偶句、整句占据了相当重要的比重，而且明显是有意为之的。"① 这些对偶、排比、顶真、反复等修辞句式都可以造成某种整齐的形式感和节奏感，便于记诵，读起来朗朗上口，由此具有了音乐之美。

　　但是，过分注重外在形式就会导致腔调，五四一代作家对古文的警惕异常敏锐，他们严厉批评古典文学中的形式主义。周作人曾这样评价古文大师韩愈："平心而论，其实韩退之的诗，如《山石》，我也未尝不喜欢，其散文或有纰缪，何必吹求责备，但是不幸他成为偶像，将这样的思想文章作为后人的模范，这以后时代里盛行时文的古文，既无意思，亦缺情理，只是琅琅好念，如唱皮簧而已，追究其这个责任来，我们对于韩退之实在不能宽恕。"② 周作人对作为文学家个体的韩愈的态度可谓宽容，无论其诗还是其文，偶有纰漏也情有可原。但是当韩愈成为一代宗师，成为别人的效仿对象时后来的时文八股文其弊达到极点，轻视内容和真情实感的表达，过度注重音调节奏之上口，这是周氏所不能不加以严厉批判的。联系周作人"言志""载道"文学观的相关论述，也许古文中形成的拿腔拿调及道统面目妨害个体自由思想之表达才是最为根本的。无独有偶，张中行对文言和古文有深入的体认和研究，在谈及文言的有些表达应引为教训时提到其中一种就是："在词句方面讲究气势，如唐宋以来的有些大家的有些篇章，读起来像是音节铿锵，仔细吟味，总觉得在形式方面用墨过多，不是以内容说服人，而是以腔调吓唬人，不像读朴实自然的文章那样心平气和。"③ 这和周作人对韩愈古文腔调的警惕所见相同。古代文章中还有一种是明清时期的八股文，被周作人认为是中国文学的结晶，为什么呢？因为"从汉字的特别性质演出的一切微妙的游艺都包括在内"，其中"音乐的分子"正是我们这里所说的"腔调"。④ 张先生在谈及八股文时说："还有一种集缺点之大成的，是'八股

---

① 段曹林：《略论唐宋散文的句法修辞特点》，《长江学术》2007 年第 1 期。
② 周作人：《文学史的教训》，《立春以前》，太平书局 1945 年版，第 125 页。
③ 张中行：《文言津逮》，北京出版社 2013 年版，第 136 页。
④ 周作人：《论八股文》，《中国新文学的源流》，北京十月文艺出版社 2011 年版，第 70 页。

文'。这是几百年来考试的科目，形式有严格的规定，内容是写体会而代圣贤立言。在过去读书人的眼里，它很高贵，因为是入官场的敲门砖；又很难，因为要在层层限制之中显出技巧，以投合考官的脾胃。我们现在看，它是冶歌颂、强词夺理、骈体、古文腔调等于一炉，而内容却等于零，所以应该算最坏的文章。"① 无论是周作人还是张中行，从对他们观点的引述中我们可以看到"腔调"虽然属于文学形式的范畴，但诸位大家对其批判都是和内容的空洞紧密相连的。至此，我们可以对"腔调"做一小结，即文章的声音、节奏等形式要素应与其表现的内容相宜，如果过度注重形式而没有充实的内容则会形成形式大于内容的"腔调"病。有人曾用两股文章讽刺八股文对仗整齐、声律和谐而其实毫无内容的八股"腔调"：

天地乃宇宙之乾坤，吾心实中怀之在抱，久矣夫，千百年来已非一日矣，溯往事以追维，曷勿考记载而诵《诗》《书》之典要。

元后即帝王之天子，苍生乃百姓之黎元，庶矣哉，亿兆民中，已非一人矣。思入时而用世，曷勿瞻黼座而登廊庙之朝廷。②

这虽是游戏笔墨，但将八股文的叠床架屋、空洞啰唆却煞有介事的"腔调"以一种极致的形式模仿了出来。"天地""宇宙""乾坤"三个词实际是一个意思，"吾心""中怀""在抱"也是一个意思，"久矣夫""千百年""非一日"说的还是差不多的意思。张中行说，八股文"空洞无物，毫无内容，一旦配以八股腔调，就变得抑扬顿挫，朗朗上口，至少听起来不那么让人憎恶"③。看来"腔调"成了一种形式上的遮丑布。郭绍虞在《语文漫谈》中也曾举到这一极端性的例子，他说："我们在这里也可以拆穿骈文律诗家的伎俩，只是玩弄一些文字技巧，事实上也是造成不通的文句，所以像'天地乃宇

---

① 张中行：《文言和白话》，中华书局2012年版，第63页。
② （清）梁章钜：《制义丛话》（卷二四），上海书店2001年版，第461页。
③ 张中行：《闲话八股文》，辽宁教育出版社1998年版，第85页。

· 177 ·

宙之乾坤，吾心实中怀之在抱；元后即帝王之天子，苍生乃百姓之黎元'，这些铿锵的滥调完全失去了语言表达意义的作用。"① 一方面是没有语言表达的意义，另一方面则是"铿锵的滥调"，这就是八股文的腔调病。周作人曾经用一个形象的比喻阐明白话文和古文的区别，他说："白话文的难处，是必须有感情或思想作内容，……白话文有如口袋，装进什么东西去都可以，但不能任何东西不装。而且无论装进什么，原物的形状都可以显现得出来。古文有如一只箱子，只能装方的东西，圆东西则盛不下，而最好还是让它空着，任何东西都不装。大抵在无话可讲而又非讲不可时，古文是最有用的。"② 可以这样理解，现代白话可以除去古文外在的形式（腔调也是一种形式），接近思想内容的原形；古文则如"箱子"有自己的形式，用古文表达需要迎合其固有的形式，包括我们所说的腔调。

这种腔调病和内容空洞有关，但从语言角度考察，和文言本身的特点也有很大关系。张中行就敏锐地指出："语言表达思想感情，如果思想感情华而不实，语言自然要跟着华而不实。这样说，作品华而不实的责任不当由语言负。不过就文言说，这看法不完全对，因为文言的不少表达手法，有助长或导向华而不实的倾向和能力。例如有人嘲笑写文章虚张声势，说开头是：'且夫天地者乃两间之宇宙，尧舜者为二代之唐虞。'……这用白话写就很难，因为缺少那样的辞藻和腔调。文言自魏晋以来讲究华美和声律，它就容易走向华而不实，或至少是容易被华而不实的内容利用。"③ 文言"有助长或导向华而不实的倾向和能力"，这里抓住了"腔调病"的语言核心。我们可以再具体一些，汉语乃单音、独体，又有四种不同的声调，古汉语又多单音词，这就使成句的文字容易突出节奏和声调，容易导致对形式感的追求。就散文来讲，"腔调"和其使用的语言——文言之间存在关联。

古文中存在的"腔调"是现代散文需要时刻警惕并着力加以祛除的文章之毒。只有祛除和清理这种"腔调"，才能瓦解古文的表达系

---

① 郭绍虞：《照隅室语言文字论集》，上海古籍出版社2009年版，第210页。
② 周作人：《中国新文学的源流》，北京十月文艺出版社2011年版，第65—66页。
③ 张中行：《文言和白话》，中华书局2012年版，第61—62页。

统，同时破解与这种表达融为一体的道统，重新建立现代散文的话语表达系统。而现代白话代替文言的语言变革正是祛除腔调的最大推动力，古典散文的语言基础——文言被替代，那么由这种语言基础所构建的文体形态和规则自然被拆解。与文言不同，现代白话双音词居多，加之欧化等细密的语法要求，那种导致节奏感和音乐性的可能性被弱化，现代白话强调用接近日常语言的节奏和语调来表达，可以最大限度地祛除原有文章的腔调，祛除表达的束缚，这对散文来说影响可谓不小。散文是一种自由的话语，没有形式上先入为主的腔调，表达主体才能不为腔调所牵引，不为腔调所限制，达到一种更为自由的表达状态。谈及文学革命的意义，周作人曾说文学革命"原是对于八股文化的一个反动，世上许多褒贬都不免有点误解，假如想了解这个运动的意义而不先明了八股是什么东西，那犹如不知道清朝历史的人想懂辛亥革命的意义，完全是不可能的了"[①]。我们也可以说，要了解文学语言变革对散文文体解放的意义，就要了解古代文章中的腔调对散文表达的束缚，了解了文言及其腔调，方能更好地认识以语言变革为切口的文学革命对破除"腔调"的重要意义。

"腔调"并不是古文所独有的，白话文学语言变革不能保证现代白话文从此告别腔调，但是现代白话可以祛除在古文中已经形成的"腔调"，为现代思想情感的表达理清障碍，且白话较文言的支持形式化追求的潜力更小。由此，如果说散文就是一种自由的"说话"，那么白话代替文言的语言变革对"腔调"的革除于散文的现代转型而言，可谓意义甚大。一个话语主体不再在一种陈旧"腔调"的影子里做着艰难但注定失败的言说搏斗，而是带着全新的、个人的、自由的语调开始表达，那么一种新的散文便由此诞生了。

第二节 语言变革与散文"个性"表达的现代转型

上一节讨论了语言变革为散文"祛除"了腔调，这一节则从语言

[①] 周作人：《论八股文》，《中国新文学的源流》，北京十月文艺出版社2011年版，第70页。

变革为散文"增添"了什么入手,考察现代白话为散文的话语带来了什么变化并由此体现散文的现代转型的。散文是一种"无特征"的"自由"文体,我们依然尝试从话语表述方面去抓取其特征。巴赫金指出:"任何表述,包括口头的和书面的……都是个人的,所以能够反映说者(或笔者)的个性,即具有个人风格。但不是所有体裁都同样地有利于在表述的语言中反映说者的个性,亦即不是同样地有利于表现个人风格。艺术作品的体裁最为适宜:这里表现个人风格直接属于表述的任务,是表述主要目标之一(即使在文学的范围里,不同的体裁对通过语言表现个性,潜力也是不一样的,而且各自表现个性的不同方面)。"[①] 文艺作品比一般的言语表达更能突显个性,而不同的文学体裁表现个性的方面和潜力也有差别,应该说,散文较之其他文体更直接也更容易体现话语主体的个性。因此,散文的个性表达可以作为考察散文文体现代转型的切入点。

文学革命之后,散文的成就历来为人称道,其中"个性"的充分勃发既是本时期散文繁荣的表现,又是散文园地百花争妍的原因之一。目前,学术界对这一问题的研究,有对单个作家散文创作"个性"的研究,有对某个创作群体散文"个性"的考察,也有对现代散文"个性"理论资源进行观照的成果。但是,对现代散文"个性"问题的阐释仍然不够充分。本节将从语言变革的角度探究现代散文的个性问题,阐释语言变革在何种意义上影响了现代散文的"个性"表达,由此进一步认识散文文体的现代转型。

一 思想抑或文学:语言变革与"五四"散文的个性内涵

1935年,郁达夫在编选《中国新文学大系·散文二集》时所写的导言中说道:"现代散文的最大特征,是每一个作家的每一篇散文里所表现的个性,比从前的任何散文都来得强。"[②] 郁达夫是"五四"的过来人,如鱼得水,他自然深深地浸染并体会过那个时代意气风发

[①] [苏]巴赫金:《文本对话与人文》,白春仁等译,河北教育出版社1998年版,第144页。
[②] 郁达夫:《〈中国新文学大系·散文二集〉导言》,王永生编:《中国现代文论选》,贵州人民出版社1982年版,第558页。

的"个性"思潮。那么，在他眼里"个性"到底指称什么样的内涵呢？他说："从前的人，是为君而存在，为道而存在，为父母而存在的，现在的人才晓得为自我而存在了。"可见，"个性"指的是个体之于所从属的社会组织、思想桎梏中解放出来，具体而言，就是从古代封建社会的"三大厚柱"——"尊君、卫道与孝亲"的"硬壳"中解放出来。这里的"个性"是一种思想内涵方面的"个性"，即郁达夫所说的"散文的心"。由此可见，"五四"散文的个性内涵表现为思想层面上的个性主义。正如研究者所说："个性主义精神的确立，是中国文学走向现代化的重要标志之一。"[①]

这样一种思想层面的"个性"并不等同于文学表达层面的"个性"。换句话说，当我们要研究文学语言怎样影响、制约了表达内涵的时候，需要重视的不是内涵，而是"文学"的中介。作为思想内涵层面的"个性"是"五四"思想革命的成果，而作为一种文学表达所要求的"个性"却由来已久。任何时代的文学创作都强调"个性"的表达，这是文学保有生命力的重要质素，相反，模仿、抄袭必然为人所不齿并很快被时间所淘汰。通常认为，古代散文无非"文以载道"，从"五四"的思想立场来看，很明显这是"道"对"个性"的一种压抑。但是，从文学表达的层面来看，即使"文以载道"的散文同样追求个性。没有"个性"的散文在古代同样不是好散文。因此，即使反对骈文、力主尚古的古文运动领袖韩愈也强调"陈言务去"，这正是对"个性"表达的重视。但是，文言书面语所表达的不可能是"五四"现代意义上的"个性"思想内涵，文言及其从属的古代文化决定了这一点。韩愈坦言："愈之所以志于古者，不惟其辞之好，好其道焉耳。"（韩愈《答李秀才书》）首先有对"道"的好求，其次才有更好地表达的问题。"将蕲至于古之立言者，则无望其速成，无诱于势利，养其根而俟其实，加其膏而希其光。根之茂者其实遂，膏之沃者其光晔，仁义之人，其言蔼如也。"（韩愈《答李翊书》）韩愈的"个性"仍然是以儒家的"仁义之人"为价值标准的，

[①] 胡焕龙、王达敏：《中国现代文学个性解放与反叛传统的形成》，《文艺研究》2013年第1期。

文言表达的"个性"是为了更好地通向"道",表现"道"。

中国古代当然不乏反道之士。郁达夫就曾指出:"当然这中间也有异端者,也有叛逆儿,但是他们的言行思想,因为要遗毒社会、危害君国之故,不是全遭杀戮,就是一笔抹杀(禁灭),终不能为当时所推重,或后世所接受的。"① 这自然不错,但是本节并不侧重考察那些异端思想在整个社会的影响程度和它们遭遇的禁灭后果,而是倾向于探讨那些"异端者""叛逆儿",他们使用文言到底表达了什么?或者说,借助文言这一媒介,他们的"思想"是怎样言说的?

"五四"散文在溯源的时候,常常提及晚明小品。1926年,周作人在《陶庵梦忆序》中说:"我们读明清有些名士派的文章,觉得与现代文的情趣几乎一致,思想上固然难免有若干距离,但如明人所表示的对于礼法的反动,则又很有现代的气息了。"② 无论是李贽的"童心说",还是袁宏道的"独抒性灵",都旨在肯定作家的创作个性,强调书写的自由,反对社会对人个性的压制和虐杀。试举两例:

> 其性褊急,其色矜高,其词鄙俗,其心狂痴,其行率易,其交寡而面见亲热。其与人也,好求其过,而不悦其所长;其恶人也,既绝其人,又终身欲害其人。志在温饱,而自谓伯夷、叔齐;质本齐人,而自谓饱道饫德。……动与物迕,口与心违。其人如此,乡人皆恶之矣。昔子贡问夫子曰:"乡人皆恶之,何如?"子曰:"未可也。"若居士,其可乎哉!
>
> ——《焚书·自赞》

> 作吴令,无复人理,几不知有昏朝寒暑矣。何也?钱谷多如牛毛,人情茫如风影,过客积如蚊虫,官长尊如阎老。以故七尺之躯,疲于奔命;十围之腰,绵于弱柳。每照须眉,辄尔自谦。

---

① 郁达夫:《〈中国新文学大系·散文二集〉导言》,王永生编:《中国现代文论选》,贵州人民出版社1982年版,第557页。
② 周作人:《陶庵梦忆序》,《周作人自编集·苦雨斋序跋文》,北京十月文艺出版社2011年版,第125页。

第五章 文学语言变革与散文文体的现代转型

故园松菊，若复隔世。……若复桃花水发，鱼苗风生，请看渔郎归棹，别是一番行径矣。嗟乎！袁生岂复人间人耶？写至此，不觉神魂俱动，尊丈幸勿笑其迂也。

——《沈博士》

在前一段中，李贽用自嘲的笔调表达了自己独立不倚的高标人格和不与世俗为伍的强烈个性，种种在当局看来属于异端的言行在他自己则认定"若居士，其可乎哉！"在后段里袁宏道表达了对官场的痛恨和厌恶，向往的是富有"性灵"的"若复桃花水发，鱼苗风生，请看渔郎归棹，别是一番行径矣"的人生境界。

由此可见，用文言仍然可以表达"个性"，甚至对文人来说，作为长期书面语的文言较口语更适合表达"个性"，五四时期就有人认为，文言"组织之法，粲然万殊，既适于时代之变迁，犹便于个性之驱遣，百炼之铁，可化为绕指之柔""世间难状之物，人心难写之情，类非日用语言所能足用，胥赖此柔韧繁复之文言，以供喷薄"。[①] 这种看法在新文学倡导诸君看来当然不能认同，他们针锋相对地指出："白话最能表情达意，最能曲折入微"[②] "若据我自己的经验，总觉得'便于个性之驱遣'的还是白话"[③]。其实，站在各自的立场上这个问题是争论不清的，对于现代人来说当然是白话"便于个性之驱遣"，但这是以现代的立场去衡量古人。对于古人来说，他们的创作过程并不是先有白话然后翻译成文言的。新文学的反对者学衡派成员梅光迪曾说："彼等又谓思想之在脑也，本为白话，当落纸成文时，乃由白话而改为文言，犹翻译然……然此等经验，乃吾国数千年来文人所未尝有。"[④]

因此，孤立地讨论"到底是文言还是白话更适合表达个性"这一

[①] 瞿宣颖：《文体说》，《甲寅周刊》1925年第1卷第6号。
[②] 涤洲：《雅洁和恶滥》，郑振铎编：《中国新文学大系·文学论争集》，上海良友图书印刷公司1935年版，第212页。
[③] 荻舟：《驳瞿宣颖君〈文体说〉》，郑振铎编：《中国新文学大系·文学论争集》，上海良友图书印刷公司1935年版，第217页。
[④] 梅光迪：《评提倡新文化者》，《学衡》1921年第1期。

命题是很难成立的。白话代替文言的新文学语言变革带来的不是"可以"表达个性,而是表达了文言所无法表达的"个性"内涵。文言表达的"个性"是指与正统相对立的那些价值观念,其话语方式还是文言的。与此不同,"五四"的白话语言是一种自我的言说方式,它为个体的任何形式、内容的表达敞开了空间。通过白话及其言说方式,现代散文表达了具有现代性意义的"个性"内涵。周作人曾指出白话与思想之间的关系,他说:"因为思想上有了很大的变动,所以须用白话——假如思想还和以前相同,则可仍用古文写作,文章的形式是没有改革的必要的。——新的思想必须用新的文体以传达出来,因此便非用白话不可。"①

二 现代白话与散文中"个性"表达的新变

具体而言,现代白话表达了哪些不能由文言传达的"个性"内涵呢?第一种可以概括为对个体心理感受的倾诉。这是一种外向的宣泄,以郁达夫早期散文和创造社作家的一些作品为代表。如果说文言可以表达对于礼法的反动,那么白话则直接将个体的心理倾倒而出,这些心理过程的描写也许不符合传统道德,但对它的展示本身就是个体的张扬,是"个性"的重要表现之一。现代白话倡导"有什么说什么",白话文则概括为"话怎么说便怎么写",这就最大限度地支持了散文体裁直接抒发个体的心理。

> "啊啊,窗外的被阳光晒着的长街,在街上手轻脚健快快活活来往的行人,请你们饶恕我的罪罢,这时候我心里真恨不得丢一个炸弹,与你们同归于尽呀。"
>
> ——《还乡后记》

> "——啊啊,就是这几块钱,还是昨天从母亲那里寄出来的,我对于母亲有什么用处呢?我对于家庭有什么用处呢?我的女人,我不去娶她,总有人会娶她的;我的小孩,我不去生他,也

---

① 周作人:《中国新文学的源流》,江苏文艺出版社2007年版,第62页。

第五章　文学语言变革与散文文体的现代转型

有人会生他的,我完全是一个无用之人吓,我依旧是一个无用之人吓!——"

——《零余者》

郁达夫自己声称小说带有作家自叙传的性质,而"现代的散文,却更是带有自叙传的色彩了"①,此言不虚。这种"自叙传"在他的散文中最明显的体现就是把真实的心理、想法赤裸裸地说出来。正如他自己所言:"我若要辞绝虚伪的罪恶,我只好赤裸裸地把我的心境写出来。"②

第二种为现代性内涵,在散文中表现为现代个体对自我、生命等命题的思索,常常以内心"独语"的方式表现出来,以鲁迅和冰心早期的部分散文为代表。如果说郁达夫式的情感宣泄是一种外向型的"个性"表达,那么这种"独语"式的自我诘问则是一种内向型的表达,这种"个性"的表达指向的是以文言为书写媒介的古代散文不可能抵达的现代性内涵。正如研究者所说:"言文脱离在中国文学中长期地存在着,尤其是在散文写作中。散文的写作与接受为少数文人所占有,这种占有,实际上体现为语言表达上的文言专门化。这与小说的情形很不相同。小说为了迎合市民文化兴起的需要,话本小说等以白话作为表达工具。散文语言的被控制,被垄断,与这种文体所具有的某种体制化的属性——'文以载道'功能设置有关。"③与散文的文言专化写作相对应的是"文以载道"的文化功能的实现,文言写作的古代散文,不可能将主体自我当作思考和解剖的对象。白话代替文言的语言变革,将个体的言说自由推向前台,这种言说可以是郁达夫式的个体心理的直录式呈现,也可以是对主体自我的尽情质疑和剖析。主体自我成为文学书写的对象,这无疑改写了几千年文学的版图。

早在1919年秋,鲁迅将其创作的一组类似散文诗的短文命名为

---

① 郁达夫:《〈中国新文学大系·散文二集〉导言》,王永生编:《中国现代文论选》,贵州人民出版社1982年版,第558页。
② 郁达夫:《写完了〈莳萝集〉的最后一篇》,杨占升:《郁达夫作品经典》(第2集),中国华侨出版社1998年版,第399页。
③ 丁晓原:《"五四"散文的现代性阐释》,《中州学刊》2005年第2期。

"自言自语"。"自言自语"就是"独语",是人在排除外界纷扰后对生命的沉思。"夫人在两间,若知识混沌,思想简陋,斯无论已;倘其不安物质之生活,则自必有形上之需求。……欲离是有限相对之现世,以趋无限绝对之至上者也。"①"独语"正是趋往"无限绝对"之境的尝试。需要强调的是这种"独语"往往具有超越现实的特征,有写梦境的,如鲁迅的《影的告别》《颓败线的颤动》,冰心的《梦》;有写人死后的意识的,如鲁迅的《墓碣文》《死后》,冰心的《"无限之生"的界限》《问答词》等,与此相对应,其语言表现出抽象与具体、感性与理性、现实与幻想杂糅的象征色彩,而文学语言的变革为这种表达提供了重要的前提条件,即白话代替文言的语言变革彻底地瓦解了文言及其表意系统,拆解了语言与所属文化之间的链条,在主体对语言的重新组合中获得一种陌生感,从而更好地表达那种难以言传的生命之思。如《野草》中的《希望》这样写道:

我大概老了。我的头发已经苍白,不是很明白的事么?我的手颤抖着,不是很明白的事么?那么,我的魂灵的手一定也颤抖着,头发也一定苍白了。

我早先岂不知我的青春已经逝去了?但以为身外的青春固在:星,月光,僵坠的胡蝶,暗中的花,猫头鹰的不祥之言,杜鹃的啼血,笑的渺茫,爱的翔舞。……虽然是悲凉漂渺的青春罢,然而究竟是青春。

"我大概老了","老"而"大概",这是鲁迅独有的表达方式。文言系统如果有这样的表达,其意义也是很单纯的,只表示一个人感到并承认自己老了,而这里的"大概老了"具有很复杂的内涵。它不是一个外在的时间标识,单独成句强调的是一个感受的过程,在"老"的过程中思考青春与衰老、希望与绝望等一系列命题。"我的魂灵的手一定也颤抖着,头发也一定苍白了"又是一种奇异的表达,

---

① 鲁迅:《破恶声论》,《鲁迅全集》(第8卷),人民文学出版社1981年版,第27页。

"魂灵"可以有"手"？可以有"头发"？这是在不断地排除外在的干扰，对内心的又一次突入——或许不妨把"灵魂"的"手"和"头发"看作曾经的"希望"。下文"身外的青春"又是指什么？鲁迅从参加文学革命开始，就如他所说是"听将领"，一边是呐喊助威，一边却时刻体验着"暗夜的袭来"，然而毕竟革命起来了，"我"与很多人及"世上的青年"都曾努力地打破过铁屋子，那里有"星，月光"，有"猫头鹰的不祥之言"，有"笑的渺茫，爱的翔舞"，所有的这一切可以算作在感到"惟黑暗与虚无乃是实有"之后仍有过的希望吧？然而，就连这样"悲凉漂渺的青春"现在也已逝去，"我"又一次绝望了。《野草》是现代文学中最为扑朔迷离的文本之一，本节无意于求得终解，只想说明，这些特异的表达是以文学语言变革消解文言及其表意系统为前提的，正是在这种个性的表达方式中鲁迅得以"径直逼视自己灵魂的最深处，捕捉自我微妙的难以言传的感觉包括直觉、情绪、心理、意识（包括无意识）"[1]，真正地返回自身。

对冰心来说，这种"独语"更多的是将自己内心思考的过程呈现出来。"独语""是孤独的个体独自面对世界的心理体验"[2]，正是白话成就了这种心理体验的表达。不可否认，语言在表达这些微妙之思的时候也许有些无力，但是"既很不容易而到底还想将它们的原面目尽量地保存在文字当中，结果遂不能不用最近于语言的白话"[3]。白话可以较为真实地保存这些微妙之思的"原面目"。她的散文《"无限之生"的界限》正是"我独坐在楼廊上，凝望着窗内的屋子"时发生的"思潮"：

> "我想到这里，只觉得失望、灰心，到了极处！——这样的人生，有什么趣味？纵然抱着极大的愿力，又有什么用处？又有什么结果？到头也不过是归于虚空，不但我是虚空，万物也是虚空。"

---

[1] 钱理群等：《中国现代文学三十年》，北京大学出版社1998年版，第52页。
[2] 余凌：《论中国现代散文的"闲话"和"独语"》，《文学评论》1992年第1期。
[3] 周作人：《中国新文学的源流》，江苏文艺出版社2007年版，第61页。

……

　　这时她朗若曙星的眼光，似乎已经历历的看出我心中的瘢结。便问说："在你未生之前，世界上有你没有？在你既死之后，世界上有你没有？"我这时真不明白了，过了一会，忽然灵光一闪，觉得心下光明朗澈，欢欣鼓舞的说："有，有，无论是生前，是死后，我还是我，'生'和'死'不过都是'无限之生'的界限就是了。"

　　对"独语"散文来说，"它的最大特征是封闭性和自我指涉性"①。"我"和"她"（已死的朋友宛因）的对话毋宁看作冰心的两个自我的对话，是自我分裂的结果，"她"是另外一个"我"，有了"她"，自我观照才得以在层层的问题和疑团中不断推进。冰心自己曾说："'真'的文学，是心里有什么，笔下写什么""只听凭着此时此地的思潮，自由奔放，从脑中流到纸上，从纸上落到笔尖。……这时节，纵然所写是童话是疯言，是无理由，是不思索，然而其中已经充满了'真'"。②尽管"独语"散文以排斥日常交际语境为前提条件，不免"是疯言"，"是无理由"，而正是白话更好地服务了这种"思潮"之"真"的表达。文学史惯常塑造的冰心是一个"童真、母爱、大自然"的讴歌者，而从这些没有"社会意义"的、超现实的"疯言"中我们倾听到的则是她灼热而诚挚的生命追问。

　　需要说明的是，"五四"散文中"个性"的现代内涵生成的原因是多方面的，它是个性解放思潮在散文领域的表现。而探究文学语言变革对这种内涵表达的作用，并不是将白话语言当作个性内涵的直接原因，而是探讨白话语言怎样使这种内涵表达成为可能。正如有研究者所说："语言的蜕变虽则从本质上并不能使散文脱胎换骨，但却是散文脱胎换骨的一个必要条件。"③ 以上两种内涵正是白话及其言说方式特有而不为文言所具有的。

---

① 余凌：《论中国现代散文的"闲话"和"独语"》，《文学评论》1992年第1期。
② 冰心：《文艺丛谈》，《小说月报》1921年第12卷第4号。
③ 范培松：《中国散文批评史》，江苏教育出版社2000年版，第10页。

第五章 文学语言变革与散文文体的现代转型

综上,文学语言变革在很大程度上影响了现代散文中"个性"的表达。白话代替文言的新文学语言变革带来的不是"可以"表达个性,而是表达了文言所无法表达的"个性"内涵。文言表达的"个性"是指与正统相对立的那些价值观念,其话语方式还是文言的。与此不同,现代白话是一种自我的言说方式,它为个体的任何形式、内容的表达敞开了空间。通过白话及其言说方式,现代散文表达了具有现代性意义的"个性"内涵,从语言变革角度可以更好地认识散文文体的现代转型。

第三节 文学语言变革与散文文体的顺利转型

在中国文学的现代转型过程中,不同文体的发展状况有所差别,其中散文小品的成功很早以来就被那些亲历者所称道。胡适1922年回顾"五十年中国之文学"时说:"白话散文很进步了,长篇议论文的进步,那是显而易见的,可以不论。这几年来,散文方面最可注意的发展,乃是周作人等提倡的'小品散文'。这一类的小品,用平淡的谈话,包藏着深刻的意味,有时很像笨拙,其实却是滑稽。这一作品的成功,就可彻底打破那'美文不能用白话'的迷信了。"① 六年之后,即1928年,朱自清专文论述现代中国的小品散文,认为这几年来,各类文学体裁的发展情形均有所变化,而"最发达的,要算是小品散文"②。30年代,由于周作人的影响和林语堂的倡导,文坛兴起了一股出版晚明小品和小品散文的创作热潮,鲁迅对这种走向表示不满,于1933年发表了《小品文的危机》一文。此文批判了"小摆设"一样的小品文,而肯定了五四时期的小品文是含着"挣扎和战斗"的,是"萌芽于'文学革命'以至'思想革命'的",并指出当时"散文小品的成功,几乎在小说戏曲和诗歌之上"。③ 1934年,林

---

① 胡适:《五十年来中国之文学》,《胡适文集》(第4卷),人民文学出版社1998年版,第399页。
② 朱自清:《论现代中国的小品散文》,《文学周报》第345期。
③ 鲁迅:《小品文的危机》,《鲁迅全集》(第4卷),人民文学出版社1981年版,第576页。

语堂在《论语》之后，创办了另一个小品文刊物《人间世》，在发刊词中说道："十四年来中国现代文学惟一之成功，小品文之成功也。"① 为他所倡导的幽默小品、个人笔调张目。不管出于什么样的具体语境和言说动机，现代散文小品的确获得了良好的声誉。怎样看待这一成功便成为文学史研究需要回答的问题，不少研究者已经做出了有益的努力。应该说，散文小品的发达是各种历史合力作用的结果，包括个性解放思潮的保障、现代期刊传播方式的促生、古代散文传统的较好转化等，本节拟从文学语言的角度对这一问题作出尝试性的解释。

林语堂曾经这样评价英语散文，他说："最好的现代英语散文之所以出类拔萃，是由于它健康地融合了来自日常英语的既具体又形象的词汇和出自罗马传统的意义更确切并兼有书卷气的词汇。"并直言："如果有一位真正的文学巨匠将这两个因素融合在一起，那么他就会造就出一种具有最大的表现力，最优美的散文来。"② "日常的词汇"具体形象、舒卷自如，使散文真正成为"文学的散步"，而"书卷气的词汇"则可以增添其文学性内涵，提升其文化品位，二者的融合方可造就优美的散文。下文即从语言的"一放一收"中回顾散文小品的顺利转型。

先考察"一放"对散文的影响。五四文学革命是从文学语言的变革开始的，白话代替文言极大地拓展了各类文学体裁的表现领域，并以语言为基点，重新聚合、形成了各类体裁的现代特征。但是何以散文较其它体裁更易取得成功呢？这与散文本身的特点有关。朱自清曾这样描述散文的特点："我只觉得体制的分别，有时虽然很难确定，但从一般见地说，各体实在有着个别的特性""抒情的散文和纯文学的诗、小说、戏剧相比，便可见出这种分别。我们可以说，前者是自由些，后者是谨严些；诗的字句、音节，小说的描写、结构，戏剧的剪裁与对话，都有种种规律，必须精心结撰，方能有成。散文就不同

---

① 林语堂：《〈人间世〉发刊词》，《人间世》创刊号，1934年4月5日。
② 林语堂：《文学革命》，郝志东、沈益洪译：《中国人》，学林出版社1994年版，第239页。

了，选材与表现，比较可随便些，所谓'闲话'，在一种意义里，便是它的很好的诠释。"并在下文中认为散文不能算作"纯艺术品""纯文学""与诗、小说、戏剧，有高下之别"①。我们虽然不必完全赞同这种散文观，但是这里毕竟道出了散文与其他体裁的不同之处，即散文是一种"闲话"。用正式的术语来讲就是，文学体裁都是由语言表达形成的，在语言和最终的文体"成品"之间各类体裁有着不同的中介环节和表述规则，而散文的"中介环节"较其他体裁更为直接和便捷。散文是"闲话"，是"不免有话要说，便只好随便一点说着""当时觉着要怎样写，便怎样写了"。②与此异曲同工，1925年周作人这样谈及《语丝》的创办宗旨，他说："目的只在让我们可以随便说话，我们的意见不同，文章也各自不同，所同者只是要不管三七二十一地乱说。"③散文正是这样一种"随便说话"的文体。"五四"语言变革为各类文体带来了解放和重塑的可能，当诗歌、小说、戏剧个个摩拳擦掌，艰难的寻求、摸索自己的文体规律时，散文已在"乱说"中找到了文体感觉，正所谓绣口一吐，便显尽"五四"风流。郁达夫说："以这一种觉醒的思想为中心，更以打破了桎梏之后的文字为体用，现代的散文，就滋长起来了。"④祛除了文字的束缚，散文的滋长就非常自然了。

再细言之，散文不仅属"闲话"，而且注重个性，语言变革则最大限度地保障了"个性"的表达（需要说明的一点是，这里的"个性"是从创作主体与作品的关系而言的，与前文所谓封建思想对立面的"个性"不同）。不可否认，从广义上说，任何文体都体现了作家的个性，如郁达夫所说："即使所写的是社会及他人的事情，只教是通过作者的一番翻译介绍说明或写出之后，作者的个性当然要渗入到

---

① 朱自清：《论现代中国的小品散文》，《文学周报》第345期。
② 同上。
③ 周作人：《答孙伏园论"语丝的文体"》，《语丝》1925年第54期。
④ 郁达夫：《〈中国新文学大系·散文二集〉导言》，郁达夫编选：《中国新文学大系·散文二集》，上海良友图书印刷公司1935年版，第5页。

作品里去的。左拉有左拉的作风,弗老贝尔有弗老贝尔的写法。"[1] 可以说小说、戏剧、诗歌的创作都存在个性的渗透,但是与这些文体相比,散文无疑是最需要和最能体现作家个性的。正如研究者所说:"每一位散文大师都拥有不可重复的强烈风格,只有个性特征的强调才是诸多散文之间的公分母。"[2] 小说中的人物语言必须符合故事情节的发展和人物性格的规定性,即使叙述语言也要服从相应的叙述规范,对作家来说小说语言是"别人的语言";戏剧语言就更不用说了,现代话剧除了少量的舞台提示和说明外主要是剧中人的"话";诗歌语言则由于其"形象的加工"和"声音的加工"的需要而成为一种高度凝练和诗意化的语言,离作家的日常语言状态更远。而散文则不同,散文就像"说话",是最能体现作家个性的一种文体,"他的人格的动静描画在这里面,他的人格的声音歌奏在这里面,他的人格的色彩渲染在这里面""它的特质是个人的(personal)",[3] 正因为此,散文更需要一种自由的"说话"机制,因为只有这样才能保证个性的实现。而文言及其体式则限制了现代作家的言说,对此,郁达夫曾说:"(古代散文)行文必崇尚古雅,模范须取诸六经;不是前人用过的字,用过的句,绝对不能任意造作,甚至于之乎者也等一个虚字,也要用得确有出典,呜呼嗟夫等一声浩叹,也须古人叹过才能启口。此外的起承转合,伏句提句结句等种种法规,更加可以不必说了,一行违反,就不成文。"[4] 因此,要进行真正意义上的散文创作,就必须打破这种固有的文类成规,而在这些成规中最重要的,或者说首要的则是语言。有研究者说:"'五四'时期的新文学革命与白话文的提倡为散文制造了相宜的气氛。"[5] 的确如此,白话语言变革使得散文的"说话"更为自由和随意,有了这种说话机制的保障,"五

---

[1] 郁达夫:《〈中国新文学大系·散文二集〉导言》,郁达夫编选:《中国新文学大系·散文二集》,上海良友图书印刷公司1935年版,第7页。
[2] 南帆:《文类与散文》,《文学评论》1994年第4期。
[3] 胡梦华:《絮语散文》,《小说月报》1926年第17卷第3号。
[4] 郁达夫:《〈中国新文学大系·散文二集〉导言》,郁达夫编选:《中国新文学大系·散文二集》,上海良友图书印刷公司1935年版,第4页。
[5] 南帆:《文类与散文》,《文学评论》1994年第4期。

四"作家的个性得以最大限度的呈现,从而更好地发挥了散文的书写特质。刘半农就曾坦言:"我做文章,只是努力把我口里所要说的话译成了文字……所以,看我的文章,也就同我对面谈天一样:我谈天时喜欢信口直说,全无隐饰,我文章中也是如此;我谈天时喜欢开玩笑,我文章中也是如此;我谈天时往往要动感情,甚而至于动过度的感情,我文章中也是如此。"①"信口直说"保证了作家个性在散文中的表达。对有的作家来说,个性自我的反映甚至决定了作品的价值,茅盾就曾这样评价冰心:"她的作品中,不反映社会,却反映了她自己。她把自己反映的再清楚也没有。在这一点上,我们觉得她的散文的价值比小说高。"② 有了这些,郁达夫的那句"现代散文的最大特征,是每一个作家的每一篇散文里所表现的个性,比从前的任何散文都来得强"③,更可以从文学语言的角度去理解,正是白话语言最大限度地催促和实现了散文中作家个性的表现。如果每个作家都表现自己的个性,又会形成万卉竞妍的局面,最终促成风格体式的多样性,这又是散文兴盛的重要标志。因此,"五四"散文有"任意而谈,无所顾忌"的语丝体,有典雅柔美、动中法度的冰心体,有挣扎战斗的,有缜密漂亮的,"有种种的样式,种种的流派,表现着、批评着、解释着人生的各面,迁流曼衍,日新月异"④,这其中有白话文学语言所起到的巨大作用。

再看"一收"。前文强调了散文之闲话性、随意性,但这并不等于说散文是将日常语言原样移在纸上。再亲切的散文都不可能"还原"真实生活中的语境,何况艺术的散文也没有必要以"还原"为宗旨。散文与其说"散",毋宁说是看起来让人"觉得散",这就提出了对散文语言加工的要求。"散文可能是一种更见语言功夫的文

---

① 刘半农:《〈半农杂文〉自序》,《人间世》1934 年第 5 期。
② 茅盾:《冰心论》,范伯群编:《冰心研究资料》,北京出版社 1984 年版,第 252 页。
③ 郁达夫:《〈中国新文学大系·散文二集〉导言》,郁达夫编选:《中国新文学大系·散文二集》,上海良友图书印刷公司 1935 年版,第 5 页。
④ 朱自清:《论现代中国的小品散文》,《文学周报》第 345 期。

体"①，因此，从语言变革的角度考察散文小品顺利转型的关键在于，这场语言变革从何种意义上保证了散文语言应有的"光泽"。

20世纪40年代，周作人在谈到新文学时，认为"散文作品、小说与随笔都还相当的发达，比起诗歌戏曲来，在量与质上似均较优。这里边当然有好些原因，但是语言问题恐怕是其中重要的一个。"从语言的角度来理解文类的发展，作为新文学亲历者的周作人眼光可谓独到。他接着说："小说与随笔之发达较快，并不在于内容上有传统可守，不，在这上边其实倒很有些变更了，它们的便宜乃是由于从前的文字语言可以应用，不像诗歌戏曲之须要更多的改造。"②小说与随笔散文共同的便利点在于"从前的文字语言可以应用"，但这二者之间却又截然不同。对小说而言，"中国用白话写小说已有四五百年的历史，由言文一致渐进而为纯净的语体"，"现代的小说意思尽管翻新，用语有可凭借，仍向着这一路进行"③，可见，小说对于"从前的文字语言"之应用主要指现代小说对旧白话小说语言的采用和借鉴，而散文随笔则恰恰相反，它利用的"从前的文字语言"只能是古代的文言成分。白话代替文言的语言变革在五四时期是一场硬战，为何偏偏会给散文利用文言留下余地呢？利用以后情形怎样？

首先，从散文所处的历史语境来看，在文学语言变革的过程中，白话与文言之争在诗文领域都可谓你死我活，但是最激烈的焦点是在新诗领域。如果能夺取语言最精粹的诗歌阵地，那么这场文学语言的变革自然能够成功。正如旧文学的发难者胡适在30年代回忆时所说："我深信白话文是不难成立的。现在我们的争点，只在'白话是否可以作诗'的一个问题了。白话文学的作战，十仗之中，已胜了七八仗。现在只剩一座诗的壁垒，还须用全力去抢夺。待到白话征服这个

---

① 曹文轩：《点评"贾平凹"》，江力、琼虎主编：《中国散文论坛》，北京大学出版社2003年版，第386页。
② 周作人：《〈骆驼祥子〉日译本序》，钟叔河编：《知堂序跋》，岳麓书社1987年版，第454页。
③ 同上。

第五章 文学语言变革与散文文体的现代转型

诗国时,白话文学的胜利就可说是十足的了。"① 在其后为《中国新文学大系·建设理论集》所写的导言中,胡适又一次忆及新文学发轫期的情形和他作为先导者的"先见之明":"在那个文学革命的稍后一个时期,新文学的各个方面(诗,小说,戏剧,散文)都引起了不少的讨论。引起讨论最多的当然第一是诗,第二是戏剧。这是因为新诗和新剧的形式和内容都需要一种根本的革命;……其革新的成份都比小说和散文大得多,所以他们引起的讨论也特别多。文学革命在海外发难的时候,我们早已看出白话散文和白话小说都不难得着承认,最难的大概是新诗,所以我们当时认定建立新诗的唯一方法是要鼓励大家起来用白话做新诗。"② 诗歌"首当其冲"的历史使命和战略地位,恰为散文领域带来了某种"缓冲"的可能。在散文这里,如前所述,其文类规则比较松懈,并且包含了众多的亚文类,不属于诗歌、小说和戏剧的都可以算在这里。而在散文内部,新文学初期担当起启蒙任务、进行社会批评和文化批评的是杂文。周作人在回忆新文学初期自己写的文章时曾说:"但是白话文自身的生长却还很有限,而且也还没有独立的这种品类,虽然在《新青年》等杂志上所谓随感录的小文字已经很多。八年三月我在《每周评论》上登过一篇小文,题曰《祖先崇拜》……它只是顽强地主张自己的意见,至多能说得理圆,却没有什么余情。"③ 正是缘于这种"余情"表达的需要,新的散文品种呼之欲出。朱自清曾这样描述散文的这段历史,他说:"我们的白话散文,小说除外,最早发展的是长篇议论文和随感录,随感录其实就是杂文的一种。……接着却来了小品文……"④ 在这样的历史语境下,小品文承载着历史特有的偏爱终于姗姗出场了。可以说,整个文学语言变革为散文小品的生长提供了历史的空间,在这片

---

① 胡适:《逼上梁山》,胡适编选:《中国新文学大系·建设理论集》,上海良友图书印刷公司1935年版,第19页。
② 胡适:《〈中国新文学大系·建设理论集〉导言》,胡适编选:《中国新文学大系·建设理论集》,上海良友图书印刷公司1935年版,第31页。
③ 周作人:《〈中国新文学大系·散文一集〉导言》,周作人编选:《中国新文学大系·散文一集》,上海良友图书印刷公司1935年版,第4—5页。
④ 朱自清:《历史在战斗中——评冯雪峰〈乡风与市风〉》,《朱自清全集》(第3卷),江苏教育出版社1988年版,第35页。

园地里散文"余情"袅袅,枝繁叶茂。

其次,在白话文学语言变革之后,基于对"文学性"的追求提出了对语言的加工和重塑。周作人就指出:"古文不宜于说理(及其它用途)不必说了,狭义的民众的言语我觉得也决不够用,决不能适切地表现现代人的情思:我们所要的是一种国语,以白话(即口语)为基本,加入古文(词及成语,并不是成段的文章)方言及外来语,组织适宜,具有论理之精密与艺术之美。"① 对于现代散文来说,主要涉及"古文"和"外来语"的吸纳。

"外来语"或曰"欧化",是现代白话中的重要语言现象。早在1918年,傅斯年就说白话文要发达,除了乞灵"说话"以外还要找一个"高等的凭藉物","这高等的凭藉物是什么,照我回答,就是直用西洋文的款式、文法、词法、句法、章法、词枝(Figure of speech)……一切修词学上的方法,造成一种超于现在的国语、欧化的国语,因而成熟一种欧化国语的文学"②。尽管当时在"欧化"问题上也遇到了阻力,围绕《小说月报》曾展开讨论,但是除了少数人之外(如胡适),新文化阵营内部基本上还是支持"欧化"方向的。严既澄就"认定语体文不但可以欧化,而且是应当欧化",可以"洗练我们几千年来一贯相承的笼统模糊的头脑"。针对有人提出的"欧化"使人看不懂的质疑,他认为:"一种工具可以给我们以文学上的助力,我们便应当急起直追地拿来应用,决不容因为什么文学以外的目标而因循顾虑。"③ 沈雁冰也认为,"现在一般人看不懂'新文学',不全然是不懂'新式白话文',实在是不懂'新思想'",是"新文学内所含的思想及艺术上的方法不合于他们的口味,'新式白话文法'不过是表面的障碍"。④ 如此之类支持"欧化"的言论不胜枚举。

与"欧化"相比,是否汲取"古语"的情况就颇为复杂。按道理讲,白话吸收"欧化"的语汇和文法就说明"白话"并不是理想

---

① 周作人:《理想的国语》,钟叔河编:《夜读的境界》,湖南文艺出版社1998年版,第779页。
② 傅斯年:《怎样做白话文》,《新潮》1919年第1卷第2号。
③ 严既澄:《语体文之提高和普及》,《文学》1923年第82期。
④ 沈雁冰:《答梁绳祎》,《小说月报》1922年第13卷第1号。

的和万能的，那么适当地采纳文言、更好地提高其表述能力也是理所应当的。周作人就认为白话缺少"形容词助动词一类以及助词虚字"，需要"采纳古语""如寂寞、朦胧、蕴藉、幼稚等字都缺少适当的俗语，便应直截的采用；然而、至于、关于、况且、岂不、而等字，平常在'斯文'的口里也都已用惯，本来不成问题，此外'之'字替代'的'字以示区别，'者'字代作名词用的'的'字，'也'字用在注解里，都可以用的"。① 对此，1923年吴文祺尚嫌周作人"说得太简单了，于'联绵字'这方面不能有充分的发挥"②，于是不得不做了一篇文章来详细阐释，即《"联绵字"在文学上的价值》。他认为："白话中词类的贫乏和幼稚，不足以'曲尽其致'地表现复杂微妙的思想和情感，也是我们信仰白话文有'至高无上'的价值的人们所不能否认的。要补救这种缺点的方法，虽有多种，但最好是尽量的采取文言中的'联绵字'。"③ 对此，郑振铎也表示："白话文之应采用口语不常用的'联绵字'与应采用'外来语'与欧化的语调，是同样的必要的。"④ 与此同时，新文学阵营内部出现了不同的声音，这一点可以由茅盾此时的态度见出。1924年，赵景深有感于文言文看不懂，白话文也做不好，希望"青年作家要读些有兴趣的古文，尤其希望初学的作者多读古文，虽然我们不必再做"，而茅盾对此"提出抗议"，并在文章结尾提出："我们做白话文的，遇着有言不尽意的时候，应该就民众的日常话语中找求解决的方法，不应该到文言中找求。"⑤ 积极倡导白话文学，在其主持的《小说月报》上大力支持"欧化"的沈雁冰，为何单单不能容忍白话向文言学习呢？在两个多月后的《文学周报》上，他更为直接地说出了自己的主张："当白话运动的工作尚未完成，就是当白话还没有夺取文言的'政权'，还没有在社会中树立深厚的根柢的时候，我们应该目不旁瞬地专做白话运动，在这时期我们必须用我们的工具去试做各种的工作：

---

① 周作人：《国语改造的意见》，《东方杂志》1922年第19卷第17号。
② 《吴文祺致郑振铎》，《小说月报》1923年第14卷第3号。
③ 吴文祺：《"联绵字"在文学上的价值》，《小说月报》1923年第14卷第3号。
④ 《郑振铎致吴文祺》，《小说月报》1923年第14卷第3号。
⑤ 雁冰：《杂感》，《文学周报》第109期，1924年2月28日。

我们宁可被人家骂一声'执而不化',必须相信白话是万能的,无论表现什么思想什么情绪,白话决不至于技穷,决不要文言来帮助。""我也知道'整理旧的'也是新文学运动题内应有之事,但是当白话文尚未在全社会内成为一类信仰的时候,我们必须十分顽固,发誓不看古书,我们要狂妄的说,古书对于我们无用,所以我们无须学习看古书的工具——文言文。"① 由上可见,在五四文学语言变革之时,采纳文言较之"欧化"的实行难度更大。但是,从茅盾的言论中我们更可以看出,"决不要文言来帮助"不是因为白话已经趋于完美,而是因为担心文学界的复古。因此,从他的反对声中,我们可以进一步推断,白话采纳文言是其完善表述的必然要求,在文学的实践过程中肯定会实行,不管主观上提倡不提倡、支持不支持。1925年,在与白话文学的反对派论争之时,就有人大胆声言:"现在白话文的词笥,把'文言''鄙语'都包在内,断然不是仅采'鄙语'而全弃'文言'。所以白话文的词笥,不特不比文言俭,并且比文言还要丰富两三倍。"② 并在后文指出:"还有一种人以为作白话文的人都不看非白话的书所以推定他们作文时——尤其作美文时——必感到观念及意象之枯窘。这是闭着眼睛说话,不必较论。"③ 口气已经很硬朗了。

作为开放式的语言体系,白话在文学表达的要求之下汲取"欧化""古语"成分,有利于形成严密而精美的文学语言,而这种文学性极强的语言恰恰直接促成了散文小品的成功。1928年,周作人在为俞平伯写的《〈燕知草〉跋》中说:"我也看见有些纯粹口语体的文章,在受过新式中学教育的学生手里写得很是细腻流丽,觉得有造成新文体的可能,使小说戏剧有一种新发展,但是在论文——不,或者不如说小品文,不专说理叙事而以抒情分子为主的,有人称他为'絮语'过的那种散文上,我想必须有涩味和简单味,这才耐读,所以他的文词还得变化一点。"具体说来,就是"以口语为基础,再加上欧化语,古文,方言等分子,杂糅调和,适宜地或吝啬地安排起

---

① 雁冰:《进一步退两步》,《文学周报》第122期,1924年5月19日。
② 唐钺:《告恐怖白话文的人们》,郑振铎编选:《中国新文学大系·文学论争集》,上海良友图书印刷公司1935年版,第256页。
③ 同上书,第259页。

第五章　文学语言变革与散文文体的现代转型

来，有知识与趣味的两重的统制，才可以造出有雅致的俗语文来"①。"口语体"的语言也许更符合小说和话剧体裁对语言的要求，而小品文需要的则是"耐读"的"涩味"，是经过"杂糅调和"而成的"雅致"之文。正因为此，语言变革之后对"欧化""古语"等资源的汲取推动了小品散文的发展。更需强调的是，语言调整虽然同时"沐泽"其他文体，但是散文可谓先天有利。研究者曾这样认识散文："它（指散文。——引者）既然没有较多的技巧可以凭借，因此在艺术表现的形式上，主要就得依靠语言本身的光泽了。"② 散文没有"技巧"可凭，只能依靠语言的"光泽"，同时也为散文提供了便利，即只要调和、安排出精美的语言，散文就可以闪亮登场了。优美的语言是散文的必要条件，同时也是充分条件。其他文体则不然，以话剧为例，语言变革之后，针对白话的枝蔓琐碎提出了对白话进行调整的历史要求，郭沫若和田汉的诗化剧就得益于"富有诗意"的"美丽"（洪深语）词句。但是诗化语言也带来了话剧"诗多剧少"的问题，离开语言的"动作性"和"个性化"追求诗意显然不符合话剧文体的要求。语言的"欧化"同样如此，在小说中如果"欧化"不当，很容易因不合人物身份而导致口吻失真的情况，如吴宓就曾指出当时欧化式白话文用于小说所带来的弊端："若小说中之谈话，作者意在摹仿乡间人或儿女之口吻，而亦用英文文法语句之构造及次序……则读者读之，不惟不能直接体认书中人之声音笑貌，且谓全书事实皆子虚乌有，何其不近情理如此。"③ 而在散文中"欧化"会自然而然地成为作家的一种风格，如徐志摩的散文语言：

　　我能忘记那初春的睥睨吗？曾经有多少个清晨我独自冒着冷去薄霜铺地的林子里闲步——为听鸟语，为盼朝阳，为寻泥土里渐次苏醒的花草，为体会最微细最神妙的春信。

　　　　　　　　　　　　　　　　——《我所知道的康桥》

---

① 周作人：《〈燕知草〉跋》，钟叔河编：《知堂序跋》，岳麓书社1987年版，第317页。
② 林非：《散文研究的特点》，《散文百家》1985年第5期。
③ 吴宓：《评杨振声〈玉君〉》，《学衡》1925年第39期。

不难发现，作为一种作家自由"说话"的体裁，散文在文学语言加工、重塑之后获得了机遇和优势，在此基础上其成功便不难理解了。

最后，从散文小品的创作主体来看，白话代替文言的文学语言变革强调"有什么话说什么话"，而在散文这一最能体现作家主体性的文类中，主体的特性会直接影响文类的特征。现代散文小品对文言——"从前的文字语言"的应用也是在一种传统的潜移默化中实现的。如果说散文是一种"说话"的文体，那么"五四"散文的"说话主体"是一代国学精深的知识分子。他们从小上过私塾，读过四书五经，有的以后上过大学中文系，有的留学回国之后从事相关的教学和研究，很多人还可以写漂亮的旧体诗，可以说传统文化已经潜移默化地成为他们主体精神的一个部分。如研究者所说："古代汉语的凝重、端庄、雅致、斯文气，已深入鲁迅等人的骨髓。尽管他们没有再去之乎也哉地机械地沿用先人的文言，但，古代汉语所养育起来的一种气质，却浸润到文字中间去了。"① 因此，"有什么话说什么话"在他们来说并不是普通人的大白话，而是富有个人特色的"雅致"之文。对于这种与生俱来的"气质"，他们自己大都持否定态度。鲁迅说："别人我不论，若是自己，则曾经看过许多旧书，是的确的，为了教书，至今也还在看。因此耳濡目染，影响到所做的白话上，常不免流露出它的字句，体格来。但自己却正苦于背了这些古老的鬼魂，摆脱不开，时常感到一种使人气闷的沉重。"② 胡适也有此意，他曾感慨地说："大概我们这一辈子半途出身的作者，都不是做纯粹国语文学的人；新文学的创造者，应该出在我们的儿女的一辈里，他们是'正途出身'，国语是他们的第一语言，他们大概可以避免我们这一辈人的缺点了。"③ 今天看来，他们那一代人认为属于"历史中间物"的、苦于不能完全摆脱的旧阴影和缺点中正有着后人所企及和不及的优势。

---

① 曹文轩：《点评"贾平凹"》，江力、琼虎主编：《中国散文论坛》，北京大学出版社2003年版，第386页。

② 鲁迅：《写在〈坟〉后面》，《鲁迅全集》（第1卷），人民文学出版社1981年版，第286页。

③ 转引自曹聚仁《文坛五十年》，东方出版中心1997年版，第14—15页。

第五章 文学语言变革与散文文体的现代转型

具体而言,现代散文小品怎样应用"以前的文字语言",较好地承续传统之文脉从而实现其成功的呢?

单音词、叠音词等文言词汇的应用。文言以单音词为主,现代汉语以双音词为主。五四时期的散文中作家常常使用他们谙熟的文言单音词,增加了表意的美学效果。如:

> 同去的张静淑君想扶起她,中了四弹,其一是手枪,立仆;同去的杨德群君又想去扶起她,也被击,弹从左肩入,穿胸偏右出,也立仆。
> ——鲁迅:《记念刘和珍君》

> 朗润园池中春冰已泮,而我怀仍结!
> ——冰心:《〈寄小读者〉四版自序》

> 但灯与月竟能并存着,交融着,使月成了缠绵的月,灯射着渺渺的灵辉,这正是天之所以厚秦淮河,也正是天之所以厚我们了。
> ——朱自清:《桨声灯影里的秦淮河》

所引第一段中,"仆""击""入""出"等词都是文言中的单音词,在这里使用可以形成动词对照,给人以强烈的情感冲击,更好地表达了青年的勇气和屠杀者的残忍。第二段中"泮"和"结"形成对照,优美典雅。第三段中,"灯"与"月"如果用"电灯"和"月亮"这样的口语词来表达,意境则会锐减;"厚"在白话中是"厚薄"之"厚",这里是文言中厚待的用法,富有意蕴。以上白话文中夹杂的文言词语,"我们读去,却全不觉得他不自然。这可见白话文吸收文言的能力了"[①]。

前文已述,吴文祺曾大力强调"联绵字"在行文中的作用,此

[①] 唐钺:《告恐怖白话文的人们》,郑振铎编选:《中国新文学大系·文学论争集》,上海良友图书印刷公司1935年版,第259页。

外，叠字的使用在"五四"散文中也是一道亮丽的风景线。刘勰在《文心雕龙·物色》中已经注意到运用叠字写景状物的功效:"故'灼灼'状桃花之鲜,'依依'尽杨柳之貌,'杲杲'为日出之容,'瀌瀌'拟雨雪之状,'喈喈'逐黄鸟之声,'喓喓'学草虫之韵。"叠字在文学中的应用可以"皎日""嘒星",一言穷理;"参差""沃若",两字穷形,并以少总多,情貌无遗矣。"古代诗词中对叠字的应用成了一种优良的传统,在现代散文中最能接续这一传统的是朱自清:

> 大中桥外，顿然空阔，和桥内两岸排着密密的人家的景象大异了。一眼望去，疏疏的林，淡淡的月，衬着蓝蔚的天，颇像荒江野渡光景；那边呢，郁丛丛的，阴森森的，又似乎藏着无边的黑暗：令人几乎不信那是繁华的秦淮河了。但是河中眩晕着的灯光，纵横着的画舫，悠扬着的笛韵，夹着那吱吱的胡琴声，终于使我们认识绿如茵陈酒的秦淮水了。此地天裸露着的多些，故觉夜来的独迟些；从清清的水影里，我们感到的只是薄薄的夜——这正是秦淮河的夜。……任你人影的憧憧，歌声的扰扰，总像隔着一层薄薄的绿纱面幂似的；它尽是这样静静的，冷冷的绿着。
> ——《桨声灯影里的秦淮河》

从朱自清的很多散文中都可以随手举出类似的例子。所引上段中"密密""疏疏""淡淡""丛丛""森森""吱吱""薄薄""憧憧""扰扰""静静""冷冷"……或拟声，或状貌，深化了事物情态描述的形象感，并增添了一种节奏美和音韵美，达到了一种情景交融的表达效果。1923年，针对文坛创作情况郑振铎曾说,"近来产生的新诗与散文，大概都有平庸之病。而形容词之缺乏与雷同，实为其所以平庸的原因之一"，并认为"要避免这种平庸之病"，非尽量采用联绵字不可。① 朱自清在这里就尊重和利用汉语独有的特征，使叠字成为一种形容状物的有力手段，为现代散文增添了音美、意美和境美。

---

① 《郑振铎致吴文祺》，《小说月报》1923年第14卷第3号。

第五章　文学语言变革与散文文体的现代转型

现代散文还学习继承了文言诗词中的"炼字"传统。中国古诗极看重"炼字",诸如"吟安一个字,捻断数茎须""两句三年得,一吟双泪流""为人性僻耽佳句,语不惊人死不休""诗赋以一字见工拙"等都成为文坛佳话和警句。"炼字"就是"众里寻他千百度",精心择选出最恰当的词写出独一无二的情景、人物和意境。现代散文也常有此类画龙点睛之笔。如:

> 但我的眼前仿佛看见冬花开在雪野中,有许多蜜蜂们忙碌地飞着,也听得他们嗡嗡地闹着。
> ——鲁迅:《雪》

> 云彩只严遮着,月意杳然。——"千金也买不了她这一刻的隐藏!"
> ——冰心:《往事》(二)

> 晚霞的颜色是自淡而浓,自金红而碧紫。朝霞的颜色是自浓而深,自青紫而深红,然后一轮朝日,从松岭捧将上来,大地上一切都从梦中醒觉。
> ——冰心:《寄小读者·通讯十一》

> 只剩下我们,踽踽凉凉如何是了?环又是不耐夜凉的。
> ——俞平伯:《西湖的六月十八夜》

上文所引第一段中的"闹",有"红杏枝头春意闹"的炼字之妙,把蜜蜂写得忙碌、可爱、热闹;第二段中"杳"字将月亮的隐藏无迹衬托得诗意盎然;第三段中"捧将"写活了大地和朝日的关系;第四段中"耐"字把"境"写得富有人情。以上佳境如用日常白话来表现,其效果根本无法同日而语。

文言句式的承传。五四新文学倡导"话怎么说就怎么写",胡适的《文学改良刍议》中有一条便是"不讲对仗"。他认为,骈律"至于后世文学末流,言之无物,乃以文胜",因而"不当枉废有用之精力于微细纤巧之末"。[①] 可见,"不讲对仗"的最终目的还是"言之有

---

① 胡适:《文学改良刍议》,《新青年》第 2 卷第 5 号。

物"。对仗、骈俪都是在汉语单音字及其语音特点基础上形成的句式特征,如果运用恰当可以增强行文的表现力,并呈现音律之美。"五四"散文中有意无意地利用着这种句式。如:

在无边的旷野上,在凛冽的天宇下,闪闪地旋转升腾着的是雨的惊魂……

——鲁迅:《雪》

真的猛士,敢于直面惨淡的人生,敢于正视淋漓的鲜血。
惨象,已使我目不忍视了;流言,尤使我耳不忍闻。

——鲁迅:《记念刘和珍君》

古体四字句式的化用,如:

今夜的林中,决不宜于将军夜猎——那从骑杂沓,传叫风生,会踏毁了这平整匀纤的雪地;朵朵的火燎,和生寒的铁甲,会缭乱了静冷的月光。
今夜的林中,也不宜于燃枝野餐——火光中的喧哗欢笑,杯盘狼藉,会惊起树上稳栖的禽鸟;踏月归去,数里相和的歌声,会叫破了这如怨如慕的诗的世界。
今夜的林中,也不宜于爱友话别,叮咛细语——凄意已足,语音已微;而抑郁缠绵,作茧自缚的情绪,总是太"人间的"了,对不上这晶莹的雪月,空阔的山林。
今夜的林中,也不宜于高士徘徊,美人掩映——纵使林中月下,有佳句可寻,有佳音可赏,而一片光雾凄迷之中,只用意念回旋,不容人物点缀。

——冰心:《往事》(二)

对仗的使用可以达到以少总多的效果,在对立的两极中将蕴含的意义全部"罩住",同时整齐、有力。四字句是古典文学中最早的句式之一,《诗经》即以此为主。上段所引冰心的四字句不仅在同一段

第五章 文学语言变革与散文文体的现代转型

中互相映衬，而且在各个段落中形成呼应，整齐美观。需要说明的是，这种表达都以服从内容表现为中心，克服了文言中对仗和骈四在形式方面的过分讲求，冰心的四字句不是严格的对仗，词组结构灵活，有主谓，有并列，像"爱友话别，叮咛细语"只是四字而已，并不专求意义对仗。这就使其文句既有整齐之美，又避开对仗之死板，四字句的前后还有普通句式交相辉映，既有白话的明白晓畅，又有文言的典雅凝练，做到了如糖溶水。

现代散文作家笔下还直接引用古典诗词来表达他们的心境。新文学革命摧枯拉朽地否定了旧文学，但是他们那一代人总也忘不了诗词的滋养，冰心在《遗书》中就曾借小说中的人物之口说："我承认旧诗词，自有它的美，万不容抹杀。"这不仅是一种引用，而且对他们来说，是一种表达彼时彼地真实情感的最便利的方式。如：

> 清早的时候，扫除橡叶的马车声，碾破晓静。我又忆起：
> 马蹄隐隐声隆隆，
> 入门下马气如虹。
> 底下自然又连带到：
> 我今垂翅负天鸿，
> 他日不羞蛇作龙！
> 这时天色便大明了。
>
> ——冰心：《寄小读者·通讯九》

甚至有时不是"引用"，而是自己在作诗，如：

> 记得从前 H 君有一断句是"遥灯出树明如柿"，我对了一句"倦桨投波密过饧"；虽不是今宵的眼前事，移用却也正好。我们转船，望灯火的丛中归去。
>
> ——俞平伯：《西湖的六月十八夜》

就连欧化程度最深，被人称为创造出中国文学从来不曾有的风格的徐志摩，也按捺不住重温诗词的冲动，有文如下：

· 205 ·

陆放翁有一联诗句:"传呼快马迎新月,却上轻舆趁晚凉。"这是做地方官的风流。我在康桥时虽没马骑,没轿子坐,却也有我的风流:我常常在夕阳西晒时骑了车迎着天边扁大的日头直追。

——徐志摩:《我所知道的康桥》

　　也许如冰心所说:"多看古人句子,令自己少写好些。一面欣与古人契合,一面又有'恨不踊身千载上,趁古人未说吾先说'之叹。"① 可见对他们来说,古典诗词不是为引而引,而是情感的自然流露,只不过古人先行一步替自己说出来罢了。这些诗词的镶嵌无疑为现代散文增添了一层浓郁的诗意。

　　除了直接的诗句引用之外,"五四"散文有时在"形"的方面将诗句打散,但是在"神"的方面又保留了依稀可辨的诗境,从而形成一种古典诗境的现代重构。如:

　　独自归来的路上,瘦影在地。

——冰心:《好梦》

　　那晚月儿已瘦削了两三分。她晚妆才罢,盈盈的上了柳梢头。

——朱自清:《桨声灯影里的秦淮河》

　　万籁俱寂,皓月中天,悠然四顾,觉得心中一片空灵。

——冰心:《寄小读者·通讯十一》

　　在群山互拥,孤月中天,上下莹澈,四顾空灵的湖上,这样的穿梭走动,也觉别具丰致,决不弱于她的姊妹们。

——俞平伯:《西湖的六月十八夜》

---

① 冰心:《寄小读者·通讯十六》,《冰心文集》(第3卷),上海文艺出版社1984年版,第139页。

第五章 文学语言变革与散文文体的现代转型

> 天上是月,地下是雪,中间一颗大灯星,和一个猛醒的人。
> ——冰心:《寄小读者·通讯十一》

所引第一段中的"瘦"字显然不是白话口语中的形体之"瘦",宋词中既有"人比黄花瘦",这里便不难领略其中的孤独与思念之情了,而"我舞影零乱","影"也是一个意象,"瘦影"结合可谓诗意十足,颇耐咀嚼;第二段"盈盈的上了柳梢头"更是"月上柳梢头"的现代散文版了;第三、四段都围绕最具传统审美沉淀的意象"月"展开,造"空灵"之境;第五段则是明显地省略联结的古诗做法,将"月""雪""星""人"并置,无尽之意留给读者去填补。

当代学者说:"鲁迅他们用以写作的白话,实际上并非是真正意义上的白话。这些白话,当年就有人称之为'新文言'。现在回过头去仔细察看当时的文体,便可看出,那实际是文白相揉的一种文体。"[①] 正是文白相揉成就了"五四"散文,甚至有学者直接说:"'什么是散文的特性?'几千年来,文人精心锤炼的汉语言文字是散文内在和特有的情怀。"[②] 现代散文小品确实如周作人所说,应用了"以前的文字语言",更好地打通了传统,成功地实现了"内应"。

为论述方便,本节将文学语言对散文特征的形成分为"一放""一收"两路进行,实际上,对每个成功的作家来说,在创作过程中更重要的是"一化"。冰心曾在小说《遗书》中借主人公宛因之口说出了自己的意见:"文体方面,我主张'白话文言化','中文西文化',这'化'字大有奥妙,不能道出的,只看作者如何运用罢了!我想如现在的作家能无形中融合古文和西文,拿来应用于新文学,必能为今日中国的文学界,放一异彩。"[③] 的确如此,无论是欧化,还

[①] 曹文轩:《点评"贾平凹"》,江力、琼虎主编:《中国散文论坛》,北京大学出版社2003年版,第388页。
[②] 陈平原:《散文的四个问题》,《中国散文论坛》,江力、琼虎主编:《中国散文论坛》,北京大学出版社2003年版,第67页。
[③] 冰心:《遗书》,卓如编:《冰心全集》(第1卷),海峡文艺出版社1994年版,第431—432页。

是文言,都需要"化"为自己的。

> 喝茶当于瓦屋纸窗下,清泉绿茶,用素雅的陶瓷茶具,同二三人共饮,得半日之闲,可抵十年的尘梦。喝茶之后,再去继续修各人的胜业,无论为名为利,都无不可,但偶然的片刻优游乃正亦断不可少。
>
> ——周作人:《吃茶》

这段文字,有欧化的精密,又有文言的简练典雅,同时具备白话的自然晓畅,我们已经很难逐一分析其中的"放"和"收"了,即使现在读来仍然意味无穷,真可谓美文如真金,百炼不回色。

第四节 文体个案分析:文学语言变革与闲话风散文的出现

现代散文是新文学门类中的佼佼者,其成功历来为人称道。在其发展初期就出现了丰富多样的体式,有"任意而谈,无所顾忌"的语丝体,有典雅柔美、动中法度的冰心体,有挣扎战斗的,有缜密漂亮的,如朱自清所说:"确实绚烂极了:有种种的样式,种种的流派,表现着、批评着、解释着人生的各面,迁流曼衍,日新月异;有中国名士风,有外国绅士风,有隐士,有叛徒,在思想上是如此。或描写,或讽刺,或委曲,或缜密,或劲健,或绮丽,或洗练,或流动,或含蓄,在表现上是如此。"[①] 在诸多散文体式中,闲话风散文(又称娓语体)是最能体现转型期时代精神的文体之一,下文拟从文学语言的角度探讨闲话风这一现代散文体式的形成和特点,从而更好地认识散文的现代转型。

一 将"闲话""移在纸上":闲话风散文的话语姿态

长期以来,散文概念的界定比较模糊,难有定论。郁达夫说:

[①] 朱自清:《论现代中国的小品散文》,《文学周报》1926年第345期。

第五章　文学语言变革与散文文体的现代转型

"只能约略的说，是 Prose 的译名，和 Essays 有些相像，系除小说、戏剧之外的一种文体，至于要想以一语来道破内容，或以一个名字来说尽特点，却是万万办不到的事情。"① 散文文体缺乏像诗歌、小说那样明确的规范和程序，如果说有，那么散文的特点就是"自由"。散文体裁以"散"著称，在多种文学体裁中最为"无体"，梁实秋说得明白："散文是没有一定的格式的，是最自由的"②；柯灵有言："散文是一切文学样式中最自由活泼，最没有拘束的"；③ 当代研究者也直言："人们可以说，散文的首要特征是无特征。用'法无定法'这句老话来形容散文是再恰切不过了。""散文含有反文类倾向。"④ 散文缺乏小说那样明确的理论术语和文体规范，这种"无体"特征带来了散文体式研究中"操作难"的问题。五四文学语言变革之后，小说经历了一个明显的叙事模式转变，涌现出一批现代的体式，而散文体式则没有明显的古典和现代之分。但是这并不等于说，散文体式没有现代转型，而是需要重新找寻一个接近的角度。散文随意、"无体"，那么与其探讨散文的体式更迭，不如研究体式的话语特征。具体而言，如果说散文是一种"说话"，那么文学语言变革必然影响"说话"的方式，使散文呈现出一些古代散文所没有的新特征。

1925 年，鲁迅翻译了日本文艺理论家厨川白村的《出了象牙之塔》，其中有一节专门谈 Essay，其文如下：

> 如果是冬天，便坐在暖炉旁边的安乐椅子上，倘在夏天，则披浴衣，啜苦茗，随随便便，和好友任心闲话，将这些话照样地移在纸上的东西就是 essay。兴之所至，也说些不至于头痛为度的道理罢。也有冷嘲，也有警句罢。既有 humor（滑稽），也有 pathos（感愤）。所谈的题目，天下国家的大事不待言，还有市井的琐事，书籍的批评，相识者的消息，以及自己的过去的追怀，

---

① 郁达夫：《〈中国新文学大系·散文二集〉导言》，郁达夫编选：《中国新文学大系·散文二集》，上海良友图书印刷公司 1935 年版，第 3 页。
② 梁实秋：《论散文》，《新月》1928 年第 1 卷第 8 期。
③ 柯灵：《散文——文学的轻骑队》，《人民日报》1961 年 2 月 28 日。
④ 南帆：《文类与散文》，《文学评论》1994 年第 4 期。

想到什么就纵谈什么,而托于即兴之笔者,是这一类的文章。①

这段话深刻影响了现代批评家和作家,李素伯的《什么是小品文》、胡梦华的《絮语散文》、鲁迅的《朝花夕拾》、周作人的言志小品以及林语堂的"娓语笔调",或明显或隐约地都能从这里找到影子。

需要辨析的是,古人用文言写的文章在他们自己看来也是一种"任心闲话",其中也不妨流露出些许闲适情趣,但是将日常生活语境中的"闲话""照样地移在纸上",使之成为文学的一种样式(Essay),却只有在白话代替文言成为文学语言之后方可实现。胡梦华将"familiar essay"译为"絮语散文","familiar"正是一种家常的、日常的语调,他说:"它不像批评文或理论论文带着很庄严的态度,令人看了好像纸上露着肝火很旺的样子,怒目咬牙的形状。它乃如家人絮语,和颜悦色的唠唠叨叨的说着。""就好像你看了报纸,或在外边听了什么新闻回来,围着桌子低声细语的讲给你的慈母、爱妻或密友听。"② 散文本来就是一种随意的文体,用白话写作则激发了散文特有的文体潜能,从而形成了现代散文特有的"絮语"体式。

白话文学语言的使用使得闲话风散文首先呈现了亲近的、口语化的特征,朱自清是这方面的代表:

燕子去了,有再来的时候;杨柳枯了,有再青的时候;桃花谢了,有再开的时候。但是,聪明的,你告诉我,我们的日子为什么一去不复返呢?——是有人偷了他们罢:那是谁?又藏在何处呢?是他们自己逃走了罢:现在又到了哪里呢?

——《匆匆》

语气助词"了""呢""罢",人称代词"你""我"的应用都给

---

① [日]厨川白村:《苦闷的象征·出了象牙之塔》,鲁迅译,人民文学出版社1988年版,第131页。
② 胡梦华:《絮语散文》,《小说月报》1926年第17卷第3号。

人一种谈话的感觉,这种表达性能是散文特有的,白话将之激发出来了。如研究者所言:"'闲话风'散文的文本语境中充滋着一种和谐交流的氛围,连作者选择的语气和腔调也具有一种亲昵而和婉的韵味。如朱自清喜用'呢'、'吧'等语气助词,使句子增加了感情色彩;喜用'儿'化词汇,使句子携上了几分亲昵。"[1] 白话语言的使用给此类散文带来了口语化的风格。

闲话风散文的特征不仅仅是词句上的日常和亲切,更是一种话语关系的改变。具言之,白话语言促成了散文作者和读者之间现代式平等关系的实现,这一点在本质上应和了"五四"个性解放和平等的思想诉求。朱光潜曾形象地从读者角度解释文言和白话接受之不同:"就读者说,流行的语文对于他比较亲切,你说'呜呼',他很冷淡地抽象地想这两字的意义;你说'哎',这声音马上就钻进他的耳朵,钻进他的心窝,使他联想起自己在说'哎'时的那种神情。读白话文,他仿佛与作者有对谈之乐,彼此毫无隔阂。"[2] 现代学者则是这样比喻闲话散文的:"把读者从'陌路人'的关系拉入房间里做'枕边'的听众、亲切、接近、在情绪的中央。"[3] 这种话语方式改变了读者和作者之间的关系,呈现了一种平等、轻松、亲切的话语特征,可以更好地沟通心灵,而这在文言散文中很难实现。正因为此,有研究者指出:"不把现代散文中的絮语式散文放在'正宗'地位,实际上是有意淡化现代散文受外国文艺思潮影响的这一面,其最坏的结果,是抹煞了现代散文与古典散文的重要区别之一。"[4] 可以肯定的是,这里的"重要区别"在很大程度上离不开白话文学语言的介入,正是由于白话成为写作的合法语言,言文一致,才有现代的"闲谈体"(或"娓语体""絮语体")。

闲话风散文这种"随随便便,和好友任心闲话",将散文看作一

---

[1] 余凌:《论中国现代散文的"闲话"和"独语"》,《文学评论》1992年第1期。
[2] 朱光潜:《文学与语文(下):文言、白话与欧化》,《朱光潜全集》(第6卷),中华书局2012年版,第245页。
[3] 叶维廉:《闲话散文的艺术》,王锺陵编:《二十世纪中国文学史文论精华》(散文卷),河北教育出版社2000年版,第237页。
[4] 张晓春:《现代散文·导言》,《现代散文》,上海书店出版社2000年版,第9页。

种闲谈的话语方式在五四时期大概有两种发展路径：一种是侧重亲切、絮语的朱自清式的口语化散文，另一种是周作人式的闲适小品文，"用平淡的谈话，包藏着深刻的意味"①。

　　白话语言导致了作者和读者关系的变化，当读者为一个特定的群体时，又会导致新的散文体式的出现。书信这一文体在我国古已有之，并且是古代散文大家族中的一员。朱光潜曾将古代尺牍按其风格演变分为三个主潮，分别是古文派、骈俪派和帖札派。他批评说，古文书牍"不是取于六朝骈俪，就是取法于唐宋古文，如踩高跷行路，如拉腔调说话，都难免有几分做作"②，而唯有帖札派受到他的赏识，"在这三派之中，最家常亲切而也最能尽书牍功能的当推后一派"③。这里的"家常亲切"是不端架子、不为雅求雅、有事说事的一种自然风格，文言也可以办得到。而五四文学语言变革之后，这种"亲切"的要求直接导出了新的书信体散文体式，即写给儿童的书信散文，冰心的《寄小读者》正是此类典范。冰心曾这样回忆《寄小读者》的写作："执笔时总像有一个或几个小孩子站在我面前，在笑、在招手，虽然我写这些通讯是多少经过一些思索的；我想：他们要听的是什么？我能写的是什么？我要对他们说的是什么？等等，但笔下还是极其流畅和自由的。"④ 因为有了白话，才使得她在创作之时考虑儿童这一受众真正成为可能，她正是用一种儿童可懂的、喜欢的语言和语气创作的。正如研究者所说："她的散文作品，就几乎完全是以一种缠绵亲昵而恳切的叙述语气写成的""使读者产生象促膝谈心一般的感受""在散文作品中这一特色表现得格外突出"。⑤ 由此可见，亲切的书信散文体式古已有之，而只有在白话语言环境下才出现了写给儿童的书信体散文类型，赋予其更新的文言表达所没有的特征。

---

　　① 胡适：《五十年来中国之文学》，《胡适文集》（第4卷），人民文学出版社1998年版，第399页。
　　② 吴泰昌编：《艺文杂谈》，安徽人民出版社1981年版，第175页。
　　③ 同上书，第174页。
　　④ 冰心：《〈冰心散文选〉自序》，《冰心全集》（第7卷），海峡文艺出版社1999年版，第294页。
　　⑤ 范伯群、曾华鹏：《论冰心的创作》，范伯群编：《冰心研究资料》，北京出版社1984年版，第291页。

二 "纯任自然"：闲话风散文的节奏

白话文学语言还在"声音"层面决定了闲话风散文的节奏特征。白话与文言有着不同的词汇、语法和句式，质地不同、节奏殊异，因此语言的变化导致了现代散文不同于古文的声音节奏特征。

文言以单音节为主，有利于形成整齐、对称的声音节奏，这种语言特点不仅为诗歌所重，而且成为散文追求节奏感的重要依据。从汉赋的偶句铺排到六朝骈文的工整对仗，甚至以后平仄声律的讲求，都显示了古代散文对声音层面美感的追求。中国学者对古代汉语特点之于散文的影响有明确的认识，林语堂曾分析说："汉语具有分明的四声，且缺乏末尾辅音，读起来声调铿锵，洪亮可唱，殊非那些缺乏四声的语言之可比拟。……中国人要自己的耳朵训练有素，使之有节奏感，能够辨别平仄的交替。这种声调的节奏甚至可见于散文佳品之中，这一点也恰好可以用来解释中国散文的'可吟唱性'。"[1] 因此，"如同那些一丝不苟的诗人，中国的散文作家对每一个音节也都谨慎小心"[2]。当然，古代散文中也有试图冲破这种声音的过分讲求而追求内容表达的努力，但是正如研究者所说："在文言系统内，以'性灵'为中心的情感表现于语言组织中的主导地位并没有得到稳固确立，这一颇具现代色彩的语言发展，要到以白话为语言工具的现代散文中才能得以完成。"[3] 白话代替文言成为文学语言之后，语体散文追求的是"有什么话说什么话"，这种情况下是否还需要声音的节奏呢？声音是语言与生俱来的属性之一，声音节奏的讲求是为了更好地表达内容，事实上不存在脱离了形式的内容。朱光潜即认为："既然是文章，无论古今中外，都离不掉声音节奏。古文和语体文的不同，不在声音节奏的有无，而在声音节奏形式化的程度大小。"[4] 他还有一个形象的说法："如果音调节奏上有毛病，我的周身筋肉都感觉局

---

[1] 林语堂：《中国人》，郝志东、沈益洪译，学林出版社1994年版，第242页。
[2] 同上书，第222页。
[3] 徐艳：《中国散文语言音乐美的古今演变》，《学术月刊》2008年第4期。
[4] 吴泰昌编：《艺文杂谈》，安徽人民出版社1981年版，第83页。

促不安,好象听厨子刮锅烟似的。"① 的确如此,"刮锅烟"似的声音节奏很难想象可以表达什么优美的内容。那么,语体文的声音节奏应当具备什么特征呢?白话文学语言带来的是朱氏所说的"不拘形式,纯任自然"的语体文声音节奏。

对"纯任自然"声音节奏的追求,必然会导致对散文"情感"节奏的强调。由于文言的特点使得古代散文非常看重声音层面的美感,但这并不等于说这种形式的追求绝对会妨害意义的表达。清人刘大櫆在《论文偶记》中就强调了语言的音节、字句对表现"神气"的重要性:"盖音节者,神气之迹也;字句者,音节之矩也。神气不可见,于音节见之;音节无可准,以字句准之。"② 可见,声音节奏如果运用得恰当,会有助于神气的显现。但是,这种"因声求气"必然导致声音和意义粘连过紧,最终仍然会过分注重声音。而现代散文用的是白话,倡导一种自然的说话氛围,使得声音节奏不再直接引领文之"神气",因此,现代作家更看重情感本身的节奏和韵律。郁达夫在《〈中国新文学大系·散文二集〉导言》中就认为:"不过在散文里,王渔洋所说的神韵,若不依音调死律而讲,专指广义的自然的韵律,就是西洋人所说的 Rhythm 的回味,却也可以有;……散文于音韵之外,暗暗把这意味透露于文字之间,也是当然可以有的事情;……在散文里似以情韵或情调两字来说,较为妥当。"③ 散文研究者林非在谈到散文语言时这样说:"研究语言的散文美,要从感情对于它的渗透,要从它与感情和思想激流的关系这种比较全面的角度着眼。"④ 还有人专门研究散文情感的流动美:"散文艺术中的流动美,更重要的还是表现在内在情绪、意蕴的寄寓和抒写上。""散文中的这种流动形态,能够使文章获得一种内在的气韵和节奏,从而促进文章意蕴的开掘和情绪的强化。"⑤ 但是从整体上看来,并没有逗

---

① 吴泰昌编:《艺文杂谈》,安徽人民出版社 1981 年版,第 82 页。
② (清)刘大櫆:《论文偶记》,人民文学出版社 1959 年版,第 6 页。
③ 郁达夫:《〈中国新文学大系·散文二集〉导言》,郁达夫编选:《中国新文学大系·散文二集》,上海良友图书印刷公司 1935 年版,第 2 页。
④ 林非:《散文研究的特点》,《文学评论》1985 年第 6 期。
⑤ 毛乐耕:《散文的流动美》,《散文世界》1987 年第 7 期。

第五章　文学语言变革与散文文体的现代转型

留于具体的某个字词的音节,而是将当时非常细腻的情绪形象地再现出来,"神气"不再紧紧地黏滞于"音节",体现出现代散文对意蕴和情绪,即内在韵律的重视和开掘,而这在一个个体解放的时代无疑有利于散文主体性的彰显,从而促进散文的发展。

林语堂曾经这样对比文言散文和白话散文,他说:"文言的使用会使文章具有一种极为干练的风格,故不可能成为优秀的散文。优秀的散文首先必须能够反映日常生活,文言则不称此职。其次,优秀的散文需要有足够的篇幅来充分显示其叙述才能,而文言则往往倾向于惜墨如金。经典作品讲究浓缩、字斟句酌、纯净和反复组织。优秀的散文不应该讲求典雅。而古典散文却以典雅为唯一旨趣。优秀的散文是自然地大踏步向前,古典散文则是备受束缚,用裹着的小脚走路,且步步都要走得有艺术性。"[①]作为新文学的实践者,林语堂在这里把持不同的标准一味抬高了白话散文的艺术成就,但是我们也可以从中领略到,白话语言在"反映日常生活"、具有"足够的篇幅"、风格"自然"等方面的确是为文言所不及的。如果不是简单地做肯定或否定的判断,这正体现了白话文学语言对五四时期闲话风、娓语体散文的影响——正是白话文学语言催生了这种不为古代散文所具备的特殊体式。

可见,白话代替文言的语言变革对闲话风散文体式的生成和出现具有重要意义。白话文学语言写作可以将闲话"移在纸上",形成了亲切自然的语言风格和话语姿态;白话语言使得作者和读者之间形成一种平等的关系,甚至出现了写给儿童的书信体散文,为散文增添了新的现代文体类型;白话语言在声音层面上形成"不拘形式,纯任自然"的语体文节奏,对声音的自然化追求促使现代散文作家更加重视散文的内在韵律。

[①] 林语堂:《中国人》,郝志东、沈益洪译,学林出版社1994年版,第230页。

第六章　文学语言变革与文体渗透的现代转型

在文学发展的过程中，文体的"建构"和"解构"是两种相互背反但有时又呈现出对话姿态的力量。一方面，既有文学史和理论为后代作家提供了各种文体大致的边界，读者则在相应的期待视野中进入阅读和接受，即便是那些立志于反抗成规的创新者也从相反的向度证明了作为一种"影响的焦虑"而存在的文体；而另一方面，挑战文类规范的文学努力从未停止，他们大胆冒犯的尝试试图为人类经验找寻最新颖的表达方式，甚至还丰富和修正了我们对传统文体的种种观念。

刘勰在《文心雕龙·论说》中就注意到："详观论体，条流多品。陈政则与议、说合契，释经则与传、注参体，辨史则与赞、评齐行，诠文则与序、引共纪……八名区分，一揆宗论。"[1] 可见"参体"现象，古已有之。钱锺书在《管锥编》中列举了多种文体互参现象，认为："刘勰所谓'参体'，唐人所谓'破体'也。"并进一步指出："名家名篇，往往破体，而文体亦因以恢弘焉。"[2]"破体"就是突破文体应有的界限，钱锺书肯定了"破体"对文体发展的积极意义。当然，破体和维护文体原有的界限往往是对立统一的，有学者指出，影响文体交融的主要因素就包括"受动文体自身体制的容受性"，"接受它体成分的文体，对于它体，绝不是照搬和移植，而是要根据自身的需要和容受性，有条件有限度地加以吸收和同化。文体有维护

---

[1]　周振甫：《文心雕龙今译》，中华书局2013年版，第167页。
[2]　钱锺书：《管锥编》（第3册），中华书局1979年版，第890页。

自身特色的自律功能"。① 可以说，无论是中国古代文学，还是现代文学，各类文体之间的渗透都是其发展过程中的重要现象。

已有学者对中国古代文学文类渗透的原则、影响文体交融的主要因素以及个别文类之间的渗透（如诗和小说、诗和戏剧等）作出阐释；现代文学研究界也注意到了文体之间的渗透现象，尤其对现代诗化小说以及相关作家给予了长期的多维度的关注。但是到目前为止，除了极少数成果以外，对古代文学文体渗透和现代文学文体渗透的研究，基本上因学科的区隔呈现出分而治之的局面，这在一定程度上不利于全景观地考察文体渗透的传承和变异等问题。二者虽然存在一定的联系，但是不能简单地从古代文学文体渗透的传统去解释现代文学文体渗透的各种现象。事实上，现代文学文体的相互渗透并非简单地顺延了古代文学的文体渗透，即文体之间的渗透这一现象也存在现代形变的问题。自然，这个问题可以从文体自身历史、外来因素、本土文化、时代思潮诸多方面切入，② 但文学语言是其中重要的影响因素，五四文学语言变革引起了中国文学文体的现代转型，同时这场语言变革也影响着文体渗透的现代形变。而目前这一论题尚未引起足够的重视，本章尝试从以下几个方面进行探讨。

第一节　语言变革与文体互参原则和审美取向的改变

在古人的观念中，中国古代的文体有着雅俗、高下、正变不同等级的差别。在文体互参的过程中，不同等级的文体之间并非随意交融，而是遵循着一定的原则和规范。有学者认为"尽管没有人公然标举"，但是破体为文的原则基本是："在创作近体时可参借古体，而古体却不宜借用近体；比较华丽的文体可借用古朴文体，古朴文体不宜融入华丽文体；骈体可兼散体，散体文不可带骈气。更为具体地

---

① 余恕诚：《中国古代文体的异体交融与维护本色》，《文艺理论研究》2009年第5期。
② 参见雷奕、谭桂林《现代性视阈下的诗歌文体越界现象管窥》，《湖南社会科学》2013年第5期。

说，以文为诗胜于以诗为文，以诗为词胜于以词为诗，以古为律胜于以律为古"①。如果说这还是对具体文体之间互参情形的描述的话，那么有学者进一步提出了更为简洁明了的原则，即"互参之际显示出以高行卑的体位定势，即高体位的文体可以向低体位的文体渗透，而反之则不可"②。

在现代文学的文体互参中，这种"以高行卑"的原则不再奏效。因为这种"以高行卑"原则存在的前提是文体的差序价值格局或曰谱系，没有等级体系，就不存在高、卑，当然也不存在"以高行卑"。五四文学革命之后，古典文学的一套文体等级体系轰然瓦解，甚至发生了戏剧性的扭转，如原来处于边缘、卑位的小说，从清末民初开始就在启蒙的呼声中逐渐走到前台，在"五四"以后更被当作改良人生的工具，并逐渐成为20世纪文体格局中的重镇。更需强调的是，这种文体格局的改变，很重要的原因与文学语言的变革有关。白话代替文言成为正宗的文学语言，颠覆了原有的雅俗体制，既然文言已经不再是高雅的代名词，白话不复是引车卖浆者所操俗语，那么小说也就不必卑于诗。有学者意识到语言与文类等级之间的关系："五四运动使白话取代了文言的地位，从而从根本上推翻了传统的文类等级。……胡适的《文学改良刍议》，倡导以白话代文言，看起来缺乏激情和彻底性，却首次击中了传统文类等级这个文化结构的要害。"③语言的变革引发了文体的一系列嬗变和文体格局的震荡，原有尊卑谱系的瓦解导致文体互参的原则也发生了改变。

以诗歌和戏剧的互参为例，在古典文学中，诗歌属雅，戏曲为俗，按照文体互参原则，雅可进入俗，俗不可跃入雅，即诗可以融合在曲中，而曲不可入诗。事实上也是如此。中国古典戏曲中大量化用诗句，戏曲的诗化（也是雅化）可以提升其品格，以俗通雅，"以高行卑的美学依据，实质就是木桶原理，即作品整体的风格品位取决于体位最低的局部，以高行卑可以提升作品的风格品位，反之就会降低

---

① 吴承学：《从破体为文看古人审美的价值取向》，《学术研究》1989年第5期。
② 蒋寅：《中国古代文体互参中"以高行卑"的体位定势》，《中国社会科学》2008年第5期。
③ 赵毅衡：《苦恼的叙述者》，四川文艺出版社2013年版，第179页。

第六章 文学语言变革与文体渗透的现代转型

作品的风格品位"①。曲语如果掺入诗歌，则会使诗流于纤巧轻浮。但是在现代文学中，诗歌和戏剧的这种互参原则便不复存在了。首先，白话代替文言成为文学语言，话剧代替戏曲成为现代主要的戏剧形式，诗歌和戏剧之间的雅俗定位已经消弭，诗歌可以渗入话剧（当然渗入的情形已经不同于古代），诗中也出现了戏剧化，也就是戏也可渗入诗中。叶公超就提出增加诗歌的戏剧性因素，扩大新诗的表现范围，他说："新诗应当多在诗剧方面努力"，"诗剧的途径可以用历史的材料，也可以用现代生活的材料，但都应当以能入语调为原则。惟有在诗剧里我们才可以逐步探索活人说话的节奏，也惟有在诗剧里语言意态的转变最显明，最复杂。旧诗的情调那样单纯，当然有许多历史的原因，但是它之不接近语言无疑也是一个很重要的限制。建筑在语言节奏上的新诗是和生活一样有变化的。诗剧是保持这种接近语言的方式之一"。② 新诗建立在白话语言基础之上，正可以利用活的语言表现复杂的"语言意态的转变"，并且"诗剧"是保持白话语言的重要"方式之一"。新诗研究者也指出："口语成了诗歌与戏剧进行嫁接的最佳切入口，也就成了诗剧的最重要特征。"③ 因此，五四时期，方言作为白话的因子之一潜入话剧，方言的对话及相应的一些戏剧性情境出现在诗歌中，非但没有降格诗歌，反而拓展了诗歌的表现领域。由此可见，语言变革打破了"文言—白话"据守的"雅俗"格局，同时也就导致了以高行卑原则的变更。

不仅如此，互参原则背后所体现的审美取向也发生了变化。以高行卑的原则，如研究者所说："中国古代文体尊卑观念，体现了传统政治制度和礼乐文化所积淀的审美理想，这就是推崇古典的、正宗的、高雅的、朴素的、自然的艺术形式，相对轻视时俗的、流变的、繁复的、华丽的、拘忌过多的艺术形式。这种审美理想，与儒家礼乐制度的实用理性精神一起，共同构成了中国古代文体价值谱系的文化

---

① 蒋寅：《中国古代文体互参中"以高行卑"的体位定势》，《中国社会科学》2008年第5期。
② 叶公超：《论新诗》，《文学杂志》1937年第1期。
③ 吕周聚：《杂糅复合，别创诗体——中国现代诗歌文体衍生模式初探》，《首都师范大学学报》（社会科学版）2010年第6期。

底蕴。"① 如果说古典文体互参表现出浓厚的崇尚古典的审美取向，那么现代文体的渗透则相反，更多体现的是个体的创造自由。鲁迅就曾说："没有想到文学概论的规定，或者希图文学史上的位置的，他以为非这样写不可，他就这样写，因为他只知道这样的写起来，于大家有益。"② "怎样写"取决于是否"和现在贴切"，是否"言之有物"，③ 可见，对现实的关切和表达的及物性而非某种"规定"是鲁迅创作的重要标尺。李欧梵也指出："鲁迅对固有文类边界的挑战导致了一种创造性的混合，即在他的散文中有诗，抑或相反。"④ 诗和散文之间的这种文体混合（blending），对于鲁迅来说正是出于对既有文类规则的强烈反叛。被认为多有师承鲁迅的女作家萧红也认为："有一种小说学，小说有一定写法，一定要具备某几种东西，一定写得像巴尔扎克和契诃夫的作品那样。我不相信这一套。有各式各样的作者，有各式各样的小说。若说一定要怎样才算小说，鲁迅的小说有些就不是小说，如《头发的故事》、《一件小事》、《鸭的喜剧》等等。"⑤ 由此可见，与崇尚古典的审美取向不同，现代作家对文体规则的"侵犯"正体现了他们的创造性背叛。

更具体地说，与他们对表达自由的追求有关，与他们对表达主体情感的要求有关。创造社的郑伯奇这样评价郁达夫的小说："凡一翻读《寒灰集》的人，总会觉得有一种清新的诗趣，从纸面扑出来。这是当然的。作者的主观的抒情的态度，当然使他的作品，带有多量的诗的情调来。我常对人讲，达夫的作品，差不多篇篇都是散文诗。"⑥ 郁达夫小说中的"诗趣"是与其"主观的抒情的态度"分不

---

① 吴承学、何诗海：《浅谈中国古代文体价值谱系》，《古典文学知识》2013年第6期。
② 鲁迅：《且介亭杂文二集·徐懋庸作〈打杂集〉序》，《鲁迅全集》，人民文学出版社2005年版，第300页。
③ 同上书，第301—302页。
④ Leo Ou-fan Lee, *Voices from the Iron House*, Bloomington: Indiana University Press, 1987. p.116.
⑤ 聂绀弩：《回忆我和萧红的一次谈话》，《新文学史料》1981年第1期。
⑥ 郑伯奇：《〈寒灰集〉批评》，严家炎编：《二十世纪中国小说理论资料》（第2卷），北京大学出版社1997年版，第471页。

开的。孙犁曾这样解释自己的诗化小说创作动机:"兼小说与诗歌为一体,实便于情感的抒发尽致。"① 看重"情感的抒发"而非文类的规则,这种追求与"五四"新文化反传统、尊个性的时代思潮不谋而合,但更与文学语言的变革密切相关。现代白话不仅是与日常和当下更为接近的活语言,而且是支持作家最大限度地表达自我的个性化语言;现代白话不仅是现代词汇的组成语言,而且是将自由言说作为应有之意的语言。鲁迅就不满艺术之宫里的种种禁令,说自己要"站在沙漠上,看看飞沙走石,乐则大笑,悲则大叫,愤则大骂"②。"乐则大笑,悲则大叫,愤则大骂"体现的正是表达的自由。据冯雪峰回忆,鲁迅晚年曾经计划写长篇小说以反映现代知识分子的生活,打破长篇小说的文类限制,允许各种文体交叉渗透,从而满足他"自由说话"的追求。③ 现代白话为作家的自由言说和随意驱遣提供了语言基础,而文体本质上就是语言言说的不同形态和模式,语言变革改变了文体互参中的原则和背后体现的审美取向。

第二节 语言变革与文体互参表现形态的形变

古典文学的文体渗透和现代文学的文体互参之差异,还表现在二者表现形态的不同上。以诗歌与其他文体的渗透为例,诗歌在古代的文体格局中,体位最高,在一般情况下,可以向其他文体渗透,于是,古代的小说、戏剧中都有明显的诗化现象。古代小说和戏剧的诗化在外在形态上有一些特点,试举如下。

首先,诗歌渗入其他文体时表现出诗句运用的程式化特征。在古典小说中,开头、结尾部分一般都会有诗句,如《三国演义》的开篇:

滚滚长江东逝水,浪花淘尽英雄。是非成败转头空,青山依

---

① 孙犁:《孙犁文论集》,人民文学出版社1983年版,第214页。
② 鲁迅:《〈华盖集〉题记》,《鲁迅全集》,人民文学出版社2005年版,第4页。
③ 冯雪峰:《回忆鲁迅》,《雪峰文集》,人民文学出版社1985年版,第262页。

旧在，几度夕阳红。白发渔樵江渚上，惯看明月秋风。一壶浊酒喜相逢，古今多少事，都付笑谈中。

  这里的开篇诗词起到了窠括全文的作用。《水浒传》每回结束都有韵文诗句，第五回回末，众泼皮欲设计给鲁智深难看，只叫智深："脚尖起处，山前猛虎心惊；拳头落时，海内蛟龙丧胆。"正是："方圆一片闲园圃，目下排成小战场。"这里是对事件的概括总结。在小说的叙述过程中，现成的诗句被拿来起到状物写人的功能。古典戏剧中的人物也常常有定场诗、下场诗。外在形式上常有"正是""只见""有诗为证"等套语引入。

  其次，诗文引用的互文性。《牡丹亭·惊梦》的结尾就是一首集句诗："春望逍遥出画堂，间梅遮柳不胜芳，可知刘阮逢人处，回首东风一断肠。"这四句分别出自张说、罗隐、许浑和韦庄四位诗人的诗句，经过重组后合成了一首新的下场诗，这样一来，剧本就和之前历史上的诗歌文本构成了一种互文的关系。在小说中也有袭用前人诗词的现象，"在宋元明的话本、拟话本，乃至长篇的章回小说中，引用前代或当代诗人的作品，或书会才人和下层文人写作的韵语，这种情况都是非常普遍的"，"甚至就是有一些诗词作品是经常被小说在相近的情景下引用的，只是个别字词有一点小小的改变"[①]。同一句诗语可能在不同作品中出现，基本上是同一情境，这种情形都体现了互文性的特征。这种互文性和程式化，其实是一个问题的两个方面。之所以互文，是因为语言的程式化表达功能而决定的。

  最后，诗歌渗透过程中的韵散对照形态。诗歌在渗入古典的小说和戏剧中，由于种种原因形成了韵文和散文同时出现的形态。这种形式与小说受到变文的影响和启发有关，变文就是韵散结合，诗文相间的。但也有学者认为，不能完全把小说中大量的诗词归因于讲唱文学，因为现存的大多数白话小说中的诗词比较雅驯，是严格意义上有

---

  ① 周先慎：《形式的结合与内质的融合——论中国古典诗歌对小说文体与艺术的影响》，《北京大学学报》（哲学社会科学版）2013年第4期。

第六章 文学语言变革与文体渗透的现代转型

格律的诗和词,是文人范畴内的作品,和通俗文学中的韵文仍然有区别。① 但是,无论是什么原因导致的韵散对照形态,都和文学语言有关,和韵文、散文各自的表达功能有关。在戏剧的诗化中,除了曲的诗化外,宾白也有被诗化的现象。

在现代文体互参的过程中,诗化小说、诗化戏剧不再追求对诗歌形式的借用,诗化不再表现为诗句对其它体裁外在形态上的渗入,而文学语言的变革是这种变化产生的重要因素。古代文言和白话长期分立,如油水分层,文言经士大夫阶层的长期雅化适于表达一些意蕴丰赡、含蓄雅致的情感内涵,而白话则长于表达鲜活的市井当下和外在的线条动作,因此,小说、戏剧想要有所超越,就要借助文言或者诗词韵文进行雅化,才可能表达白话不能表达的境界。而现代的白话则不同,有研究者已经注意到:"白话表意功能的强化也助成了小说中韵文的蜕变,散体书面白话语义张力的强化削弱了韵文系统。"② 诚哉斯言!现代白话成为正宗的文学语言,可以满足主体想要传达的审美意涵,不再因古白话的陋简而羞于登上大雅之堂,它的丰富性和多义性使得原来由文言承担的话语表意功能在白话中不再望洋兴叹、无计可施。现代小说和戏剧可以融合真正的诗意而非外在的形式到小说、戏剧、散文中,并非因为以高行卑的古典渗透原则,而是因为饱满充盈的现代白话的出场。正如有学者所指出的:"中国现代小说中的文体互渗与文类等级几乎没什么关系。"③ 现代白话的表达功能使其拆解了古代诗歌在文学渗透中的程式化、互文性和韵散结合的外在形式。现代白话的主体性的表达动力、象征性的表达张力、言文合一后的雅俗消弭,使得诗化可以冲破诗的形式外壳直接抵达诗意的书写境地。

我们也可以从现代诗化小说对文学语言的影响,从反面来进一步认识这一问题。在古代诗化小说中,诗歌语言和白话部分,或者韵散

---

① 参见牛贵琥《古代诗词与小说》,山西人民出版社 2005 年版。
② 徐德明:《中国白话小说中诗词赋赞的蜕变和语言转型》,《北京师范大学学报》2008 年第 2 期。
③ 夏德勇:《现代小说文体变迁的形式及其文化语境》,《广州大学学报》(社会科学版) 2003 年第 3 期。

两者之间互不干涉，各自为政。而现代的诗化小说中，白话的审美意涵在诗意的协助下不断提升，从而在文学之途上增强了现代白话的综合表现力。沈从文曾这样评价王统照的诗化小说，他认为："王统照的作品，是同他那诗一样，被人认为神秘的朦胧的。使语体文向富丽华美上努力，同时在文字中，不缺少新的方向，这所谓'哲学的''象征的抒情，在王统照的《黄昏》、《一叶》两个作品上，那好处实为其它作家所不及。"① "使语体文向富丽华美上努力"，也就是现代小说中的抒情化诗化在一定程度上促进了语体文或曰白话文的表意能力，现代白话文可以表达古代白话难以企及的"哲学""象征"等向度，使得诗意内在于小说，成为小说的一种精神和气质。由此可见，文学语言的变革极大地改变了文体互参的外在表现形态。

第三节 语言变革与文体互参审美内涵的转变

文学语言的变革还影响和支配着文体渗透过程中审美内涵的现代转变。就以诗歌渗透小说为例，现代诗化小说的诗化内涵与古典小说中的诗化审美内涵有很大区别。到目前为止，我们在研究现当代诗化小说的时候，过多地指出的是传统文化中的诗意因子对现代诗化小说的影响，更多的是从传统传承的角度理解现代小说中的诗化。普实克也说："对于优秀的现代中国短篇小说，例如鲁迅的短篇小说，如果要在中国旧文学中追溯它们的根源，那么，这根源不在于古代中国散文而在于诗歌。"② 加上作家的一些创作自述，更加固了这种观点。废名曾说："就表现手法来说，我分明受了中国诗词的影响，我写小说同唐人写绝句一样，绝句二十个字或二十八个字，成功一首诗。我的小说篇幅当然长得多，实是用写绝句的方法写的，不肯浪费语言。"③ 古典诗歌对现代小说从精神根源到创作技法层面的影响都可谓深远。中国是诗歌的国度，我们的古人在历史的进程中，面对生老

---

① 沈从文：《论中国现代创作小说》，《沈从文选集》（第5卷），四川人民出版社1983年版，第365页。
② 普实克：《普实克中国现代文学论文集》，湖南文艺出版社1987年版，第59页。
③ 冯文炳：《冯文炳选集》，人民文学出版社1998年版，第394页。

第六章 文学语言变革与文体渗透的现代转型

病死等人生诸种命题形成了一种超越于具体事物本身的诗性情感和智慧，在这种文化浸淫之下，我们不知不觉地着上了一抹朦胧玄美的文化之色。陈平原曾指出，影响中国古典小说的两个传统，一个是"史传"传统，一个是"诗骚"传统，而"诗骚"传统"主要体现在突出作家的主观情绪，于叙事中着重言志抒情；'摛词布景，有翻空造微之趣'；结构上大量诗词入小说"。[①]

固然如此，但是对现代小说的诗化问题，如果我们仅仅强调其和古典的继承与相似的一面是不够的。还必须指出，传统不是移植，而是转化，是承而有变。事实上，有人多少曾经意识到这种区别，做过这样的分析："现代诗化小说不仅突破了传统小说将诗词、赋赞、韵语运用于小说创作的初步诗化小说形态，更将传统诗化小说中零星、片断出现的情景交融场景扩展至全篇。现代小说以意境的创造为中心，并于其中寄托作者的心绪。而传统小说中作为叙述重心的人物、事件和环境退居于次要位置，只是用来渲染一定的情绪和氛围。这样整篇小说人、情、景相互交融，构成诗的意境，浑然一体，含蓄蕴藉。由此也把现代诗化小说与传统诗化小说区别开来，从而使现代小说在更大程度上借鉴诗歌的精神（诗歌的表现性与抒情性），丰富和提高了小说的艺术表现力。"[②] 此处所论涉及文体互参之后诗歌存在的形态问题（本书第二部分从语言角度已经作出论述），涉及现代诗化小说的叙事特点等问题。最吸引笔者的是提到了现代诗化小说与传统诗化小说的不同之处。下面就从语言角度进一步展开这一话题，考察文学语言如何影响了诗意的内涵从古典到现代的转变。

首先，古典小说中的诗化具有怎样的实现条件呢？有学者指出："并不是任何题材、任何风格的作品都有可能产生诗性小说的。……大概要具备以下几个条件，才有可能产生诗性小说。第一，作者本人是小说家同时也是一个诗人，或者至少要有很深的诗歌修养。第二，小说中的主要人物是诗人或文人，或者是具有诗人气质和诗歌修养的

[①] 陈平原：《中国小说叙事模式的转变》，《陈平原小说史论集》（上册），河北人民出版社1997年版，第475—476页。

[②] 刘中树、吴景明：《废名与中国现代诗化小说传统》，《社会科学战线》2009年第8期。

人。第三，人物所生活的环境有便于创造意境的某些特点。符合这几个条件的，一是唐传奇中的部分作品；二是《聊斋志异》中的部分作品；三是《红楼梦》。用世俗的眼光，写世俗生活的通俗小说，如果缺乏精神境界的艺术提升，是很难产生诗性小说的。"① 可见，古典小说和戏剧中的诗化往往是有一定条件和前提的，被诗化的人物本身有一定的诗意色彩，他们或者是诗人或者是文人，小说中的环境也与人物的身份特征契合才能赋予诗意，如《三国演义》中对诸葛亮住所的描写就和人物自身特点有关，如果换成张飞的住所，这样的描写恐怕就不太合适了。此外，与神怪宗教有关的题材也比较宜于诗意化的处理。而现代小说中的诗化，不再依托于人物身份、活动环境和小说题材的特殊性，可以说，此诗意非彼诗意，此诗化非彼诗化！

　　古典白话不能表达诗的境界，必须借助于文化意涵深厚的文言，借助于凝练高雅的诗歌，但文言恰恰是表达模糊、笼统的诗意还可以，但是在表达出独特"这一个"的及物性上却远远不及现代白话。古典白话小说对诗词的借用，会带来趋同化的表达效果。如上文所述，在类似的处境和人物描写时引用同样的诗句，这种互文性正是语言表达缺乏个性化的表现。且这种诗意与中国传统文化"天人合一"的审美理想和思维方式互为表里，诗意的到来必定是一种"和谐"境界的到来，而这种美学旨趣正与长期使用的文言有关，这种语言规定了我们的存在家园、民族情感，同时这种文化也哺育了语言。而现代的语言变革不仅仅是民族交际工具的改变，现代语言的使用包括文学语言在一定程度上也篡改了文化基因，因此，现代白话必将呈现出另外向度上的精神风景。现代的诗意不再是那么楚楚动人、只可意会不可言传的民族记忆，面对琐屑复杂、变动不居、悖论重重、荒腔走板的现实，人们在现代的语言家园中仍然尝试着作出跃向彼岸的种种姿态，就在这一次次试图超越的努力中，诗意由此产生。现代诗化小说的重要作家汪曾祺曾说："一个小说家才真是个谪仙人，他一念红尘，堕落人间，他不断体验由泥淖至清云之间的挣扎，深知人在凡

---

① 周先慎：《形式的结合与内质的融合——论中国古典诗歌对小说文体与艺术的影响》，《北京大学学报》（哲学社会科学版）2013 年第 4 期。

庸，卑微，罪恶之中不死去者，端因还承认有个天上，相信有许多更好的东西不是一句谎话，人所要的，是诗。一个真正的小说家的气质也是一个诗人。"①

于是，鲁迅小说和《野草》中的绝望与反抗绝望可以是诗，萧红笔下的战争、死、丑恶可以是诗，沈从文的朴实直白可以是诗，曹禺戏剧中的日常生活和生命价值的委顿可以是诗。就在这些"越轨的笔致"中传达或刺破了"和谐"的凌厉深沉的诗意，或返璞归真的朴讷笃实的诗意，于是无家可归的现代生命有了安置。现代白话融合了诗与散文的界限，向自己的方向进发。正如有研究者所言："从'五四'作家到'五四'之后的作家，乃至于新文学史上诗化作家而言，'以诗为文'传统都只能是一个笼统的思维定式，其意义不在于它们与诗化小说的联系上，而主要是作家的创造才能，使他们在自己的文学实践中得到个性化的发挥与运用。这是一个作家寻找自己风格的开始，也是他风格成熟的症结所在。'以诗为文'传统与现代小说的'诗化'，其历史联系在于一种思维方式上的宏观概括而已，个人化创造的因素倒是占据第一位置。"② 同为"诗化"，现代作家呈现了较为突出的"个人化创造的因素"，现代文学和古典文学的文体互参有着很大的区别，"现代作家创造机制中潜在的、隐形的因素得到激发与释放，这样看似延续了事物的面貌，其实是沿着各自的轨道在滑翔"。③ 现代文学语言变革对文体渗透的现代型变有着重要的影响。"五四"文学语言变革引起了中国文学文体的现代转型，这场语言变革也影响着文体渗透的现代形变。语言变革使原有文体尊卑谱系瓦解，导致了文体互参中由高到低原则发生变化；现代白话最大限度地支持个体自由言说，改变了古代文体渗透背后所体现的崇尚古典的美学取向。现代白话丰富的审美意涵和富有张力的表达功能改变了古典文体互参中程式化、韵散结合的外在形态，更重神韵与精神的融合。

---

① 汪曾祺：《短篇小说的本质》，天津《益世报·文学周刊》1947年5月31日第43期。
② 颜同林：《"以诗为文"传统与现代小说的诗化》，《甘肃社会科学》2013年第6期。
③ 同上。

现代白话的确指性、及物性使得文体渗透中的审美内涵发生了现代质变。现代的文体渗透与古代的文体渗透在形态以及涉及的理论命题方面都有所不同,如果仅仅从对古典文学传统的继承方面去探讨现代文体互参现象在一定程度上可能遮蔽了背后的一些问题。不能仅仅因为看到二者之间的相似之处,就判定其内在的传承关系。审视二者之间的复杂关系需要找到一个有效的切入点,而文学语言恰恰是一个有价值的审视视角,从语言出发,可以对文体渗透中的某些问题有更为恰切的认识,可以更准确地评价现代文体互参中的传统因素。

最后需要指出的是,对现代文体互参之于古典文学文体互参相异之处的探析,并不是要否认二者之间所存在的一些共性问题和某些传承,作为一个民族,无论古今,寄居在同一种汉语形态上,语言形态有古典和现代的区分,但总有一些稳定的基因沉淀在情感的无意识深处,在文学的表达中流淌,荡出新的涟漪。

第四节 文学语言变革与诗文互参的现代转型

文体之间的互参在古典文学和现代文学中都是重要的现象,在一定程度和范围内的互参互融是文学创新的表现。较之诗歌和小说、戏剧等文体之间的融合相比,诗歌和散文的情形较为复杂。这是因为与诗歌和小说、戏剧在古典文学文体格局中雅俗高低区隔非常明显的状况不同,诗和文的体位原则不是很确定。有学者认为:"诗和文分属韵、散两大类,体位高卑似不易言。"[1] 吴承学也认为:"诗与文的文体地位原无明显轩轾。"[2] 虽然这两种文体并无明显的雅俗高下且遵循由高到低的渗透原则,但是二者之间的互参现象时有发生,只是情况比较复杂而已。

诗文互参有两种情形,一种是诗渗入文,称为"以诗为文",另一种是文渗入诗,称为"以文为诗"。古代文学和现代文学都存在

---

[1] 蒋寅:《中国古代文体互参中"以高行卑"的体位定势》,《中国社会科学》2008年第5期。
[2] 吴承学、何诗海:《浅谈中国古代文体价值谱系》,《古典文学知识》2013年第6期。

第六章 文学语言变革与文体渗透的现代转型

"以诗为文"和"以文为诗"的现象,且历代文论家对此褒贬不一。黄庭坚说:"诗文各有体。韩以文为诗,杜以诗为文,故不工尔。"① 沈括认为:"韩退之诗,乃押韵之文耳,虽健美富赡,而终不近古。"② 相反的看法是:"东坡之文妙天下,然皆非本色也。与其它文人之文、诗人之诗不同。文非欧、曾之文,诗非山谷之诗,四六非荆公之四六,然皆自极其妙。"③

对于现代文学中的这两种现象,有不少学者从本土文学资源的角度作出阐释,认为这是对古代文学传统的一种继承。如针对"以诗为文"有人指出:"现当代散文家也较好地承继了古代散文'以诗为文'的优良传统,保留了'以诗为文'的悠久习尚。"④ 关于"以文为诗",有很多学者注意到现代新诗的提倡与韩愈、苏轼及宋诗的"以文为诗"颇多相似,⑤ 或由"以文为诗"勾连了晚清诗界革命及其对新诗倡导的影响:"晚清诗界革命采取'以文为诗'的诗学策略,这一诗学策略启发了胡适等白话新诗人对现代诗歌自由体式的建设与发扬,进而形成了20世纪以降占据诗坛主流地位的'现代自由体'诗。"⑥ 以上观点主要侧重古代文学和现代文学在诗文互参中的相似性和传承性一面。但也有少数成果注意到了现代的文体渗透与古代文体渗透之间的区别:"现代性视阈下的诗歌文体越界表现出古典文学传统中文体交叉所不具备的新质:形式伦理性""与文学传统中的文体交叉现象相比,现代性视阈下的文体形式不再是静止的艺术表

---

① 参见陈师道《〈后山诗话〉引》,何文焕辑:《历代诗话》(上册),中华书局1981年版,第303页。
② 魏泰:《东轩笔录》(卷12),中华书局1983年版,第141页。
③ 曾季貍:《艇斋诗话》,丁福保辑:《历代诗话续编》(上册),中华书局1983年版,第323页。
④ 杨景龙:《试论"以诗为文"》,《文学评论》2010年第4期。
⑤ 参见吴怀东《"以文为诗"与"作诗如说话"——论宋诗传统在五四白话新诗运动中的传承》,《安徽农业大学学报》(社会科学版)2007年第2期;钟军红《胡适的"作诗如作文"与宋诗的"以文为诗"》,《广东职业技术师范学院学报》2002年第3期;吴凌《略论初期白话诗的"直言"形式和"以文为诗"的创作方法》,《贵阳师范高等专科学校学报》(社会科学版)2005年第3期,等等。
⑥ 胡峰:《"以文为诗"与诗界革命的诗学追求》,《齐鲁学刊》2014年第4期。

现材料，而是具有特殊文化意味的载体"。① 下文尝试从文学语言变革的角度切入诗文互参这一现象，通过较为详细的辨析，考察古代文学和现代文学在诗文互参中的相似和区别，以期更好地认识相关的文体现象。

一 语言变革与"以诗为文"的现代转型

先说以诗为文。诗歌在古代文体格局中处于最顶端，在一个充满浓厚诗歌氛围的国度里，诗歌渗入散文、以诗参文是再正常不过的，具体体现在以下几个方面：散文语言讲求声律节奏，行文构思常用取象比兴，写景绘人注重构设意境，抒情咏叹笔端饱含情感。所谓"心之精微，发而为文，文之神妙，咏而为诗"②，这些诗歌常用的手法被用于散文创作，往往收到"神妙"的文学效果。需要辨析的是，有些手法在现代文学中仍然沿用，如散文通过创设意象形成浓郁的诗情，使其意味深厚，言近旨远，从而收到以少胜多、令人回味无穷的艺术效果。古文中的名篇如周敦颐的《爱莲说》、刘禹锡的《陋室铭》、陶渊明的《桃花源记》等皆是如此，与此类似，现代散文中丽尼《鹰之歌》中的鹰、陆蠡《囚绿记》中的植物、靳以《窗》、巴金《灯》、梁实秋《雅舍》等都是通过意象实现散文诗化的典型。③

此外，意境营构、长于抒情都是古典文学和现代文学共有的以诗为文的常用手段。但是，以现代白话为基础的现代散文，在以诗为文中也形成了自己特有的形态和特征，这也是本书要特别指出的。下面

---

① 雷奕、谭桂林：《现代性视阈下的诗歌文体越界现象管窥》，《湖南社会科学》2013年第5期。
② （唐）刘禹锡：《唐故尚书主客员外郎卢公集纪》，《刘禹锡集》，上海人民出版社1975年版，第169页。
③ 需要顺便提及的是，有研究者认为，说理文中的相关物象也属此类，本书认为这种物象和诗歌中的意象仍有很大区别。如柳宗元的《三戒》（《临江之麋》《黔之驴》《永某氏之鼠》）中虽也有取象比兴，但其主要作用是使所论之理更加形象、更易被人理解，与诗歌中那种凝结了人的主体情感的意象所带来的审美效果不同，更宜视作寓言。同理，在现代散文如鲁迅的杂文中也创造了一系列的形象，如细腰蜂、哈巴狗、媚态的猫、落水狗、山羊、破落户子弟等，这些都不宜等同于诗歌中的意象，因为这些作为喻体的物象只是使说理更形象化而已，文学是形象化的，但形象化并非文学/诗歌唯一的属性，况且诗歌重在抒情，说理不是其长项。因此，不宜将之视为散文诗化的表现。

第六章　文学语言变革与文体渗透的现代转型

从语言变革的角度详述"以诗为文"的现代转型。

首先，文学语言变革改变了散文在节奏、韵律方面的诗化形态。古典散文非常讲求句式的节奏和语言的声律，这是散文在外在形态上诗化的重要手段。诗歌的四言、五言、六言、七言体式，也是骈文中常见的句式。如论者所指出的："正是这些骈文的基本构成单位——句子具有诗体的特征，因而，为骈文的诗化特征奠定了语言层面的基础。也就是说，骈文的'以诗为文'的诗化特征首先是由构成其篇章的主体句式决定的。"① 骈文的诗化自不待言，甚至到了清代桐城派的古文家那里，对文字声律的要求也毫不含糊，刘大櫆《论文偶记》中说："一句之中，或多一字，或少一字，一字之中，或用平声，或用仄声；同一平字仄字，或用阴平、阳平、上声、去声、入声，则音节迥异。故字句为音节之矩。积字成句，积句成章，积章成篇。合而读之，音节见矣；歌而咏之，神气出矣。"这里将字之平仄声律与"音节"乃至全文的"神气"紧密联系，可见其对语言形式要求的重视。所以，刘氏被认为"能融诗艺于文艺，突破了方苞的成规，打破了诗文的界限，使桐城古文呈现出新的风貌"②。这里对语言声律节奏方面的追求绝非个案，乃是文言共同的追求。现代白话代替文言成为文学语言后，现代汉语不再以单音节为主，这就很难像古代散文那样去追求句式的整饬和声律的谐美，但现代散文也追求音律方面的诗美，朱光潜即认为："古文和语体文的不同，不在声音节奏的有无，而在声音节奏形式化的程度大小。"③ 现代散文也可以追求字句的音调、句式的对偶，但往往都是局部的，是白话式的对仗，且很快便融化在自然的语调之中，否则便"浓得化不开了"。如徐志摩《我所知道的康桥》：

---

① 莫道才：《以诗为文：骈文文体诗化特征论》，《广西师范大学学报》（哲学社会科学版）1997年第2期。
② 梅运生：《古文和诗歌的会通与分野——桐城派谭艺经验之新检讨》，《安徽师范大学学报》（哲学社会科学版）1986年第11期。
③ 朱光潜：《散文的声音节奏》，吴泰昌编：《艺文杂谈》，安徽人民出版社1981年版，第83—84页。

> 关心石上的苔痕，关心败草里的花鲜，关心这水流的缓急，关心水草的滋长，关心天上的云霞，关心新来的鸟语。怯伶伶的小雪球是探春信的小使。铃兰与香草是欢喜的初声。窈窕的莲馨，玲珑的石水仙，爱热闹的克罗克斯，耐辛苦的蒲公英与雏菊——这时候春光已是烂缦在人间，更不须殷勤问讯。

相同的成分并没有完全用谨严的格律去约束，而是以白话的自然语调为基础，二字、三字、四字安排错落，显示出整齐中有变化，同时又不乏诗意。有时甚至完全摒弃形式层面的对偶、铺陈等形成的规律性和音乐性，以最日常、最口语的陈述传达出某种内在的神韵，如：

> 没事的时候他在后天井烧个小风炉炒菜烙饼吃。他教我们怎么煮红米饭：烧开了，熄了火，停个十分钟再煮，又松，又透，又不塌皮烂骨，没有筋道。
> ……
> 看不到田园里的茄子，到菜场上去看看也好——那么复杂的，油润的紫色；新绿的豌豆，热艳的辣椒，金黄的面筋，像太阳里的肥皂泡。把菠菜洗过了，倒在油锅里，每每有一两片碎叶子粘在篾篓底上，抖也抖不下来，迎着亮，翠生生的枝叶在竹片编成的方格子上招展着，使人联想到篱上的扁豆花。其实又何必"联想"呢？篾篓子的本身的美不就够了么？我这并不是效忠于国社党，劝诱女人回到厨房里去。不劝便罢，若是劝，一样的得劝男人到厨房里去走一遭。
> ——张爱玲《公寓生活记趣》

第一段由几个简单的动词串联，加上"又"字的重复，并没有刻意的雕文刻镂，但简洁的文字中已经神韵灌注，不同寻常。第二段则把地地道道的世俗场景写得有趣可爱。当然，古典散文重视汉字音乐性的传统在某种程度上仍然得到承继，如朱自清散文中叠词的运用是最明显的例子。

第六章 文学语言变革与文体渗透的现代转型

> 她松松的皱缬着,像少妇拖着的裙幅她轻轻地摆弄着,像跳动的初恋的处女的心;她滑滑的明亮着,像涂了"明油"一般,有鸡蛋清那样软,那样嫩……她又不杂些儿尘泽,宛然一块湿润的碧玉,只清清的一色——但你却看不透她!
>
> ——《绿》

《荷塘月色》《桨声灯影里的秦淮河》中的叠词、叠字更是多达几十处,增添了诗化的韵律之美。

其次,语言变革也影响了散文诗化意境构设的转型。古典小说、戏剧都追求诗化,而散文作为文人主体性最强的文体,"诗化"更是随处可见。诗歌中的意境在散文中可以起到升华感情、丰富艺术空间的作用。但文言和白话由于不同的语言质地,便能生发出不同的意境。以刘禹锡的《陋室铭》、归有光的《项脊轩志》与梁实秋的《雅舍》为例,三者都以房屋处所为记述对象,都有诗化意境的创设,但仍体现出很大的不同。试述如下:

> 苔痕上阶绿,草色入帘青。谈笑有鸿儒,往来无白丁。可以调素琴,阅金经。无丝竹之乱耳,无案牍之劳形。
>
> ——《陋室铭》
>
> 前辟四窗,垣墙周庭,以当南日,日影反照,室始洞然。又杂植兰桂竹木于庭,旧时栏楯,亦遂增胜。借书满架,偃仰啸歌,冥然兀坐,万籁有声;而庭阶寂寂,小鸟时来啄食,人至不去。三五之夜,明月半墙,桂影斑驳,风移影动,珊珊可爱。
>
> ——《项脊轩志》

前者所写居处虽然简陋,却因主人的有"德"而"馨"。这里形成了青苔在石阶上绿意盎然,草色青葱映入帘中的诗意景致,更有同道往来,弹奏古琴、阅读佛经的怡然生活。全文通过绘写居室环境、来往客人、日常生活等标明了主人淡泊名利的高雅情趣。后者所写修葺后的项脊轩是一幅由书、庭阶、小鸟、明月、桂影和主人偃仰啸歌的怡然自得组成的优美画面，景物和环境的描摹会通了古诗中的很多意象，可谓诗意盎然，令人心动。

梁实秋的《雅舍》所写的是抗战期间在四川的住所，"雅舍"时有月夜和细雨中的趣味，也有大雨侵盆时的灰泥崩裂，更有蚊虱猖獗，夜间老鼠出没：

> 入夜则鼠子瞰灯，才一合眼，鼠子便自由行动，或搬核桃在地板上顺坡而下，或吸灯油而推翻烛台，或攀援而上帐顶，或在门框桌脚上磨牙，使得人不得安枕。但是对于鼠子，我很惭愧的承认，我"没有法子"。
>
> ——《雅舍》

比较而言，现代白话因为描摹更充分、细腻、日常化，使其意境比古典散文中的意境更多个体化的内涵，如果说"陋室""项脊轩"带给读者的是无数中国文人共有的诗意情怀，那么"雅舍"则是抗战时期梁实秋自己的那两间虽然简陋但是仍不失其雅的住所，雅舍不像"陋室""项脊轩"那样因为有诗意而诗意，而是因为有个性而诗意，正如梁实秋所说的"有个性就可爱"。

最后，语言变革还导致了散文抒情化的变异。古典诗歌虽然也有说理、叙事的篇章，但主要是抒发情志的，抒情是散文诗化的重要手段，通过情感的注入感染读者，区别于应用性的散文。诸葛亮的《出师表》、陶渊明的《归去来辞》《五柳先生传》、江淹的《别赋》、庾信《哀江南赋》并序、韩愈的《祭十二郎文》、柳宗元的《至小丘西小石潭记》、张岱的《西湖七月半》……有的在景物背后传达情感，有的边叙、边议、边抒情，有的含蓄内敛，有的诚挚恳切，更有的长吁短叹、令人动容，如司马迁的《报任安书》："肠一日而九回，居则忽忽若有所亡，出则不知其所往。每念斯耻，汗未尝不发背沾衣也！"如泣如诉地将所遭遇的耻辱和内心的痛苦抒发得淋漓尽致。与古典散文相比，现代白话在抒情方面所达到的效果也有其独特之处。现代白话的历史出场本来就与个性解放思潮相表里，白话支持个体情感的充分表现。如果说文言中的抒情往往是含蓄的、间接的，借助铺陈等修辞手段，给人一种震人心魄的情感力量，那么白话散文中的抒情方式则可以直接描摹日常生活和情感状态，显得较为真切、质朴、自然。冰心、丰子恺笔下带有儿童语调的散文，郁达夫直抒胸臆的文字，朱自清散文中的恳切诚挚，都颇有现代特有的风采，即使像鲁迅那样冷峻的作家也有如此柔和的抒情："仁厚黑暗的地母呵，愿在你怀里永安她的魂灵！"（《朝花夕拾·阿长与〈山海经〉》）

由此可见，白话文学语言变革带来了诗歌渗入散文过程中的变异，使得现代散文的诗化呈现了和古典不同的风貌。

二 语言变革与"以文为诗"的现代转型

虽然诗歌在古代文体格局中处于最高位置，一般来说，诗歌经常渗透到其他文体中，而少有其他文体对其渗透。但文类边界和位置的存在从来都不是绝对的、固定的。或者说，正是由于边界的存在才有越界的尝试和创新。诗文之间的体位本来不是非常明晰，诗歌渗入散文自是平常，而散文渗入诗歌也未尝不可。唐代韩愈的"以文为诗"正是出于对成熟唐诗的一种变革，清人赵翼就对这种破体予以正面评价，并指出它对后世诗歌创作产生了重要影响："以文为诗，自昌黎始，至东坡益大放厥词，别开生面，成一代之大观。"[①] 如前所述，不少学者将此与晚清"诗界革命"和五四时期胡适"作诗如作文"的诗学主张相勾连，发现历史的相似之处。本书着重指出，以文言为基础的"以文为诗"和以现代白话为基础的"以文为诗"仍有很多不同。

韩愈倡导"以文为诗"，主要表现在诗歌的散文化和议论化上，他和在其影响之下的后世诗人将古文意识带入诗歌创作中，为诗歌发展开拓了新的局面。如苏东坡的《书王定国所藏烟江叠嶂图（王晋卿画）》是宋代以文为诗的重要篇章，诗句长短相间，突破了七言的体制，不拘定格，确是一首别开生面之作。但仔细诵读便会发现，类似的诗句"但见两崖苍苍暗绝谷，中有百道飞来泉"中"但见"是

[①] （清）赵翼：《瓯北诗话》（卷5），郭绍虞辑：《清诗话续编》（第2册），上海古籍出版社1983年版，第1195页。

起首的连接性语词,如果将其删去仅留"两崖苍苍暗绝谷,中有百道飞来泉"也不会妨碍文意的表达。再有"不知人间何处有此境,径欲往买二顷田"句,也可以改为两句七言:"人间何处有此境,径欲往买二顷田"。可见全诗仍以七言为主,且一韵到底。从语言方面看,虚词的增加、诗歌句式的相对松动等都使"意"的表达更为清晰,在效果上比通常的诗歌通过意象暗示更为畅达。总体上,并没有完全消解传统诗歌的句式结构。不管是写诗,还是作文,只要以文言为基础,那么这两种文体都会带有文言所导致的某些特征。例如,无论是古典诗歌还是散文,都对声律特别重视,欧阳修在《六一诗话》中这样评价韩愈的诗:"余独爱其工于用韵也。盖其得韵宽,则波澜横溢,泛入傍韵,乍还乍离,出入回合,殆不可拘以常格……"可见,"以文为诗"的韩愈仍然重视用韵,而这正是以文言中的单音节汉语为基础的。

　　五四时期,胡适等人倡导文学革命,提出白话取代文言成为正宗的文学书写语言,诗歌领域的革命尤其艰难。胡适在《国语文学史》中就为中国文学找出了一条不断进化的线索,从学术角度衡量其观点是否正确还有待专家确认,但从文学革命的策略角度,这种论述未尝不是从传统文学找到变革的资源,在学理上更易被人接受。说到诗歌的演变,他找到的传统资源正是"以文为诗",他说:"韩愈是个有名的文家,他用作文的章法来作诗,故意思往往能流畅通达,一扫六朝初唐诗人扭扭捏捏的丑态。这种'作诗如作文'的方法,最高的地界往往可作到'作诗如说话'的地位,便开了宋朝诗人'作诗如说话'的风气。后人所谓"宋诗",其实没有什么玄妙,只是'作诗如说话'而已。"① 胡适认为,韩愈"用作文的章法来作诗"达到"流畅通达"的效果,也就是"以文为诗",这没有错。但是他把"作诗如说话"认为是"作诗如作文"的高级版,且宋诗就是"作诗如说话"却不一定符合事实。因为作文并非就如说话,清代方东树在总结前人"以文为诗"的手法时就总结出一套规则:"欲学杜、韩,须先知义法粗胚。今列其统例如左:如创意、造言、选字、章法、起

---

① 胡适:《白话文学史》,上海古籍出版社1999年版,第245页。

第六章 文学语言变革与文体渗透的现代转型

法、转接、气派、笔力截止，不经意助语闲字、倒截逆挽不测、豫吞、离合、伸缩、事外曲致、意象大小远近，皆令逼真、顿挫、交代、参差。……"虽然方东树的观点未必就是杜甫、韩愈作诗时的法则，但至少说明文亦有文法，古文在字法、句法、章法等方面有一整套行文习惯，并非直接等同于说话。杜甫的诗风被称为"沉郁顿挫"，"顿挫"就是指技巧方面的重视。再如，宋诗为了避免"以文为诗"所导致的过分直白，还提出"无一字无来历"，讲究用典，这与胡适在《文学改良刍议》中提倡白话时对"不用典"的强调恰恰相反。正如研究者所指出的："宋诗的'以文为诗'的陌生化前提是旧体格律，旧体格律诗在格式、韵律、用典、对仗以及虽不密集但仍然重视的意象创造等方面，使得宋诗在说理、议论和口语化的同时仍能保有传统诗词所特有的含蓄、凝练、和谐等诗美特点。"[①] 这正是文言写诗虽采取"以文为诗"但仍然具有的艺术效果，并非等于"作诗如说话"。

事实上，唐宋诗变中"以文为诗"的出现有着复杂的原因，如有学者言，"'以文为诗'的发生，有复杂的时代、思想、艺术之构因"[②]，但胡适却从"作诗如说话"即诗歌接近自然说话的角度去理解"以文为诗"，这和他倡导白话有很大的关系。或者说，提倡白话文学语言，以白话作诗、作文，再加上"作诗如作文"时，就会得出"作诗如说话"的结论。再进一步讲，同为"以文为诗"，但当文学语言发生变化时就会产生不同的结果。如胡适早期的白话诗《蝴蝶》：

> 两只黄蝴蝶，双双飞上天；
> 不知为什么，一个忽飞还。
> 剩下那一只，孤单怪可怜；
> 也无心上天，天上太孤单。

[①] 钟军红：《胡适的"作诗如作文"与宋诗的"以文为诗"》，《广东职业技术师范学院学报》2002年第3期。

[②] 许总：《以文为诗：唐宋诗格的创变与整合》，《文学评论》2014年第3期。

虽然句式还保持着旧体诗的形式，但和宋诗"以文为诗"已经完全不同，因为其语言基本是白话的，再前进一步就是旧体诗格式的解体。与其说胡适看重"以文为诗"，不如说是从语言切入，打开了传统文学的结构，造成了文学现代性的变革，这正是五四一代所做的。只有从语言的角度我们才能更透彻、更辩证地理解新诗变革和宋诗传统之间的关系，正如研究者所指出的："不少学者认为中国'新诗'变革的重要资源是宋诗'以文为诗'运动。实际上只是表面相似而实质上有很大不同。'以文为诗'的宋代诗歌变革是借助另一种文类的话语规则，目标也不是向新的经验和语言开放（这里的'文'是有其复兴古文的背景的），因而只是在典籍和书面语言中自我循环，谈不上诗歌内容和符号的更新。五四'新诗'变革与宋诗'以文为诗'的最大不同，是自觉面对经验和语言变化的现实，把作为诗歌活动基础的语言变革提上了议事日程，通过分享日常语言的感性和活力，改变传统诗歌把握与想象世界的方式。"[①] 貌似相似的由"文"向"诗"的渗透，由于立足的语言世界之不同，而打开了截然不同的文学世界。

现代白话的"以文为诗"和文言的"以文为诗"存在本质的不同。现代白话的"以文为诗"所带来的诗歌散文化表现为消除五言、七言的固定体式，韵律方面出现符合口语语调的自然化趋势等。这样的白话诗要写出诗意是非常难的，怎样认识和处理诗的内质和文的形式之间的关系非常重要。早在20世纪30年代就有人对此进行过论述："一篇优美的散文是一首诗，一首优美的诗不是散文"，"诗就是艺术的言语，不能将言语艺术化了，是诗作者的失败"，"散文是需要含有诗中的任何一种因素的，散文能够充分的浸染着诗的色泽，至少散文的作用，是能够带人进入诗的境地"。[②] 散文可以诗化，但是诗歌不能写得跟散文一样，否则就会散而无味，这正是白话新诗面世以后所遇到的问题。因此，白话诗在挣脱古诗体式之后，必然要在散

---

① 王光明：《从语言变革出发——五四"新诗"的一个背景》，《中国现代诗歌的语言国际学术研讨会论文集》2011年6月25日。
② 姚远：《诗的散文与散文的诗化》，《中国诗坛》1939年第3期。

第六章 文学语言变革与文体渗透的现代转型

文化的句式中寻求到诗意的表达方式。白话的"以文为诗"指的是外在形式，而非内涵。现代白话诗必须解决好外在的散文和内在的诗意之间的关系，而新诗的成长在一定意义上就是对问题解决的过程。此外，现代诗歌还出现了散文诗这种体式，成为白话语言"以文为诗"的特殊样态。现代最优秀的散文诗《野草》用现代白话的话语方式，传达了极其复杂的、深刻的、现代的生命体验和精神哲思，这是文言的"以文为诗"无法完成的。

可见，无论在古代文学还是现代文学中，"以文为诗"都会带来诗歌的散文化，可以拓展文学的表现题材，使得文意更为畅通，但韩愈的"以文为诗"是古文文体渗透于诗歌中，其出发点是载道复古，而胡适的"以文为诗"则是在古典文学的演进中找到相应的资源，并以白话为基底导致对古典传统的反叛。

由上可见，不少学者注意到中国现代文学中的诗文互参即"以文为诗"和"以诗为文"与传统文学中的两体交融有着一定的关联，但是本书认为在承认传统影响的同时，我们也应该强调二者的不同，白话文学语言变革使诗文互参的情形发生了现代性的转型。从语言变革的角度可以更加全面地评价现代诗文互参中的传统因素，更准确地认识现代诗文互参所具有的独特性，可以更恰切地认识诗文渗透中的一些现象。只有这样，我们才能不满足于用静止的眼光发现二者的相似处，更加辩证地看待传统文学及其新变，才能立足于现代白话去创造更丰富的文学。

结　　语

　　中国文学文体由古典向现代的转型是文学风貌的重大嬗变，同时也映射着民族精神生活的巨大变迁，对文学形式这一转型的研究具有重要的文学史意义。文体的变化发展有多种原因，但文学语言是最重要的因素之一。卡西尔说："一个伟大的艺术家在选用其媒介的时候，并不把它看成外在的、无足轻重的质料。文字、色彩、线条、空间形式和图案、音响等等对他来说都不仅是再造的技术手段，而是必要条件，是进行创造艺术过程本身的本质要素。"[1] 对文学艺术来说，语言正是属于"本质要素"的东西。中国现代文学正是从提倡语言变革开始的，文学语言这一长期以来被看作形式层面的要素恰恰成了中国文学实现古典向现代转变的重要支点。影响文体发展的其它因素最终需要通过文学语言才能发生作用，文学语言是考察中国文学文体现代转型的重要视点。

　　文学语言的变革到底通过哪些层面、如何影响了文体要素的重组和衍化，从而影响了文体的形变是本书研究的重点。从总体上看，白话代替文言成为文学语言，关系到构成文体的要素和部分文体功能的实现，导致了文体形态新特征的生成和呈现，改变了包括文体地位、发展状况和相互关系在内的文体整体格局，由此实现了中国文学文体从传统到现代的转型。从具体文体来看，语言变革导致了各类文体原有体裁程序的重新聚合，本书从现代白话对小说叙事和描写的变革、对戏剧表演体制和话语模式的革新、对散文旧腔调的祛除和个性言说的推动、对诗歌格律形式的瓦解等方面详尽梳理了语言与文体转型之关联。除此之外，文体之间的互参情形也由来已久，文学语言也影响

---

[1] ［德］恩斯特·卡西尔：《语言与神话》，于晓等译，三联书店1988年版，第154页。

了文体互参原则和表现形态的现代转型。

从语言角度对文体的考察并非只停留于形式问题上。早在20世纪80年代就有研究者说:"语言与心理、与思维有密切的关系,语言更是社会和文化的产物,语言体系其实就是一种社会价值体系。文学语言学把握住'语言'这一关键性的中介,来揭示文学自身的规律,同时也就揭示了文学与社会、与心理、与哲学、与历史等诸种复杂的关系,从而沟通了文学的外部研究和内部研究这两个原先被割裂的领域。"① 具体到本书所关注的问题,必须意识到白话不仅属于文学,而且兼有现代民族共同语的身份,这一属于现代中国的特殊情形对文体的现代转型的影响也不容忽视。应该说,语言的视角恰恰可以帮助我们更好地跳出形式局限而看待形式问题。

从文学语言的角度考察中国文学文体的现代转型可以为认识与此相关的一些争议性问题提供启示。如20世纪80年代就已经提出的旧体诗是否应当纳入现代文学史的问题。唐弢曾经明确表示了反对意见,他说:"我们在'五四'精神哺育下成长起来的人,现在怎能回过头去提倡写旧体诗?不应该走回头路。所以,现代文学史完全没有必要把旧体诗放在里面作一个部分来讲。"② 到了90年代,王富仁对这一问题是这样认识的:"在现当代,仍然有很多旧体诗词的创作,作为个人的研究活动,把它作为研究对象本无不可,但我不同意写入中国现代文学史,不同意给它们与现代白话文学同等的文学地位。这里有一种文化压迫的意味。这种压迫是中国新文学为自己的发展所不能不采取的文化战略。这里的问题不是一个具体作品与另一个具体作品的评价问题,而是一个引导现代中国人在哪个领域发挥自己的创造才能的问题;也不是它还存在不存在的问题,而是一个它在现当代中国存在的意义与价值的问题。"③ 近年来,随着文学史书写观念的不断更新突破,现代文学研究的版图也不断调整着,旧体诗词再次引起

---

① 黄子平:《得意莫忘言》,《上海文学》1985年第11期。
② 唐弢:《中国现代文学史的编写问题》,《唐弢文集》(第9卷),社会科学文献出版社1995年版,第371页。
③ 王富仁:《当前中国现代文学研究中的若干问题》,《中国现代文学研究丛刊》1996年第2期。

学者的关注,有人认为:"旧体诗词是一种具有鲜明民族特色的文学形式,在数千年的中国文明史上曾创造出夺目的辉煌。五四新文学运动以后,旧体诗词被作为腐朽、僵化的艺术形式受到批判和否定,它在诗坛的主流地位随之失落。此后相当长的一个历史时期,旧体诗词都没有合法的存在权,公开发表和出版者极少。但旧体诗词是一种有着顽强生命力的艺术形式,作为潜在的文学创作和消费活动,在整个20世纪它始终没有停止,80年代以来还呈复兴态势,并积累了可观的成果。这些作品是中华民族在新的历史条件下创造的精神产品和文化成果,是中国现当代文学的有机组成部分,值得认真研究。但学界长期以来或把它摒弃在中国现代文学之外,或轻描淡写,致使对现代诗词的研究十分薄弱。进入新的世纪,许多问题应该重新思考和研究,理性地审视旧体诗词在20世纪中国文学学科中的合法性、地位和意义,即是其一。"① 如果说,唐弢和王富仁不同意将旧体诗纳入现代文学研究是出于对以"五四"为代表的现代启蒙文化的捍卫,那么此处学者则是从特定时段内(20世纪)民族文化成果的完整性着眼的。近年来有学者从文学语言角度进行思考,认为:"现代自由体诗歌是与现代汉语紧密联系的,它体现了现代诗思特征(诗思是包括了诗的感受力、想象力、组织性与表现性等成分的诗性因素),最适宜表达现代人的思想情感与现代人的生活,也与现代人的审美情趣的变化适宜。现代诗歌语体不可能与旧的诗歌文体发生有机的联系,现代诗歌的其它诗质性因素也很难与旧体诗文体发生有机性联系。"② 通过文学语言的新变探讨了现代旧体诗的诗体形式发展的限度,从而阐述了中国现代旧体诗歌不宜入史的主张。③ 应该说,不同时代对学

---

① 陈有康:《二十世纪中国旧体诗的合法性和现代性》,《中国社会科学》2005年第6期。
② 王泽龙:《关于现代旧体诗词的入史问题》,《文学评论》2007年第5期。
③ 类似的观点还有:"旧体诗和新诗分属于两个体系和两个时代。新诗占据诗坛主流地位后,旧体诗仍在延续,且不乏佳作,但近人旧体诗属于古典美学范畴,虽然一些杰出的旧体诗人取得了重大成就,但由于拘守旧格律而拒斥新诗的内在律,因而难以胜任表现现代人复杂内心世界的任务,同时也难以发挥现代汉语的特长。近人旧体诗不具有充分现代性,因此不宜纳入现代诗歌史。"吕家乡:《新诗的酝酿、诞生和成就——兼论近人旧体诗不宜纳入现代诗歌史》,《齐鲁学刊》2008年第2期。

术问题的关注本来就会有不同的侧重，随着文学史编写观念的多元化，对旧体诗是否入史肯定还会意见不一，但无疑从文学语言观察旧体诗的可能和价值都是重要的视角，而找到一个合适的角度也许比结论本身更重要。

与此相关的其实还有现代文学的起点和对现代性的理解等问题。曾有一段时间学术界对现代性问题的讨论非常热烈，意见纷呈，难成定论。目前虽然对这一问题的论争有所降温，但对其认识依然会牵动文学史书写和分期等重要问题。现代文学和古典文学的界限到底在哪里？这一问题很难回答，也很难说有终极正确的答案，但是不得不说文学语言依然是重要的标识，这一观点也在不断被重申和强调，如"只有'五四'文学革命创立的新文学，是在已有的传统之外自觉地开辟全新的文学形态，称得上是真正意义上的'现代文学'。与晚清文学不同，以1917年'五四'文学革命为开端的现代文学，运用全新的文学语言，在创造性地表达了中国人丰富多样的现代经验的同时，主动将自身与中国的现代进程紧密地联系起来。"① 再如"中国现代文学的诞生，有一个标志性事件，即1917年胡适、陈独秀等人提倡白话取代文言，主张白话文取代文言文。尽管有学者把中国现代文学的现代性追溯到19世纪中后期，但也不能否认中国文学的现代转型不能脱离语言的现代转型。"② 随着文学史书写观念的进一步开放，对中国文学现代性的理解会越来越丰富，有学者甚至把现代文学的起点上溯到明代。③ 应该说，即使对分期和文学史写法具体问题的结论可能不同甚至相反，但文学语言到目前为止还是我们理解文学转型的重要参照点，一个真正有价值的观察点应该被不同观点的学者所关注。

本书的研究还希望对中国当下文学的发展有所启发，比如诗歌的"口语化"问题。从新诗发展之初倡导口语写诗，到朦胧诗后第三代诗人的口语诗歌，再到当下诗歌口语写作的芜杂和评价的混乱局面，

---

① 季剑青：《什么是"现代文学"的"现代"？——中国现代文学起点问题的历史考察和再思考》，《文学评论》2015年第4期。
② 文贵良：《中国现代文学：语言与话语》，《湖南大学学报》2014年第4期。
③ 参见［美］王德威《"世界中"的中国文学》，《南方文坛》2017年第5期。

对口语和诗歌问题的清理和研究显得非常紧迫和必要。如何区分口语在不同时期的价值，不做简单的认同或否定，发掘当下口语和诗歌的内在联系是诗人也是研究者的艰巨任务。此外，还有新诗的未来是否应该回头学习传统，凡此种种，应该说，文学语言不但是我们考察文体现代转型的切入点，也是思考一系列文学现实问题的重要出发点。

  洪堡特曾说，语言就像是一片笼罩着山顶的云彩，若从远处观望，它有明晰确定的形象，但你尚不了解它的细节，而一旦登上峰顶，置身云中，它就化作了一团弥散的雾气，你虽已掌握了它的细节，却失去了它的完整形象。这一形象的比喻道出了本书在研究过程中体会到的难点，语言是研究文学的有效视角，但把握好这个视角却需要同时注意到语言具体的一面和抽象的一面并将二者很好地结合起来，也许我们还需在雾气和云彩中穿越许久。

参考文献

一 著作

［美］爱德华·萨丕尔：《语言论》，商务印书馆1985年版。

［美］本尼迪克特·安德森：《想象的共同体》，吴叡人译，上海人民出版社2005年版。

［美］卡西尔：《语言与神话》，于晓等译，生活·读书·新知三联书店1988年版。

［瑞士］索绪尔（F. D. Saussure）：《普通语言学教程》，高名凯译，商务印书馆1980年版。

［德］威廉·冯·洪堡特：《论人类语言结构的差异及其对人类精神发展的影响》，姚小平译，商务印书馆1997年版。

［美］布鲁姆：《影响的焦虑》，江苏教育出版社2006年版。

［美］雷·韦勒克、奥·沃伦：《文学理论》，刘象愚等译，生活·读书·新知三联书店1984年版。

［美］苏珊·朗格：《情感与形式》，刘大基等译，中国社会科学出版社1986年版。

［美］叶维廉：《中国诗学》，人民文学出版社2006年版。

［日］柄谷行人：《日本现代文学的起源》，赵京华译，三联书店2003年版。

［日］木山英雄：《文学复古与文学革命》，赵京华编译，北京大学出版社2004年版。

［苏］巴赫金：《巴赫金全集》，白春仁、晓河译，河北教育出版社1998年版。

［英］彼得·伯克（Peter Burke）：《语言的文化史》，北京大学出版

社 2007 年版。

［美］科恩（Cohen，Ralph）：《文学理论的未来》，中国社会科学出版社 1993 年版。

［日］平田昌司：《文化制度和汉语史》，北京大学出版社 2016 年版。

《"文学语言"问题讨论集》，文字改革出版社 1957 年版。

《清末文字改革文集》，文字改革出版社 1958 年版。

北京师范学院中文系汉语教研组编著：《五四以来汉语书面语言的变迁和发展》，商务印书馆 1959 年版。

阿英：《阿英全集》，安徽教育出版社 2006 年版。

柏彬编：《中国当代文学研究资料田汉专集》，江苏人民出版社 1984 年版。

鲍晶编：《刘半农研究资料》，天津人民出版社 1985 年版。

冰心：《冰心文集》，上海文艺出版社 1982 年版。

蔡元培：《蔡元培全集》，中华书局 1984 年版。

曹而云：《白话文体与现代性》，三联书店 2006 年版。

曹聚仁：《文坛五十年》，东方出版中心 1997 年版。

曹述敬：《钱玄同年谱》，齐鲁书社 1986 年版。

陈爱中：《中国现代新诗语言研究》，中国社会科学出版社 2007 年版。

陈独秀：《陈独秀著作选》，任建树等编，上海人民出版社 1993 年版。

陈方竞：《多重对话：中国新文学的发生》，人民文学出版社 2003 年版。

陈剑晖：《诗性想象——百年散文理论体系与文化话语建构》，广东人民出版社 2014 年版。

陈平原、夏晓虹：《二十世纪中国小说理论资料（1897—1916）》（第 1 卷），北京大学出版社 1997 年版。

陈平原：《中国散文小说史》，上海人民出版社 2004 年版。

陈平原：《中国小说叙事模式的转变》，北京大学出版社 2003 年版。

陈万雄：《五四新文化的源流》，生活·读书·新知三联书店 1997 年版。

陈振国编：《冯文炳研究资料》，海峡文艺出版社 1990 年版。

陈子善、王自立编：《郁达夫研究资料》，花城出版社 1985 年版。

程德培：《当代小说艺术论》，学林出版社 1990 年版。

褚斌杰：《中国古代文体概论》，北京大学出版社 1990 年版。

邓程：《论新诗的出路》，中国社会科学出版社2004年版。

邓伟：《分裂与建构：清末民初文学语言新变研究（1898—1917）》，中国社会科学出版社2009年版。

董健、荣广润主编：《中国戏剧：从传统到现代》，中华书局2006年版。

范伯群编：《冰心研究资料》，北京出版社1984年版。

范培松：《中国散文批判史》，江苏教育出版社2000年版。

王风编：《废名集》，北京大学出版社2009版年。

冯光廉：《中国近百年文学体式流变史》，人民文学出版社1999年版。

冯胜利：《汉语韵律诗体学论稿》，商务印书馆2015年版。

欧阳哲生主编：《傅斯年全集》，湖南教育出版社2003年版。

高名凯、姚殿芳等：《鲁迅与现代汉语文学语言》，文字改革出版社1957年版。

高名凯：《语言论》，商务印书馆2011年版。

高天如：《中国现代语言计划的理论和实践》，复旦大学出版社1993年版。

高玉：《现代汉语与中国现代文学》，中国社会科学出版社2003年版。

高长江：《文化语言学》，辽宁教育出版社1992年版。

郜元宝：《汉语别史》，山东教育出版社2010年版；

葛一虹：《中国话剧通史》，文化艺术出版社1990年版。

葛兆光：《汉字的魔方——中国古典诗歌语言学札记》，复旦大学出版社2008年版。

郭沫若：《郭沫若全集》，人民文学出版社1992年版。

郭绍虞：《语文通论》，开明书店1947年版。

胡适：《胡适文集》，北京大学出版社1998年版。

姜义华主编：《胡适学术文集·新文学运动》，中华书局1993年版。

贾植芳、俞元桂主编：《中国现代文学总书目》，福建教育出版社1993年版。

姜涛：《"新诗集"与新诗的发生》，北京大学出版社2006年版。

姜振昌：《中国现代杂文史论》，人民文学出版社1995年版。

黎锦熙：《国语运动史纲》，商务印书馆1934年版。

李荣启：《文学语言学》，人民出版社 2005 年版。

李怡：《中国现代新诗与古典诗歌传统》，西南师范大学出版社 1994 年版。

李章斌：《在语言之内航行：论新诗韵律及其他》，人民文学出版社 2014 年版。

梁实秋：《梁实秋文集》，鹭江出版社 2002 年版。

林庚：《新诗格律与语言的诗化》，经济日报出版社 2000 年版。

林纾：《林纾选集》，四川人民出版社 1988 年版。

刘进才：《语言运动与中国现代文学》，中华书局 2007 年版。

刘纳：《嬗变——辛亥革命时期至五四时期的中国文学》，中国社会科学出版社 1998 年版。

鲁德才：《古代白话小说形态发展史论》，南开大学出版社 2002 年版。

鲁迅：《鲁迅全集》，人民文学出版社 2005 年版。

吕叔湘：《近代汉语指代词》，学林出版社 1985 年版。

马大康：《诗性语言研究》，中国社会科学出版社 2005 年版。

茅盾：《茅盾全集》，人民文学出版社 1989 年版。

倪海曙：《中国拼音文字运动史简编》，时代书报出版社 1948 年版。

钱玄同：《钱玄同文集》，中国人民大学出版社 1999 年版。

佘树森编：《现代作家谈散文》，百花文艺出版社 1986 年版。

申小龙：《汉语与中国文化》，复旦大学出版社 2003 年版。

沈永宝编：《钱玄同五四时期言论集》，东方出版中心 1998 年版。

宋子然主编：《100 年汉语新词新语大辞典》，上海辞书出版社 2015 年版。

孙尚扬、郭兰芳编：《国故新知论——学衡派文化论著辑要》，中国广播电视出版社 1995 年版。

谭彼岸：《晚清的白话文运动》，湖北人民出版社 1956 年版。

唐德刚译注：《胡适口述自传》，华东师范大学出版社 1993 年版。

唐沅等编：《中国现代文学期刊目录汇编》，天津人民出版社 1988 年版。

陶东风：《文体演变及其文化意味》，云南人民出版社 1994 年版。

田本相主编：《中国现代比较戏剧史》，文化艺术出版社 1993 年版。

田汉：《田汉论创作》，上海文艺出版社1983年版。
田汉：《田汉文集》，中国戏剧出版社1983年版。
童庆炳：《文体与文体的创造》，云南人民出版社1994年版。
汪晖：《地方形式、方言土语与抗日战争时期"民族形式"的论争》，《汪晖自选集》，广西师范大学出版社1997年版。
汪晖：《现代中国思想的兴起》，三联书店2004年版。
王尔敏：《近代文化生态及其变迁》，百花洲文艺出版社2002年版。
王珂：《百年新诗诗体建设研究》，上海三联书店2004年版。
王力：《中国现代语法》，商务印书馆2011年版。
王汶成：《文学语言中介论》，山东大学出版社2002年版。
王训昭编：《郭沫若研究资料》，中国社会科学出版社1986年版。
王永生主编：《中国现代文论选》，贵州人民出版社1982年版。
王臻中、王长俊：《文学语言》，江苏人民出版社1983年版。
闻一多：《闻一多全集》，湖北人民出版社1993年版。
吴承学：《中国古代文体形态研究》，北京大学出版社2013年版。
夏晓虹等著：《文学语言与文章体式：从晚清到五四》，安徽教育出版社2005年版。
徐瑞嶽：《刘半农文选》，人民文学出版社1986年版。
徐时仪：《汉语白话史》，北京大学出版社2015年版。
许宝强、袁伟选编：《语言与翻译的政治》，中央编译出版社2001年版。
许霆：《旋转飞升的陀螺——百年中国现代诗体流变》，人民文学出版社2006年版。
薛绥之、张俊才编：《林纾研究资料》，福建人民出版社1983年版。
严家炎：《二十世纪中国小说理论资料（1917—1927）》（第2卷），北京大学出版社1997年版。
杨洪承：《"人与事"中的文学社群》，人民出版社2014年版。
杨洪承：《王统照评传》，花山文艺出版社1989年版。
杨匡汉、刘福春编：《中国现代诗论》，花城出版社1985年版。
杨联芬：《晚清至五四：中国文学现代性的发生》，北京大学出版社2003年版。

姚春树、袁勇麟：《20世纪中国杂文史》，福建教育出版社1997年版。

俞平伯：《俞平伯全集》，花山文艺出版社1997年版。

俞元桂：《中国现代散文史》，山东文艺出版社1988年版。

郁达夫：《郁达夫文集》，花城出版社1982年版。

袁进：《近代文学的突围》，上海人民出版社2001年版。

袁进：《中国文学观念的近代变革》，上海社会科学院出版社1996年版。

张德禄：《语言的功能与文体》，高等教育出版社2005年版。

张华：《中国现代杂文史》，西北大学出版社1987年版。

张明华、李晓黎：《集句诗嬗变研究》，中国社会科学出版社2011年版。

张培恒、梅新林主编：《中国文学古今演变研究论集》，上海古籍出版社2002年版。

张若英编：《中国新文学运动史资料》，上海书店1982年版。

张世禄：《张世禄语言学论文集》，学林出版社1984年版。

张桃洲：《现代汉语的诗性空间——新诗话语研究》，北京大学出版社2005年版。

张卫中：《汉语与汉语文学》，文化艺术出版社2006年版。

张卫中：《母语的魔障——从中西语言的差异看中西文学的差异》，安徽大学出版社1998年版。

张向东：《语言变革与现代文学的发生》，人民文学出版社2010年版。

张中行：《文言和白话》，中华书局2012年版。

赵家璧主编：《中国新文学大系》，良友图书印刷公司1935年版。

赵宪章：《文体与形式》，人民文学出版社2004年版。

赵毅衡：《苦恼的叙述者》，四川文艺出版社2013年版。

赵元任：《语言问题》，商务印书馆2003年版。

郑敏：《结构——解构视角：语言·文化·评论》，清华大学出版社1998年版。

中国戏曲研究院编：《中国古典戏曲论著集成》，中国戏剧出版社1959年版。

周宁：《20世纪中国戏剧理论批评史》，山东教育出版社2013年版。

周宁：《比较戏剧学》，上海社会科学院出版社1993年版。
周作人：《欧洲文学史》，岳麓书社1989年版。
周作人：《夜读的境界》，湖南文艺出版社1998年版。
周作人：《永日集》，岳麓书社1988年版。
周作人：《中国新文学的源流》，江苏文艺出版社2007年版。
周作人：《自己的园地》，岳麓书社1987年版。
朱德发、赵佃强编：《国语的文学与文学的国语——五四时期白话文学文献史料辑》，人民出版社2013年版。
朱光潜：《朱光潜全集》，中华书局2012年版。
朱晓进：《中国现代文学史研究的视阈》，人民文学出版社2008年版。
朱自清：《朱自清全集》，江苏教育出版社1990年版。
宗廷虎、李金苓：《中国集句史》，山东文艺出版社2009年版。

二 论文

陈剑晖：《文体的内涵、层次与现代转型》，《福建论坛》（人文社会科学版）2010年第10期。
陈剑晖：《中国散文理论存在的问题及其跨越》，《中国社会科学》2005年第1期。
陈留生：《语言变革与中国现代戏剧的初期形态》，《江苏社会科学》2009年第4期。
陈维昭：《中国戏曲演剧形态与20世纪中西方戏剧转型》，《学术研究》2002年第8期。
陈有康：《二十世纪中国旧体诗的合法性和现代性》，《中国社会科学》2005年第6期。
褚金勇：《启蒙的抑或政治的？——解读"五四"白话文传播的历史密码》，《郑州大学学报》（哲学社会科学版）2012年第2期。
董健：《20世纪中国戏剧：脸谱的消解与重构》，《戏剧艺术》1999年第6期。
董上德：《论古代雅、俗文学的互补与交融》，《中山大学学报》（社会科学版）1997年第2期。
方长安、邬非非：《1920年代国语文学史的发生与退场》，《武汉大学学报》（人文科学版）2017年第3期。

傅元峰：《自然景物叙写与中国现代小说诗性现代化》，《南京师范大学学报》（社会科学版）2005年第2期。

郭玉琼：《中国现代话剧艺术的诗性精神研究》，《戏剧文学》2009年第2期。

洪子诚等：《世纪视野中的百年新诗》，《读书》2016年第3期。

胡焕龙、王达敏：《中国现代文学个性解放与反叛传统的形成》，《文艺研究》2013年第1期。

季剑青：《什么是"现代文学"的"现代"？——中国现代文学起点问题的历史考察和再思考》，《文学评论》2015年第4期。

蒋寅：《中国古代文体互参中"以高行卑"的体位定势》，《中国社会科学》2008年第5期。

李章斌：《胡适与新诗节奏问题的再思考》，《中国现代文学研究丛刊》2017年第3期。

刘进才：《国语运动与现代民族国家的想象》，《人文杂志》2010年第4期。

刘进才：《现代文学的"创格"之举——新式标点符号的修辞功能探寻》，《中国文学研究》2007年第3期。

刘晓明：《"语""文"的离合与中国文学思维特征的演进》，《中国社会科学》2002年第1期。

刘中树、吴景明：《废名与中国现代诗化小说传统》，《社会科学战线》2009年第8期。

罗振亚：《悖论与焦虑：新文学中的"文体互渗"》，《湘潭大学学报》（哲学社会科学版）2008年第6期。

罗志田：《抵制东瀛文体：清季围绕语言文字的思想论争》，《历史研究》2001年第6期。

骆寒超：《论"五四"时期的诗体大解放》，《文学评论》1993年第5期。

吕周聚：《杂糅复合，别创诗体——中国现代诗歌文体衍生模式初探》，《首都师范大学学报》（社会科学版）2010年第6期。

梅运生：《古文和诗歌的会通与分野——桐城派谭艺经验之新检讨》，

《安徽师范大学学报》（哲学社会科学版）1986 年第 11 期。

齐静：《中国古典戏剧与诗歌的关系》，《云南社会科学》2010 年第 4 期。

司新丽：《论中国古代小说到现代小说之不同雅俗格局》，《东岳论丛》2013 年第 10 期。

孙绍振：《新诗百年：未完成的中西诗艺转基因工程》，《文艺争鸣》2017 年第 8 期。

谭桂林：《论中国现代新诗韵律的诗学探索》，《福建论坛》（人文社会科学版）2006 年第 8 期。

汤哲声：《20 世纪中国文学的雅俗之辨与雅俗合流》，《学术月刊》2006 年第 3 期。

唐热风：《第一人称权威的本质》，《哲学研究》2001 年第 3 期。

陶东风：《文学史与语言学》，《艺术广角》1992 年第 5 期。

王本朝：《白话文运动中的文章观念》，《中国社会科学》2013 年第 7 期。

王富仁：《当前中国现代文学研究中的若干问题》，《中国现代文学研究丛刊》1996 年第 2 期。

王建平：《西方日记体小说》，《国外文学》1996 年第 1 期。

王齐洲：《雅俗观念的演进与文学形态的发展》，《中国社会科学》2005 年第 3 期。

王汶成：《文学话语类型学研究论纲》，《中国文学批评》2016 年第 3 期。

王泽龙：《关于现代旧体诗词的入史问题》，《文学评论》2007 年第 5 期。

王泽龙：《新诗散文化：诗歌文体演变的历史选择》，《山西大学学报》（哲社版）2010 年第 5 期。

王志清：《盛唐山水诗派的语言策略》，《延边大学学报》（社会科学版）2004 年第 2 期。

文贵良：《新式标点符号与"五四"白话》，《华中师范大学学报》（人文社会科学版）2015 年第 3 期。

文贵良：《中国现代文学：语言与话语》，《湖南大学学报》（社会科学版）2014 年第 4 期。

吴承学、何诗海：《浅谈中国古代文体价值谱系》，《古典文学知识》2013 年第 6 期。

郗文倩：《中国古代文体功能研究论纲》，《福建师范大学学报》（哲学社会科学版）2010 年第 6 期。

夏德勇：《现代小说文体变迁的形式及其文化语境》，《广州大学学报》（社会科学版）2003 年第 3 期。

徐德明：《中国白话小说中诗词赋赞的蜕变和语言转型》，《北京师范大学学报》（社会科学版）2008 年第 2 期。

徐德明：《中国现代叙事的语言传统》，《福建论坛》（人文社会科学版）2001 年第 4 期。

徐艳：《中国散文语言音乐美的古今演变》，《学术月刊》2008 年第 4 期。

许总：《以文为诗：唐宋诗格的创变与整合》，《文学评论》2014 年第 3 期。

颜同林：《"以诗为文"传统与现代小说的诗化》，《甘肃社会科学》2013 年第 6 期。

颜同林：《方言入诗与中国新诗的发生》，《文学评论》2009 年第 1 期。

杨洪承：《关于文学"现代"形态的再思考》，《文学评论》2002 年第 5 期。

杨景龙：《试论"以诗为文"》，《文学评论》2010 年第 4 期。

杨志：《论古今山水诗的衰变》，《中国现代文学研究丛刊》2001 年第 4 期。

余礼凤：《语言变革影响下的现代文学俗化转型》，《兰州大学学报》（社会科学版）2010 年第 6 期。

余凌：《论中国现代散文的"闲话"和"独语"》，《文学评论》1992 年第 1 期。

余恕诚：《中国古代文体的异体交融与维护本色》，《文艺理论研究》2009 年第 5 期。

张丽华：《晚清小说译介中的文类选择：兼论周氏兄弟的早期译作》，

《中国现代文学研究丛刊》2009 年第 2 期。

张卫中：《"五四"语言转型与文学的变革》，《天津社会科学》2004 年第 4 期。

张向东：《"五四"文学革命中的"书写形式"革命》，《兰州学刊》2010 年第 3 期。

赵稀方：《〈新青年〉的文学翻译》，《中国翻译》2013 年第 1 期。

赵宪章：《日记的私语言说与解构》，《文艺理论研究》2005 年第 3 期。

郑敏：《世纪末的回顾：汉语语言变革与中国新诗创作》，《文学评论》1993 年第 3 期。

周宁：《叙述与代言：中西戏剧模式比较》，《外国文学研究》1991 年第 2 期。

周宁：《叙述与对话：中西戏剧话语模式比较》，《中国社会科学》1992 年第 5 期。

周先慎：《形式的结合与内质的融合——论中国古典诗歌对小说文体与艺术的影响》，《北京大学学报》（哲学社会科学版）2013 年第 4 期。

朱德发、张光芒：《五四文学文体新论》，《中国社会科学》1999 年第 5 期。

朱德发：《胡适对五四新文学运动意义的评述——为纪念文学革命百周年而作》，《山东师范大学学报》（人文社科版）2017 年第 4 期。

朱晓进、何平：《论文学语言的变迁与中国现代文学形式的发展》，《南京师范大学学报》2008 年第 5 期。

朱晓进、李玮：《语言变革对中国现代文学形式发展的深度影响》，《中国社会科学》2015 年第 1 期。

后　　记

　　时下已是初冬，窗外的北风呼啸异常，恍惚间觉得一路肃杀而过的不是风，而是时间。"一切一切，和光阴一同早逝去，在逝去，要逝去了"，这样一部小书实在算不得什么，无非"借此暂时看看逝去的生活的余痕"。从最早关注语言和文体研究到现在已有七八个年头了，然而检视一番发现收获甚少，实在惭愧。尽管所获都是一些干瘪的稻穗，但是这一漫长而艰难的过程依然受惠于很多值得感念的人，依然伴随着只有自己方才了然的故事。

　　2003年我考入南京师范大学文学院，师从朱晓进老师攻读现当代文学专业的硕士。之前从未接触过正规的学术研究，考研无非就是想"学习"，其实根本没有什么明确的目标。是硕士阶段的求学使我初步明白了学术论文的写作，接受了基本的学术训练。先生深厚的功力、敏锐的眼光、极高的效率，使我这个头脑糊涂的学生学着在晦暗中"发现"，一点点萤火虫般微渺的亮光受到老师的鼓励和指导，终于歪歪扭扭地写出了第一篇论文……这么多年来，每当回顾治学的原点，心中充满感激。

　　2007年我又非常幸运地投入杨洪承老师的门下继续学习。老师擅长的思潮流派研究是现代文学领域的重要部分，其思路和观点给我很多启发。学业上他要求甚严，常常定期询问检查读书情况，使我不敢有丝毫懈怠。老师的认真是令人感动的，还记得在博士论文初稿上批改的密密麻麻的红色笔迹。此外，他的扎实、勤勉、精细、有条不紊的为人为学品格无不影响着我。读博的过程是艰苦的，那是一个从无到有，一个没有路却要走出路的过程，没有老师的指引和提携，是不可能走完的。

后 记

感谢南京师范大学文学院中国现当代文学专业的诸位教授曾经给我的宝贵建议和指导；感谢南京大学丁帆、王彬彬等诸位老师，那些年去旁听他们的课收获颇多，他们的风采和个性永远那么生动；感谢温潘亚、沐金华、孙晓东诸位师兄在生活方面给予的照顾；感谢所有的同门师兄弟姐妹们给我的学业上的帮助，你们的优秀是鞭策我不断前行的动力；感谢那些虽未谋面但带给我很多启发的优秀学者，在学术快餐化的当下，那些见识非凡的文字让人如饮甘泉；感谢我的同学和挚友们，一路伴随，温暖如故；还要感谢那些陌生人，在我曾经亟须看到一篇论文时，一位并不相识的南师大学报老师免费赠送了期刊……在这样一个浮躁功利的时代，这些"美的人和美的事，我一一看见，一一知道"，她们在记忆中不断荡漾，复现，织成了最可贵的"好的故事"。

本书的出版受到教育部人文社科项目、江苏省高校"青蓝工程"优秀青年骨干教师培养对象项目、江苏高校哲学社会科学优秀创新团队建设项目、盐城师范学院青年拔尖人才培养计划等项目的资助，还得到了文学院和社科处领导的大力支持，在此一并致谢！

最后还要感谢家人默默的支持和无私的关爱，让我可以不断地远行和任性地选择。

由于长期关注语言和文体，我对自己的语言有一种下意识的审视。我沉重地发现从平时的"学术体"到此处的"后记体"，很难说这些语言恰当地追踪了所有想要表达的东西，意义难免从字里行间溜掉，我意识到和语言的关系将是一个不断认识和生成的过程。书中的文字挂一漏万，乏善可陈，如果有只言片语对别人有所启示，那就是最为欣慰的事了。由于论题涉及语言学、文体学、古典文学、现代文学等学科知识，具有一定的交叉性，本人学识有限，在论述过程中不免存在错讹纰漏，恳请学界专家批评指正。

王佳琴

2017 年 11 月 17 日